ルーマーズ
rumors
zoku
俗

堂場瞬一

河出書房新社

ルーマーズ 俗

第一部

暴走 I

10月2日㈪

東テレ「ワイドアフタヌーン」

宮本光一《みやもとこういち》（司会、東テレアナウンサー）「それではここで、今入ってきたニュースです。今日午後1時頃、俳優の上杉彩奈《うえすぎあやな》さんが、東京都内の自宅で遺体で発見されました。今日予定していた仕事の現場に現れなかったので、訪ねていったマネージャーが、倒れている上杉さんを発見、119番通報しましたが、病院で死亡が確認されました。また、上杉さんの自宅ではやはり倒れている男性が発見されており、意識不明の重体となっています。警察ではこの男性の身元を調べているということです……繰り返します。今日午後1時頃、俳優の上杉彩奈さんが東京都内の自宅で遺体で発見されました。このニュース、詳しい情報が入り次第、番組内でお伝えします。

さて、次の話題です」

SNSから

Bad パパ @badpapa

上杉彩奈が死んだとかやばくね？　男って何？　もしかしたら無理心中？

まいまい @maimai

いや、無理心中はないでしょ。上杉彩奈って男の影なんか全然ないし、クリーンイメージだから。もしかしたら、男って家族？

フルーツ1233 @fruit1233

上杉彩奈って、帰国子女でしょう？　家族は今も海外にいるんじゃなかったかな。だからやっぱ男じゃね？　別に男がいてもおかしくない……28歳でしょ？

悪の華 @badflower

無責任に噂を言い倒すだけで、お悔やみの一つも言えないクソ野郎ども。人間として間違ってるぜ。一ファンとしてお悔やみ申し上げます。個人的には「ファンファーレ」のトランペット奏者役が最高。

はまのあかり @hamanoakari

無理心中って決めつけるのって、想像力ないよね。まだ何も分からない状態で、思ったこと適当につぶやくアホ。←←

Bad パパ @badpapa

──上杉彩奈が死んだとかやばくね？　男って何？　もしかしたら無理心中？

まさお90 @masao90

どう考えても無理心中だよ。そうじゃなければ、誰かが家に押し入って殺した？　芸能人が住んでるマンションに入りこむなんて、まず無理じゃね？　部屋にいたの、誰だろう。

ルック218 @look218

「ファンファーレ」よかった。私は映画デビュー作の「島の教え」が大好き。あの頃、女子高生役やらせたら最強だったよね。もう20歳だったけど。←←

悪の華 @badflower

無責任に噂を言い倒すだけで、お悔やみの一つも言えないクソ野郎ども。人間として間違ってるぜ。一ファンとしてお悔やみ申し上げます。個人的には「ファンファーレ」のトランペット奏者役が最高。

東テレ「イブニングゴー」

木宮《きみや》佳奈子《かなこ》（東テレアナウンサー）「こんにちは。今日1日のニュースをまとめてお送りするイブニングゴーの時間です。今日はまず、ショッキングなニュースからお伝えします。俳優の上杉彩奈さん、28歳が、自宅で遺体で見つかりました。警察が詳しく事情を調べています。上杉さんは今日、昼からドラマの撮影に入る予定でしたが、現場に姿を見せなかったので、マネージャーが自宅を訪ねたところ、リビングルームで倒れている上杉さんを見つけ、１１９番通報しました。上杉さんは昨日も撮影に参加していて、特に変わった様子はなかった、ということでした。では、現場の高田玲菜《たかだれいな》記者に聞きます。高田さん？」
高田「――はい、こちら、上杉さんの自宅マンション前です。今もパトカーが何台も停まり、捜査員が頻繁《ひんぱん》に出入りしています。上杉さんの部屋のドアは施錠《せじょう》されていましたが、訪れたマネージャーは持っていた合鍵で入ったということです。また、上杉さんが倒れていたリビングルームでは、もう1人男性が意識不明で倒れているのが発見され、病院に搬送されましたが、意識が戻ったという情報はありません。警察では、この男性の身元を調べています」
木宮「高田さん、上杉さんの最近の様子はどうだったでしょうか」
高田「上杉さんは、撮影や取材などで忙しい日々を送っていたようですが、マンションの住人とは会えば挨拶を交わすなど、至って普通の生活ぶりだったようです」
（住人のインタビュー）
「そう、愛想のいい人で、いつも笑顔で挨拶してくれて。普段はあまり化粧っ気もなくて、そんなに目立った感じではなかったです」
「普通に暮らしてたみたい。芸能人っていう感じでもなかったし、エレベーターのドアが閉まりそうになると開けておいてくれたり……普通の人でした。トラブル？　全然ないですよ」
木宮「特にトラブルはなかったということですね、高田さん」
高田「はい。近所の人たちに話を聞いた限りでは、トラブルはまったくなかったようです。住人の皆さんも、一様に驚いていて、ショックを隠せない様子でした」
木宮「現場から高田記者でした……桂《かつら》さん、これは衝撃の事件ですね」

桂雅興《まさおき》（東テレ解説委員）「私を含めて、ショックを受けている方は多いと思います。まず落ち着いて、状況を見守りましょう。警察の捜査で事情は明らかになると思いますが、とにかく無用の想像をしたり、それをネットで無責任に発信したりすることは控えるべきだと思います」

木宮「それではここで、警視庁クラブの坂下《さかした》さんに聞いてみたいと思います。坂下さん、警察ではどういう方針で捜査を進めているのでしょうか」

坂下「警視庁クラブです。警察ではまだ現場を検証していて、事件なのか事故なのか、明確には判断していません。上杉さんと一緒に部屋で倒れていた男性が事情を知っていると見て、回復を待って事情を聴く方針です……ちょっと待って下さい、今、新しい情報が入りました。上杉さんの部屋で倒れて意識不明になっている男性ですが、俳優の馬場直斗《ばばなおと》さんと確認されました。馬場さんが上杉さんの部屋にいた理由は分かっていません」

木宮「俳優の馬場さん——それは、警察の方で確認が取れた情報と考えていいのでしょうか」

坂下「はい、警察の公式発表です。警察では今後、馬場さんがどうして上杉さんの部屋にいたのかを含めて調べていく方針です」

木宮「分かりました。今、また衝撃的な事実が飛びこんできましたが……桂さん」

桂「これは驚きました。馬場さんも舞台にドラマに活躍中の名優ですし、2人が同じ部屋にいて1人が亡くなり、1人が意識不明というのは……さまざまな状況が考えられますが、臆測は抜きにして、続報を待ちましょう」

10月3日㈫

「東日新聞」朝刊・社会面

心中か　女優が死亡　男優も意識不明の重体

　2日午後1時過ぎ、渋谷区恵比寿のマンションで、この部屋に住む女優の上杉彩奈さん（28）が倒れていると、マネージャーの女性（31）から119番通報があった。上杉さんは病院に搬送されたが、死亡が確認された。また同じ室内で俳優の馬場直斗さん（37）が倒れているのも発見された。馬場さんは意識不明の重体。警視庁渋谷中央署で、上杉さんの死因、2人がどうして同じ部屋で倒れていたかについて、慎重に調べている。

　上杉さんの事務所によると、上杉さんはこの日午後に行われるドラマの撮影に姿を見せず、マネージャーが自宅へ確認に向かった。上杉さんは前日も同じドラマの撮影をしていた。馬場さんはこの日はオフで、朝、自宅を出てからの足取りは分かっていない。馬場さんは、9月30日までの舞台出演を終えたばかりだった。

　上杉さんは東京都出身で、幼少時から家族の仕事の都合でアメリカ、イギリスなどで育った。高校入学を機に帰国して、アイドルとしてデビュー後、20歳で出演した映画「島の教え」で多数の映画賞を獲得、その後も映画、テレビドラマなどで活躍している。

　馬場さんは、大学在学時に劇団「すばる座」に参加して俳優としての活動を始めた。大河ドラマ「北条氏政」で真田昌幸役を演じて人気者になり、現在も多数のテレビドラマやＣＭに出演している。

SNSから

Bad パパ @badpapa

これ、やっぱり心中以外にあり得ないだろ。２人がいる時に誰か押し入ったとか言ってる奴がいるけど、黙って寝てろ。セキュリティのしっかりしたマンションで、そんなことあり得ないだろう。

ミキママ @mikimama

馬場さんって、ＳＮＳに家族がよく出てくるでしょう？　すごく仲良い感じしたけど、あれってＳＮＳ用の演出なのかな。だったら完全に騙《だま》された感じ。

フミカ151 @fumika151

馬場さんの奥さんって、元女優さんだよね？　同じ劇団の。結婚して、売れない時代の馬場さんを支えてたんだよね。その美談は有名だけど、何でこんなことになったかな。

kimura @badman

どっちが話を持ちかけたかが問題だよな。馬場が生き残ったら、殺人だろう。現役の俳優が心中――殺人なんてレアケースだよね。

村上パパ @murakamipapa

法律的には心中の生き残りは殺人に問われるんだけど、まだ分からないな。確かにどっちが持ちかけたかがポイントだけど、馬場の証言しかないのが痛い。遺書とかあるかな。

Bad パパ @badpapa

遺書はあっても警察は出さないだろうな。マスコミがどこまで突っこんで取材できるかだけど、そこは期待薄だろう。

さき@岬の人 @sakimisaki

いやいや、いきなり心中になっているけど、断定はまだ危険でしょう。この段階で飛ばさない方がいいと思うけど。心中の方が盛り上がるからそれでもいいって感じ？

「東日新聞」夕刊・社会面

上杉さん　薬物摂取か

女優の上杉彩奈さん（28）が自宅で遺体で見つかった件で、渋谷中央署は3日までに、上杉さんが何らかの薬物を摂取して死亡した疑いを強め、捜査を進めている。上杉さんの遺体を解剖し、さらに詳しく調べる。

上杉さんが発見されたのは、20畳のリビングルーム。上杉さんは床に倒れていて、近くに薬物の袋が落ちていた。薬物は医師の処方が必要なもので、上杉さんは持病の治療のため、1年ほど前からこの薬を服用していたという。

一方馬場さんは依然として意識不明で、まだ事情聴取ができていない。

上杉さんの事務所「エーズ・ワン」の話「上杉が1年ほど前からパニック障害で医師の治療を受けていたのは事実。ただしそれほど重篤な症状ではなく、薬で完全にコントロールできていた。仕事も再開したばかりだった」

馬場さん所属の劇団「すばる座」の話「馬場と上杉さんが交際していたという事実は把握していない。2人が一緒にいたのはまったく意外であり、劇団でも現在状況を調査している」

東テレ「ワイドアフタヌーン」

宮本光一「上杉彩奈さんが自宅で亡くなった事件の続報です。現場の上岡《かみおか》さん、お願いします」

上岡「はい。上杉さんの部屋で倒れているのが発見された馬場直斗さんなんですが、ここ半年ほど、上杉さんのマンションに出入りする様子が目撃されていました。いつも1人だったということですが、馬場さんの自宅はここからは遠く離れており、疑問を持つ人も多かったようです」

宮本「上岡さん、馬場さんは頻繁に出入りしていたのでしょうか」

上岡「どれぐらいの頻度だったかははっきりしませんが、何度も目撃されていたのは間違いありません。しかし、上杉さんと馬場さんが一緒にいたところを見た人はいません。馬場さんが上杉さんに会いに来ていたのか、他の目的があってこのマンションに来ていたのかは不明です。そして宮本さん、先ほどこちらに来た上杉さんの事務所『エーズ・ワン』の社長、竹下《たけした》さんのコメントが入っています」

（竹下のコメント）

「はい、取り敢えず警察の捜索が終わったので、部屋を確認しにきました。海外にいるご家族には連絡を取れて、現在日本へ向かっています。いえ、ご家族が会見する予定はありません。事務所ですか？　はい、いずれ……警察の捜査の動きによりますが、いずれ事務所としてお話しすることがあると思います。馬場さんですか？　いえ、それは……事務所としてはまったく把握していません。すみません、皆さんにご迷惑をおかけしました」

宮本「上岡さん、竹下さんはどんな様子でしたか？」

上岡「憔悴《しょうすい》しきっていました。竹下さんにとって、上杉さんはゼロから育て上げた事務所の看板タレントで、ご両親が海外で暮らす上杉さんにとっては、竹下さんが親代わりでもありました。お話はしていただけましたが、目が虚《うつ》ろで、非常に疲れ切った様子でした」

宮本「はい、分かりました——引き続き取材をよろしくお願いします。常松《つねまつ》さん、いかがですか」

常松明子《あきこ》（**脚本家**）「まだ分からないことが多いので、迂闊《うかつ》なことは言えないのですが、まず上杉さんにはお悔やみを申し上げたいと思います」

宮本「常松さんは、上杉さん主演の映画やドラマの脚本を書かれていましたね」

常松「はい。上杉さんとは映画の『ファンファーレ』でご一緒させていただいて、『今度はテレビドラマで』と2人で話していて実現したのが『ネクストタイム』でした」

宮本「脚本の常松さんを始め、主要キャスト、スタッフの多くが女性ということでも話題になったドラマです」

常松「女性が……というくくりには問題があると思いますけど、上杉さんは頑張ってくれました。ご覧になった方はご存じかと思いますが、ハードなアクションの多いドラマで、上杉さんはそれをほとんど代役なしでこなしてくれました。彼女、小柄で細くて……それを一生懸命鍛えて、私のイメージ通りに変身してくれました。初回の脚本が出来上がったタイミングでそんな彼女を見て、2回目以降の脚本を書き直したんです。全部上杉さんのイメージに合わせただけで、しっくりきました」

宮本「上杉さんにとっては異色の作品でしたけど、あれで新しい一面を見せたと評価されていますね」

常松「でも、現場を離れるととてもチャーミングな人で……そうですね。最近、チャーミングなんていう形容詞はあまり使われませんけど、彼女は本当にチャーミングでした。外国育ちのいい影響があったのかもしれませんね。上杉さん、よくお菓子を作って現場に持ってきてくれたんですけど、それがいつも半端ない量で……しかも1つ食べればお腹一杯になりそうな、巨大なクッキーとかなんですよ。アメリカではこれが普通なんだって、いつも笑ってました。それをいっぱい食べて大きな声で笑って……それで本番になるとすぐに殺し屋の顔になって……プロでしたね。まだまだたくさん、一緒に仕事できると思っていたのに、人生って何が起きるか分かりませんね」

「週刊ジャパン」10月10日号

人気女優と俳優、2人が同じ部屋で倒れて、女優は死亡が確認された。女優は独身、俳優は家族思いとして知られていた。2人の間に何があったのか、闇が深まる。

上杉彩奈（28）は10月1日、来年1月放送開始予定の東テレのドラマの撮影で横浜にいた。この日の撮影は夕方に終わり、満足のいく結果だったのか、共演者やスタッフと笑い合っていた姿が目撃されている。

しかし翌日の2日、上杉は撮影スタジオに現れなかった。午後一番からの撮影ということで、スタジオ入りは11時。しかし1時間経っても現れず、携帯も通じなかったので、マネージャーが自宅へ向かった。上杉は「記憶にある限り遅刻したことは一度もない」（事務所関係者）ので、慌てたのだという。合鍵を使ってマネージャーが家に入ったところ、20畳のリビングルームで、上杉が床に倒れていた。近くには上杉が常用していた薬の袋があり、過剰摂取が疑われた。

上杉は1年前からパニック障害の投薬治療を受けていた。この1年は仕事をセーブしており、今回の連ドラは1年ぶりの主演作で、本人も張り切っていたという。制作発表でも、屈託《くったく》のない笑みを見せていた。

そしてこのリビングルームでは、俳優の馬場直斗も倒れていた。上杉が部屋着のジャージ姿だったのに対して、馬場はジャケットにジーンズ姿。馬場はこの半年ほど、上杉のマンションに入って行く姿を何度も目撃されていた。しかし2人が一緒にいるところは見られていない。

これまでの警察の調べでは、当日、上杉がパニック障害の薬を規定量以上服用したのは間違いないが、これですぐに死に至ることはないと医療関係者は証言している。一方馬場も何らかの薬を服用した様子だが、まだ詳細は判明していない。馬場は意識不明のままで、今のところ警察は事情聴取できていない。

この事件で、2人を知る関係者は一様に驚きを見せている。

現在まで、2人の共演は2022年公開の映画「君の声が聞こえない」だけで、しかも直接の絡みはなかった。同作の深谷《ふかや》浩介《こうすけ》監督は、「2人とも重要な役で映画に貢献してくれたが、共演したわけではない。撮影現場で一緒になったこともなかったはずで、舞台挨拶で初めて顔を合わせたのではないか」と戸惑いを隠せない様子だった。

しかしこの映画で上杉と共演した俳優の中には、別の見方をする者もいる。ある俳優は「舞台挨拶は全国5ヶ所で行われたが、終わった後、2人はいつも親しそうに話していた。映画での直接の共演はなかったが、舞台挨拶で親しくなったのではないか」と話す。

上杉は幼少期をアメリカ、イギリスなどで過ごした帰国子女。高校入学と同時に帰国し、芸能活動を始めて、グラビアアイドルとしてブレークした。そして20歳の時に出演した映画デビュー作「島の教え」での演技が絶賛を浴び、数々の新人賞を受賞、その後は演技に軸足を移した。去年パニック障害を公表してからは仕事を控えていたが、今回のドラマ撮影では、病気の影響を感じさせない演技を見せていたという。これまでに交際報道などはなく、ＳＮＳなどもやっていないので、私生活は謎に包まれていた。

馬場は大学在学時から劇団「すばる座」で活躍し、大河ドラマ「北条氏政」で演じた癖のある真田昌幸役で、一気にお茶の間に知られる存在になった。その後はテレビドラマ、CMなどに引っ張りだこ。同じ劇団の女優だった妻との間に1男1女。家族思いで知られ、バラエティ番組では愛妻家ぶり、親バカぶりを発揮して共演者を呆れさせるのが「お約束」になっていた。

上杉の事務所「エーズ・ワン」では「上杉はパニック障害の症状も安定し、以前と同じようにドラマの収録に取り組んでいた。2人が交際していた事実は把握していない」と戸惑いを隠せない様子。

一方馬場が所属する「すばる座」でも「今のところ事情はまったく分からない。馬場は5月の舞台を体調不良で降板したこと以外は順調で、再来年まで映画や舞台の予定が入っていた。家族関係も良好で、仕事・私生活双方で、何かトラブルがあったとは聞いていない」と、事情を把握できていない様子だ。

超売れっ子女優と人気の実力派俳優。心中の疑いも囁《ささや》かれるが、2人の間にいったい何があったのか。

ブログ「夜の光」

まあ、ブログのタイトルなんかどうでもいいんだけどさ。内容とは関係ない感じになると思うけど、いつか関係あるようにしてもいいかも。

で、このブログの内容だけど、「上杉・馬場事件」のまとめにします。2人が関係してるんだけど、こういう場合、どっちの名前を先にするかで結構悩むよね。独自の分析により、これまで主演作の多い上杉彩奈の名前を先にします。

さて、この2人が同じ部屋で倒れている状態で見つかった事件だけど、ネット上では「心中」の声が圧倒的に多いよね。まあ、2人とも倒れていて、1人はすぐに死亡が確認されたんだから、そう見るのは自然だと思う。上杉彩奈は薬物を摂取した形跡があるし。ただし、常用していたパニック障害の薬だけではなさそうで、その辺はまだ分かってないみたい。

馬場直斗も何らかの薬を呑んだ様子だけど、こちらは血液検査だけで分からないのかな……別に、死んで解剖しないと、意識不明になっている原因が不明ってことはないだろうけど。

状況的には確かに心中なんだけど、まだ断定はできないよね。ネット上では誰でも無責任なことを言うけど、そういうのがいつの間にか事実として語られるようになってしまうから困る。

このブログでは、できるだけ適当な噂を廃して正確な情報を集め、ご紹介します。

今、ネット上で流れているインチキ情報で一番笑えるのは、2人が「アグレクト」を服用したっていう話ね。アメリカでは、こいつの中毒が麻薬以上に深刻だって言われてるけど、アグレクトは日本に入ってきてないから。もちろん、違法に持ちこまれた可能性もあるけど、そもそもアメリカでも処方なしじゃ手に入らないから、大量に日本に持ちこむことは不可能だし。それにアグレクトは、常習性、鬱《うつ》的症状の誘発、手足の痙攣《けいれん》や胃の痛みが副作用で出てくるけど、死ぬような薬じゃない——と、ネットに書いてありました。それぐらい調べればすぐ分かるのに、人の話を鵜呑《うの》みにして拡散する奴、成敗が必要だね。

hossy チャンネル「事件事故の部屋」

「どうも、hossy です！　さあ、今回は今、世間の注目を集めている事件について取り上げます。女優の上杉彩奈さんが亡くなり、俳優の馬場直斗さんが同じ部屋で意識不明の状態で見つかった事件。世間では心中ではないかと言われているけど、実際のところはどうなんだろうね。馬場さんは家族思いのイメージがあるけど、上杉さんの部屋で何をしていたんだろうか？　2人は思い詰めて心中するような関係だったんだろうか？

2人の事務所は『調査中』としているだけで、警察からも発表はまったくない。hossy、渋谷中央署に突撃しましたよ。そうしたら副署長に、『発表することはない』って素っ気なくご対応いただきました。警察と旧マスコミってずぶずぶの関係じゃん？　警察も、都合よくコントロールできるマスコミ以外は相手にしないってことだよね。でもそれじゃ、真相が埋もれてしまう。ということで、今回も hossy の出番です。

今日は私、馬場さんの自宅前に来ております。事務所が調査中、警察は取材拒否となると、やっぱり家族に話を聞かないと何も分からないよね。というわけで、これからインタフォンを鳴らしてみようと思います。これ、編集でモザイクかけるけど、馬場さんの家、かなり立派な一戸建てです。でも、おかしいな……こんな事件に関わった人だから、芸能マスコミが取り囲んでいるのかと思ったら、誰もいないの。何か忖度《そんたく》でもあるんでしょうか。馬場さん所属の『すばる座』がプレッシャーをかけたとか？　芸能界の深い闇を感じますねえ。では、インタフォンを鳴らしてみたいと思います」

（インタフォンの音）

「反応ないですね。外から見た限り、家に誰かいるかどうかは分からない。hossyね、こんな夜遅い時間に訪ねて来たのは、窓を観察するためなんですよ。昼間だと分からないけど、夜は窓を見れば、家に人がいるかどうかはだいたい分かる。どんなに遮光性の高いカーテンを使っていても、少しは外に明かりが漏れるものだからさ。でも馬場さんの家は、真っ暗ですね。ご家族はどこかに避難しているのかもしれません――あ、ちょっと待って。今1台の車が家に近づいてきて……女性が降りてきました。間違いありません。元『すばる座』の女優で馬場さんの奥さん、馬場美穂《みほ》さんです。ちょっとお話を聞いてみましょう。馬場さん？　馬場さん、ちょっといいですか？　事件取材ユーチューバーのhossyです。ちょっとお話を聞かせていただけませんか？　いや、あれ？　今、車から男性2人が降りてきました。ちょっと、ちょっと何するんですか？　暴力はやめて下さい！　取材してるだけなんですから！　ちょっと！」

（中断）

「先ほどは失礼しました。hossyを排除しようとした2人組は、『すばる座』のスタッフということです。取材だという意図は伝えたのですが、無視されて、家から遠ざけられました。非常に暴力的な手段だったので、hossyは『すばる座』に抗議するかどうか検討中です。しかしhossyは諦めません。今、世の中の人が一番興味を持っていることを明らかにするために、突っこんでいきたいと思います！」

コメント欄

@user-876798

hossyやり過ぎだろ。馬場さんの奥さんの顔、出すなよ。あんな怯えた顔を見せたかったのか？　全然楽しくないしショッキングでもないし、hossyの悪趣味全開じゃん。

@Tomo899

hossyのエグいやり方は、ハマった時にはいいけど、今回はダメだよ。芸能マスコミが張ってないっていうけど、最近のマスコミは、ちょっとは遠慮するでしょう。それを読めてないのはやばいぜ、hossy。

@miurabros

hossyって、いかにもスクープ発信しますって感じでやってるけど、実際は現場で騒いで、一人で大事にしてるだけだよね。今回のこれもその典型。アクセス数稼ぎで張り切りたいのは分かるけど、そのうち刺されるぜ。

上杉彩奈応援サイト「彩奈LOVE」掲示板

2023/10/4（水）12:10:32 ID:67ct78

今回の一件で謎なのは、やっぱり馬場さんと彩奈の関係。週刊ジャパンでは、映画の舞台挨拶で親しくなったって書いてあったけど、そんなことあるのかな。舞台挨拶って、バタバタしてて大変じゃん。それにあの映画の舞台挨拶の頃って、まだコロナの最中で、打ち上げとかもできてなかったんじゃないかな。

2023/10/4（水） 12:18:15 ID:yt78j65

ところがこの2人、実は映画より先、6年前に共演してたんだって。彩奈が映画でブレークした後に出た風邪薬のCMで、馬場さんはくしゃみしてた。誰かに言われて思い出したよ。でも、6年前から関係があったとかは、ちょっと？　だね。

2023/10/4（水） 13:27:10 ID:Xd45Rt7

彩奈に恋愛イメージないっていう人もいるけど、28だよ？　それで恋人もいないっていうのはむしろおかしいでしょう。やっぱり、パニック障害がきっかけじゃないのかな。そういう時に、近くにいてくれる人に惹かれるって、いかにもありがちじゃない。調べると、馬場さんもこの1年は、仕事を抑えがちだったんだよね。まさか彩奈のためじゃないと思うけど、タイミングの重なり具合にちょっと疑問は感じるな。

2023/10/4（水） 13:35:30 ID:786yut76

彩奈も子どもじゃないんだし、いい恋愛は黙って後押ししてあげるのが大人の応援だけどさ、今回、馬場の存在に黒いものを感じるんだよ。パニック障害になって苦しんでいる彩奈を騙したってことはないかな。

2023/10/4（水） 13:40:18 ID:Xd45Rt7

馬場さんも、支えきれなかったのかな。パニック障害の人をサポートするのって、やっぱり相当気を遣うし、馬場さんには家族もあるんだから、24時間一緒についているわけにもいかないだろうし。中途半端な関係が彩奈を追いこんだってことはないかな。
2023/10/4（水） 13:45:48 ID:786yut76
馬場の存在が彩奈を苦しめてたかもな。彩奈は真面目だし、不倫ってことになったから、自分を精神的に追いこんでいたかもしれない。不倫はどっちが悪いってことはないけど……馬場の作品はキャンセルだな。気分悪い。
2023/10/4（水） 13:48:10 ID:Xd45Rt7
馬場さんのCM、もう流れなくなってるよね。企業のサイトからも消えてる。こういう時の企業とテレビ局の判断の速さって、異常じゃない？　普段の仕事もこれぐらいのスピード感でやってくれっていうの（笑）。
2023/10/4（水） 13:55:48 ID:786yut76
この判断は仕方ないんじゃないかね。今は、馬場の顔を見たくないって人はたくさんいると思うよ。俺を筆頭に。彩奈を殺した人間だからな。
2023/10/4（水） 14:00:32 ID:67ct78
どっちが先に声をかけたか……彩奈が自分から死ぬなんて言い出すとは思えないけど、真相は闇の中だよね。馬場さんに話が聞けない限り、真相は分からないと思う。

「日刊ウーマンデイ」

上杉彩奈さんと馬場直斗さんの心中事件で、大きな衝撃が広がっている。馬場さんが意識不明のままで、真相が分からない中、上杉彩奈さんファンの有志が、真相解明を求めてネット上で署名運動を始めた。

「捜査を担当している渋谷中央署の広報がしっかりしていないので、真相が表に出てこない」と非難し、渋谷中央署、並びに警視庁広報課に対して、速《すみ》やかな情報公開を求めるもの。事件に関して、一般市民が警察の広報に注文をつけるのは極めて異例。

一方、2人の関係は1年以上前から始まっていたという証言が出てきている。

ある映画関係者は「2人は、6年前のCMで共演してから、電話やメールではつながっていた。それが、1年前のパニック障害発症で、彩奈が誰かに助けを求めたくなり、改めて馬場に連絡を取って、2人は頻繁に会うようになった。馬場は今年の5月、所属する『すばる座』の舞台を控えていたが、体調不良を理由に降板。主演として発表されていた馬場の急な降板で、『すばる座』内は相当混乱したそうだ。仕事に対して責任感が強い馬場は、これまで舞台に穴を開けたことは一度もなく、演劇関係者の中には首を捻《ひね》る人が多かった」と話している。

また、馬場は家族と実質的に別居していたという情報もある。馬場の姿は、上杉彩奈のマンションで頻繁に目撃されていたものの、この1年ほど、家族が暮らす自宅付近でその姿を見た人はいない。そのため馬場は、自宅を出て上杉のマンションで同居していた可能性がある。

馬場は、芸能界でも家族思いで知られ、売れない時代に結婚した元女優の妻、そして子どもたちも以前は頻繁にSNSに登場していた。しかし本誌がチェックしたところ、この1年、写真や動画などはほとんど掲載されていないことが分かった。「家族思いの人間」をアピールしながら、実際には別居していて、適当に取《と》り繕《つくろ》っていた可能性もある。

神尾誠《かみおまこと》（起業家・インフルエンサー）の生配信　ゲストは同じく起業家の浅倉真子《あさくらまこ》

神尾「それでさ、このところ世間を騒がせている上杉彩奈さん問題」
浅倉「はいはい」
神尾「今日、日刊ウーマンデイが結構えぐいこと書いててさ。俺、普段はあんなの読まないんだけど、今日はまじまじと全文読んじゃったよ」
浅倉「私も読んだ。えぐいっていうか、この1年の馬場さんのSNSを全部チェックしたんでしょう？　暇なのかな」
神尾「それで記事を書いてアクセス数を稼ぐんだから、楽だよ。まさにコタツ記事の典型って感じ。でもそれを人力でやってるってのが信じられない。あんなの、機械的にクロールして記事にできそうなのに」
浅倉「そういうシステム作ればいいじゃない。神尾さん、もともとプログラマーなんだし」
神尾「もう48歳だから、プログラマーは卒業したよ。今は、いい牛肉をしこむ方が大事」
浅倉「ここで『牛《うし》の都《みやこ》』の宣伝しなくても」
神尾「いやいや、宣伝は大事だから。皆さん、神尾の焼肉店『牛の都』よろしくお願いします」
浅倉「宣伝って言えば、昔うちの会社で、上杉さんにCMに出てもらったことがあって」

神尾「そうだっけ？」

浅倉「8年前かな。上杉さんがグラビアアイドルから女優に転身したぐらいのタイミング。会社のイメージCMだったんだけど、私、撮影現場に立ち会ってびっくりしたわ」

神尾「何でまた」

浅倉「上杉さんって、そんな大きくないのよね。155センチぐらいかな。でも、光ってたのよ」

神尾「そういう照明じゃなくて？」

浅倉「違う、違う。上杉さん自身が発光してる感じ。もちろん、そんなことあるわけないんだけど、まぶしくて思わず目を瞑《つむ》っちゃった」

神尾「それぐらい輝いてた感じで」

浅倉「それで話すと、むちゃくちゃ可愛いのよ。声も耳に心地好いし、これは男子受けも女子受けも抜群だなって分かったの。実際上杉さんって、女子人気も高かったから、女優として成功したと思うんだ。私もノックアウトされて、ファンクラブに入っちゃったもの」

神尾「タレントさんをCMに起用した会社の社長がファンクラブに入る？　そんなの前代未聞じゃない？」

浅倉「そうかもしれないけど、それぐらい魅力があったの。だから私、今回の件は本当にショックで……お寺の鐘の中に頭を突っこんでる時にいきなり叩かれた感じ。ずっとガンガン耳鳴りがしてる」

神尾「芸能人が亡くなるのは珍しくもないけど、これだけ若いトップスターが……っていうのはやっぱりショックだよね。しかも心中なんてさ」
浅倉「心中かどうかは分からないじゃない」
神尾「状況的に、さ」
浅倉「実は馬場さんも、うちのCMに出てもらったんだ。3年前かな。だから馬場さんにも直接会ったことがあるし、いろいろショックだよ」
神尾「そりゃきついわ。話題変える？」
浅倉「そうして下さい」

10月5日㊍

「東日新聞」朝刊・社会面

死因は急性薬物中毒か　上杉さん変死

女優の上杉彩奈さん（28）が自宅で亡くなった問題で、上杉さんの遺体から、国内では流通していない薬物「ヒプノフェン」が検出されていたことが警視庁渋谷中央署の調べで分かった。渋谷中央署では、この薬物と上杉さんの死の関係を調べている。

ヒプノフェンは、アメリカの若者の間で流行している薬物。本来は鎮痛剤だが、規定量以上を摂取すると、酩酊《めいてい》したような感覚が得られ、これによって事故なども起きていることから、数年前からアメリカ国内では問題になっていた。ほとんどの州で、医師の処方なしで薬局で手に入るが、現在規制が議論されている。

上杉さんの遺体からはヒプノフェンの成分が見つかったものの、容器や薬そのものは室内では発見されていない。上杉さんの自宅で、意識不明の状態で見つかった俳優の馬場直斗さん（37）の血液中からも、やはりヒプノフェンが検出されており、渋谷中央署では2人が同じ薬物を使って心中を図った可能性が高いと見てさらに調べている。

SNSから

Bad パパ @badpapa

ヒプノフェンって、アメリカで流行してるやつか。俳優のジョン・デイモンがヒプノフェン中毒って告白して問題になったじゃん。

Bad パパ @badpapa

それで、ジョン・デイモンって、上杉彩奈がハリウッド映画に出た時に共演してるっていうしね。どう考えても、この時に覚えさせられたとしか思えない。

ムラキ998 @mraki998

そのハリウッド映画って、「ラストデイ」だよね。あれって、上杉彩奈は本当にチョイ役じゃなかったかな。それで変な薬だけ覚えさせられたんじゃ、馬鹿みてえじゃん。ひでえ国だよ、アメリカ。

日比谷日野蔵 @hibiyahinozo

薬物は手を出す自分が悪いけど、変な誘いがあったらねえ。誘う方が悪い。もしかしたら、それからずっと中毒だったとか？　パニック障害の原因もそれとか？

Bad パパ @badpapa

アメリカの大学の研究で、ヒプノフェンが鬱症状を引き起こしたケースが紹介されてる。パニック障害と鬱は違うけど、何だかな……。

嶋田太輔 @shimada132

迂闊なことは言えないけど、ヒプノフェンを服《の》んだのは間違いなさそうだし、問題はどこで手に入れたかだよな……上杉彩奈の両親って、まだアメリカ在住じゃなかった？　それなら親に会いに行くこともあるだろうし、向こうから送ってもらうことも可能か。

Bad パパ @badpapa

薬物には手を出しちゃいけないってことだよな。上杉彩奈の方がヒプノフェンに近い感じがするけど、となると心中を持ちかけたのはどっちだろう？　それにヒプノフェンで死ねるのかね？

ブログ「夜の光」

なるほど、ヒプノフェンか。ちょっと調べただけでもかなりやばい薬だってことは分かる。

入手経路が難しいと言う人がいるけど、今はこんなもの、簡単に手に入るだろう。アメリカでは違法薬物ではないんだから。ドラッグだって、国際郵便でやり取りするんだし。そもそもアメリカに行った時にまとめ買いして日本に持ちこめば、何も問題ないのでは？

ネットがだいぶ荒れてるけど、意味が分からないのは、警察に情報開示しろって言う人間だよな。マジ馬鹿じゃねえか？　警察の捜査ってのは、極秘にやらないと邪魔が入ったりするわけで、普通の役所みたいに何でもかんでも情報公開しましょう、なんてわけにはいかないんだよ。ちょっと考えればすぐ分かることなのに、勝手な思いこみや勘違いで騒ぐ馬鹿がいるんだよな。それでネットで署名運動とか……リソースの無駄遣いでしょ。皆、もっと建設的なことをしようよ。ネットなんかに寄生してないで街に出ようぜ。あんたらが上杉彩奈や馬場直斗を大好きなのは分かるけど、死んだ人や意識不明の人をいじっていても、飯は食えないじゃん。

警察に対するネット署名、ただちに止めるべし。時間の無駄。人生の無駄。ネットのリソースの無駄。

東テレ「ワイドアフタヌーン」

宮本光一「異例の展開と言っていいのでしょうか……警視庁クラブの坂下さん？」

坂下「はい。今日、警視庁の島修《しまおさむ》刑事部長の定例会見があったんですが、刑事部長はこの中で、上杉彩奈さんが死亡した事件に関して、警察が捜査情報をオープンにするようにというネット上の署名活動が50万人に達したことに触れ、『どのような要請があっても、捜査の邪魔になりそうな場合は、情報を開示するわけにはいかない。今回の案件でも捜査は適切に行われており、然《しか》るべき時が来たら広報する。ネットの署名のことは把握しているが、警察としては反応しない』と明言しました。刑事部長が個別の捜査に言及することは珍しくありませんが、捜査そのものではなく、警察と関係のない署名活動について話すのは極めて異例です」

宮本「坂下さん、警視庁がこの件に触れたというのは、どういう意図でしょうか？　捜査がなかなか進んでいない焦りがあるのでしょうか」

坂下「はい、警視庁は今回の件で、非常に慎重に捜査を進めています。亡くなったのも、同じ場所で意識不明で発見されたのも著名な俳優さんということもあり、軽々《けいけい》に結論を広報したくないというのが本音だと思います。一方、ネット上ではさまざまな噂が飛び交い、中には明らかに名誉毀損《めいよきそん》に当たる内容もあるようです。警視庁としては、過熱するネット世論に釘を刺し、これ以上無責任な噂が広まるのを防ごうという狙いもあると思います」

SNSから

Bad パパ @badpapa

分かってないね、マスゴミは。警察が広報するかしないかなんて、関係ないんだよ。自分たちで真実を探り出せばいいのに、調査能力がないから、警察の発表頼りになってる。それで警察に阿《おもね》るわけだ。

三日月の向こう @mikaz678

ネット署名のせいで、警視庁も実は焦ってるんじゃない？　こんな形でプレッシャーをかけられるなんて思ってなかったのでは？　無視を決めこんだみたいだけど、これは継続だね。

二葉のママ @futabamama

秘密主義なのは、知られたくないことがあるんだよ。そういうの、この時代ではもう通用しないからね！

kiwidance @kiwid_0110

新しい署名運動を始めるべきだね。警察は強い組織かもしれないけど、所詮《しょせん》人の税金で食ってるんだからさ。プレッシャーをかけて、どんどん揺さぶれば変わるよ。マスコミには任せておけない。

東テレ「イブニングゴー」

木宮佳奈子「上杉彩奈さんが亡くなった事案に関して、警視庁が過剰とも言える反応を示して話題になっています。今日午後、警視庁の島修刑事部長が、定例会見で異例の見解を示しました。上杉さんの死去に関する捜査で、警察の広報が遅い、あるいは何か隠しているのではないかと疑う声がネットに広がり、ネットで署名運動が起きましたが、島部長はこれに関して、『どのような要請があっても、捜査の邪魔になりそうな場合は、情報を開示するわけにはいかない。今回の案件でも捜査は適切に行われており、然るべき時が来たら広報する。ネットの署名のことは把握しているが、警察としては反応しない』と明言しました。ネット上で批判の声が広がっていることに反論した形です。
しかしこれに対して、今日夕方、警視庁は警視総監名で声明を出し、『ネット署名については これを尊重し、捜査結果は速やかに広報する』と明言しました。刑事部長の発言も異例ですが、警視総監がそれを打ち消すような声明を出すのも異例で、警視庁内の混乱が窺えます。解説委員の水上《みずかみ》さん、かなりばたばたした展開に思われますが、警視庁内はどうなっているのでしょうか」

水上「はい。警視総監の声明は、実際に広報のスピードを早めるというよりも、島刑事部長の発言を否定するためのものと言えます。島刑事部長の会見での発言には、早々にネット上で批判が高まっており、事件の広報を早くするようにという新たなネット署名運動が始まり、既に20万人を超える署名が集まっています。警視庁としてはこれを無視できないというより、島刑事部長の発言がネット世論を沸騰《ふっとう》させてしまったとして、火消しに走ったものと見られます」

木宮「ということは、今後この事件に関して、広報が早まるのでしょうか」

水上「警察としては、『動きがない』という理由で、何も言わずにおくことができます。基本的に警察は、マスコミ向けの広報は二の次で、事件捜査を第一にしています。また、行政的な発表や事件・事故の統計に関しては他の省庁と同じようにネットで公表しているので一般ユーザーも見られますが、捜査の状況に関しては広く広報はしていません。いわばマスコミだけが窓口です。昔からの習わしということもありますが、捜査情報がいち早く一般に伝わることで、誤情報や悪戯《いたずら》が頻発《ひんぱつ》するのを避ける狙いもあります。しかしいずれにせよ、今回のトラブルは警察内部の混乱の表れと言えます」
木宮「それだけ、この事件の捜査が難しいということもあるのでしょうか」
水上「その通りです。警視庁のある捜査幹部は、有名な芸能人が同じ現場にいて、1人が死亡し、1人が意識不明という案件は過去になかった。既にネット上では無責任な噂が流れているが、これを否定するためだけに、早く結論を出すわけにはいかない。捜査は慎重かつ速やかに行わなければならないが、かつてない難しさを感じている、と率直に表明しています」

SNSから

Bad パパ @badpapa
警視総監が刑事部長をお怒りって、これは署名活動の全面勝利じゃね？

三田小僧 @mita_k
お怒りのふりをして、実際には広報が早くなることはないんじゃないかね。警察としては、早く出すメリットはないのでは？　ネット民のご機嫌取りだけじゃねえ。

Bad パパ @badpapa
警察とマスコミによる情報操作じゃね？　やっぱりこの件には、何か隠しておきたい一面があるんだよ。実は警察が噛んでるとかさ。

三田小僧 @mita_k
警察が噛んでるという話になると、陰謀説って言っていられなくなる。警察は、その気になれば何でもできるから。あの2人が大きな事件の容疑者とかだったら、警察はできるだけ、捜査結果の公表を先延ばしにしたいのでは?

kitta_kitta @kittaX2
ありうる。所詮芸能人だからさ。何かあってもおかしくないでしょう。

10月9日㊊

東テレ「ワイドアフタヌーン」

宮本光一「女優の上杉彩奈さんが亡くなってから、今日で1週間が経過しました。上杉さんの部屋で発見された俳優の馬場直斗さんは依然として意識不明のままで、いったい何が起こったのか、謎は深まる一方です。今日はこの一件について、徹底して深掘りしていこうと思います。ゲストコメンテーターは、社会学者の井沢誠《いさわまこと》さん、弁護士の坂東多佳子《ばんどうたかこ》さんです。後ほど、現場と結んでお伝えしたいと思います。さて、井沢さん、この件は事態の不可解さもあって、ネット上でも大騒ぎになっています。過去に例をみない事件ですが、どう見ていますか」

井沢「警察が非常に慎重に捜査しているようですね。情報が流れてこないので、喋《しゃべ》りにくい部分があるんですが……ネットで、完全に娯楽扱いになってしまっているのが怖いですね。これは、今の日本の象徴のような一件だと思います。人の不幸は蜜の味と言いますが、重大な事件であっても、完全に消費されるエンタテインメントになってしまうことが証明された格好です」

宮本「坂東さん、法的に問題があることも多いようですが」

坂東「そもそも心中と確定したわけではありませんし、名誉毀損に当たるような書きこみや発言も少なくありません。発信する前に、よく考える必要があります。こういうのは過去にも何度も繰り返されてきたのに、まったく教訓になっていないのが問題ですね」

宮本「問題があるネット上の動きについては、後でまとめて紹介しますが、まずはここまでの動きを時系列で見ていきたいと思います……その前に……新しい情報が入ってきました。現場とつなぎたいと思います。現場の上岡さん、お願いします」

上岡「はい、意識不明のままの馬場直斗さんの自宅前へ来ています、上岡です。たった今、20分ほど前ですが、1人の女性が馬場さんの自宅を訪れて激しくドアをノックし、家族に出てくるようにと要求しました。報道陣に取り囲まれると、自分は馬場さんの愛人だと主張して、ドアを壊すような勢いでノックを始めました。家の中にいた劇団『すばる座』のスタッフが出てきて取り押さえ、女性は先ほど警察に連行されていきましたが、現場は一時騒然としました」

宮本「上岡さん、その情報をもう少し……その女性なんですが、主張に根拠はある感じなんでしょうか。あるいは悪戯なのか」

上岡「はい、実はこの女性、モデルの須川愛未《すがわまなみ》さんだったんです」

宮本「須川さんは……最近、ドラマなどでも活躍されている方ですよね？　間違いありませんか?」
上岡「間違いありません。一連の騒動は全て撮影していましたが、それを流すかどうかは……後ほど検討させて下さい。今回の一件がどういう意味を持つかは分からないのですが、非常に危険な感じはしました」
宮本「上岡さん、これまで馬場さんの自宅前でこういうトラブルは起きていたんでしょうか」
上岡「はい、野次馬がたくさん集まったので、近所の人が警察に通報するようなことはありました。また先週、取材系を名乗るユーチューバーの男性が、馬場さんの奥さんに直撃しようとして、劇団のスタッフに阻止されるトラブルもありました。この様子が動画で流され、すぐに削除されましたが、大きな問題になりました」
宮本「はい、上岡さん、ありがとうございます。坂東さん、恐れていたトラブルが起きてしまいました」
坂東「どういうことなのか分かりませんけど、馬場さんなら叩いてもいいという風潮があるように思えます。何かが起きた時に誰かを叩きたい、明確に白黒つけて悪い方を糾弾《きゅうだん》したいと考えるのは、人間の自然な心理かもしれませんが、そこで自制できるのも人間なんですよね」
宮本「今回の件、法律的にはどうなんでしょうか」
坂東「まだ詳しい状況が分からないので何とも言えませんが、多くの人に聞かれるような状況で名誉を毀損するようなことを言ったら、罪に問われる可能性はあります。これはネットの世界でもリアルの世界でも同じです」

井沢「危険な風潮ですよね」
宮本「どういう風に危険なんでしょうか、井沢さん」
井沢「物事を単純化しようとしていることです。何かあったら、誰が被害者で誰が悪いと単純な構図で決めつける傾向が強いのが、ネット世論です。実際の出来事は、そんな単純なものではないんですけど、もう、今の日本人には、物事の複雑な真相に目を向けて、それを理解しようとする根気がなくなっているのかもしれません。とはいえ、今日の話はそういうこととちょっと違う……馬場さんのご家族は、この件には関係ないわけで、口で攻撃したり、ましてや物理的な危害を加えたりするようなことは論外です。ただ、状況がイマイチ分からないので、はっきりしたことは言えないですけどね」
宮本「事態はますます複雑化しています——ここでいったんＣＭです」

「週刊ジャパン」ウエブ版

「心中」の俳優宅に突撃したモデルの正体

女優の上杉彩奈さん（28）の自宅で倒れているのが見つかった馬場直斗さん（37）の自宅に、9日、１人の女性が「突撃」した。この女性はすぐに警察に連行されたが、自分も馬場さんの愛人だったと主張して、現場は一時騒然とした雰囲気に包まれた。

この女性はモデルで女優の須川愛未さん（24）。須川さんは9日午後、多数の報道陣がいた馬場さん宅を突然訪問し、激しい勢いでドアをノックして「私も馬場さんの愛人だった」と大声で叫んだ。馬場さん宅にいた劇団「すばる座」のスタッフが制止し、駆けつけた警察が須川さんを連行した。須川さんはすぐに帰されたが、どうしてこんなことをしたかは不明。須川さんは17歳の時にファッション誌の読者モデルとしてデビュー。近年は映像作品や舞台へ進出しており、馬場さんとは2年前の「すばる座」の舞台「明日なき世界」で共演していた。

劇団関係者によると、2人は共演者として普通に仕事をしていたが、「明日なき世界」が終わった後は接点がないはずだという。

須川さんの事務所によると「事実関係を確認中。須川はこの後、ドラマなどへの出演予定があるが、それについては関係者と相談して決めていく」としている。

SNSから

三田小僧 @mita_k
きたきた、第三の人物。馬場って、何人も愛人を囲っていたタイプ？

清水ハナコ @hanako098
須川愛未って、そもそも大物俳優の愛人じゃないかって言われてたよね？　モデルから女優になる時、その俳優の後押しがあったっていう話。

三田小僧 @mita_k
大物俳優って、H.K.だよね？　あ、別にイニシャルにしなくていいか、もう死んでるし。花《はな》島薫《しまかおる》って、腹上死って言われてなかった？　その相手が須川愛未とか。

matman @09_mat
腹上死だっていう噂はあったけど、死因は心不全としか発表されてないんだよね。ただし、地方のホテルで死んでいるのが発見されたのって、怪しい。あれが5年前か……須川愛未、未成年じゃん。

三田小僧 @mita_k
だから須川愛未って、魔性の女って言われてたんだよね。そんなやばいことがあって、よく普通に女優を続けられると思うけど、その図太さが魔性たる所以かな。

Bad パパ @badpapa
全然そういう風に見えないけど、可愛いタイプの方が、おっさんにとっては小悪魔的な感じでいいとか？　いや、俺もおっさんだけど笑

清水ハナコ @hanako098
花島薫が死んでから、馬場に乗り換えた感じ？　でも、相手が意識不明の状態の時に、家族にそんなこと訴えても意味ないよね。ブチ切れたのかもしれないけど、この子ヤバいでしょ。

hata_hata @hatahata22
須川愛未って、結構ブチ切れエピソードあるんだよね。モデル時代にカメラマンを平手打ちしたとか、舞台稽古をいきなりやめて帰っちゃったりとか。それがどうしてここまで生き残ってるか、謎だわ。

清水ハナコ @hanako098

寝技得意なタイプかな笑　女を使って仕事を取るような人間だったら、最低。

「週刊ジャパン」ウエブ版
「馬場は何股もかけていた」女優が新証言

女優の上杉彩奈さん（28）の自宅で倒れて意識不明の状態が続いている馬場直斗さん（37）。この馬場さんの自宅に「突撃」して自分は愛人だと主張した、モデルで女優の須川愛未さん（24）が本誌の取材に応じ、馬場さんとはこの2年ほど愛人関係にあったと涙ながらに訴えた。

須川さんは2年前、馬場さんが所属する劇団「すばる座」の舞台「明日なき世界」に出演、馬場さんと共演していた。この時、馬場さんに声をかけられ、愛人関係になったという。須川さんは当時、演技の方向性などに悩んでおり、年上の馬場さんは、仕事の相談もできる頼れる男性だったという。馬場さんは家族については「妻との関係はもう破綻《はたん》している」「家にいると息苦しくて仕方がない」とこぼしていたといい、家庭は実質的に崩壊していて、馬場さんは「いい父親、いい夫」をSNSで発信して演じていただけだと須川さんは聞いていた。

2人の関係がおかしくなったのは1年前。馬場さんが、上杉さんと頻繁に会うようになったからだ。須川さんは馬場さんの携帯の記録などを見て、上杉さんと関係があることに気づいて問い詰めたが、馬場さんは否定。須川さんがさらに追及しようとした矢先に、2人は「心中」したという。

須川さんは「馬場さんは誰にでも優しい。他にも女性がいたかもしれない」と話し「心中」

が発覚した後、精神的に不安定になって医者通いを始めたと打ち明けた。
　何故馬場さんの自宅へ押しかけたかについては「奥さんにも知る権利があると思う。奥さんは完全な被害者で、私は加害者で……でも、何も知らないままだと可哀想だと思った」と話している。

馬場直斗応援掲示板「直斗マニア」

2023/10/9(月) 21:10:43 ID:877yui8i
何でいきなり、須川愛未とかが出てくるかね。馬場さん、そんなに手当たり次第に女に手を出すような人じゃない。家族との関係は分からないけど、そもそも馬場さん、何人も愛人を囲うほど時間と金の余裕はないと思うよ。

2023/10/9(月) 21:15:09 ID:ty6ijh
そうなんだよ。勘違いしてる人多いと思うけど、芸能人なんて、時間ないからね。特に馬場さんの場合、仕事は常に詰まっているから、愛人なんか作ってる暇はないはず。まあ……上杉彩奈は愛人だと思うけど、須川愛未はどうかな。医者へ通ってるとかいう話だし、そもそも証言は信用できるんだろうか。

2023/10/9(月) 21:18:12 ID:u8y89yt
しかし、こんなことをわざわざ家族に教えるかね……薬か何かでおかしくなってたらともかく、そうじゃないならかなりの覚悟が必要だったと思う。私だって愛人なんだから無視しないで、みたいな必死の思い？　芸能人ってそういうメンタリティがあるんじゃないかな。無名よりも悪名的な。どんなことでも目立てばいいっていう感覚はあるんじゃないかな。それは仕事だけじゃなくて、プライベートでもそうかも。

2023/10/9（月） 21:22:12 ID:ty6ijh

馬場さんの家族が心配。近所の人も聞いてる中で、あんなこと言われたら、いたたまれないよ。警察は、何で須川愛未を帰しちゃったのかね。名誉毀損でも迷惑防止条例でも何でも、逮捕しちゃえばよかったのに。またやるよ、あれ。

2023/10/9（月） 21:24:23 ID:qw34dee

歪《ゆが》んだ形の承認欲求だよね。何でも目立てば勝ちみたいなことかもしれないけど、自分のプライバシーをさらけ出してまで目立ちたいものかね。逆に、馬場さんのプライバシーを晒《さら》して迷惑をかけていることに気づかないんだろうか。家族が可哀想だ。

2023/10/9（月） 21:30:35 ID:990iuy9

でもこれ自体が、全部作り話って可能性もあるよね。ただ目立ちたいだけで、演技したとか。

上杉彩奈応援サイト「彩奈LOVE」掲示板

2023/10/9（月） 21:09:07 ID:67tbvm

須川愛未って、彩奈と共演してるんだよね。共演っていうか、雑誌の「アクア」で一緒にモデルをやってた時期がある。これ、古い写真だけどどうぞ。←←

2023/10/9(月) 21:17:45 ID:vc56xx8
うわ、5年前？　彩奈、若いわ。須川って、その辺の高校生って感じで、全然垢抜《あか》けないね。
彩奈とはレベルが違うわ。だけど馬場さん、相手は誰でもいいわけ？　ひどい話だよ。
2023/10/9(月) 21:20:45 ID:gh67f43
須川が言ってることとって本当かどうか分からないけど、馬場さん、脇甘くない？　彩奈も、男を見る目はなかったのかなあ。もうちょっとしっかりしてると思ったけど……あるいは馬場さん、見かけによらず口が上手《うま》かったのか。
2023/10/9(月) 21:24:34 ID:lk90jj
馬場さんは自業自得として、彩奈は完全に被害者。
2023/10/9(月) 21:25:34 ID:sd45cg6
須川は売名行為でしょ。あんなことしたって、何か起きるわけじゃないし、ただ目立ちたかっただけじゃね？　馬場さんにはいい印象はないけど、家族が可哀想だよ。今回の件の被害者だよね。

「東日スポーツ」ウエブ版

女優の須川愛未さん 自殺

モデルで女優の須川愛未さん（24）が自宅で倒れているのが発見され、病院へ搬送されたが、死亡が確認された。自殺と見られている。

10日午前9時頃、都内の須川さんの自宅マンションを訪ねた事務所スタッフが、部屋で倒れている須川さんを発見、119番通報した。須川さんは手首を切っており、意識不明の状態で病院に搬送されたが、死亡が確認された。警察で状況を調べている。

須川さんはモデル出身で、最近は女優業にも進出、活躍の場を広げていた。

須川さんは亡くなる前日の9日午後、俳優の馬場直斗さんの自宅を訪れ、突然自分は馬場さんの愛人だったと訴えて騒ぎになり、警察に連行された。逮捕はされず、自宅へ戻ったが、その後に自殺を図ったと見られる。

SNSから

matman @09_mat

うわ、やっちまったよ。とんでもない飛び火だこれ。馬場の周りで2人目の死者。ひでえ男だな。

南野島影 @minami_island

これだけで済めばいいけど、馬場って他にもやばいネタ抱えてるんじゃね？　これ以上死人が出るようだったら、目も当てられないよ。すげぇ展開になってきたわ。

梅木省吾 @umeki344

まあ、発作的な自殺なんだろうけど、馬場の罪は重いよな。イメージ的に、そんな何人も愛人を囲うようには見えなかったけど、無責任な野郎だよ。

Bad パパ @badpapa

これは絶対、病院には頑張って馬場を治して欲しいね。意識が戻って、ちゃんと喋ってもらわないと、世間は納得しないわ。このまま馬場が死んだりしたら、何も分からないままで終わるじゃない。

matman @09_mat

馬場が悪人になってるのはしょうがないよね。心中の背後にどんな事情があったかは分からないけど、遺書ぐらい残しておかないと、人間として駄目じゃん。無理やり叩き起こして話聞けないのかね。

ブログ「夜の光」

上杉・馬場問題は、あっという間に滅茶苦茶になってきた。第三の犠牲者が出るとは思わなかったけど、これで事態が沈静化する見込みはない。

ここまでの流れをまとめると、とにかく無軌道に騒動が広がっているようにしか見えない。

2人が心中→1人生き残り→ネットが沸騰→馬鹿なユーチューバーが馬場の家に突撃→動画

削除でＢＡＮも近いか↓愛人を名乗る女が馬場の自宅に突撃、喚き回る↓女、警察に連れて行かれる↓翌日自殺。今ここ！的な感じ。

馬場は何人愛人を囲ってたんだって話になってるけど、そんなの分かるわけないよね。世間は馬場を悪人扱いしてるけど、事態はそんな単純なものじゃないだろう。

自殺した須川愛未も遺書らしい遺書は残していないから、真相は不明。スマホに「もう耐えられません」っていうメモが残っていただけだから、何とでも解釈できる。

はっきりしたことが何一つ分からない事件だから、余計なことは言わない方がいいのに、誰でも何か一言言いたくなるのは何でかね。抑えが利かないっていうか、思考ダダ漏れはヤバい。

発言する前に、５秒考えればいいのに。

10月11日㈬

「東日スポーツ」ウエブ版

自殺の須川さん「不安定に」

モデルで女優の須川愛未さんが自殺した問題で、所属事務所が11日、本紙の取材に応じ、「ここ数ヶ月、精神的に不安定になっていた」と明かした。

須川さんは、馬場直斗さんと愛人関係にあったと自ら明かしていたが、これについては「確認が取れていない」とした。また、須川さんのスマートフォンに「もう耐えられません」というメモが残っていたことに関しても「まったく分からない」という。メモアプリに書かれていたもので、誰かにメッセージやメールを送ろうとした形跡はないという。

hossyチャンネル「事件事故の部屋」

「はい、hossyです。上杉彩奈事件、思いもかけない展開になってきましたね。馬場直斗の第2の愛人が登場して、しかも自殺。これで犠牲者は2人になったわけです。馬場直斗という人物のいい加減さが浮き彫りになってきたわけで、ここはどうしても関係者に話を聞かないといけません。というわけで今日は、馬場直斗が所属する劇団『すばる座』に来ています。

『すばる座』と言えば、戦後すぐに発足した名門劇団だよね。現在の代表は、日本を代表する名優の三《み》島《しま》武郎《たけお》さん。三島さんは今日、劇団本部のあるこのビルで、次の舞台の稽古中という情報が入っています。ここでぜひ話を聞いて、馬場直斗が本当はどんな人間だったのか、解明していきたいと思います。

　今、午後9時……そろそろ稽古終わりの時間です。裏口の扉が開いて……あ、三島さんが出てきましたよ。早速突撃してみたいと思います。三島さん！　三島さん、取材させて下さい！ユーチューバーのhossyです。三島さん、馬場さんに2人の愛人がいたということを劇団としてはどうお考えですか？　今の世間の常識には合わないんじゃないですか？　あ！――」

「東日スポーツ」ウエブ版

ユーチューバー「負傷」〝取材〟中に殴られる

「取材系ユーチューバー」として知られているhossyこと星野啓太《ほしのけいた》さん（28）が負傷し、取材相手に暴行を受けた、と主張している。殴ったと名指しされた相手は否定も肯定もしておらず、一方で星野さんの取材方法に対して非難の声が上がっている。

星野さんは11日午後9時頃、渋谷区にある劇団「すばる座」を訪れ、劇団代表・三島武郎さん（70）に突撃取材を敢行したものの返事をもらえず、逆に三島さんと一緒にいた劇団スタッフ2人から殴る蹴るの暴行を受けたという。

「すばる座」は、「いきなり取材と称する突撃を受けてスタッフが動揺した」とだけ説明しており、「星野さんの出方を見て今後の対応を決める」としている。

10月12日㈭

hossyチャンネル「事件事故の部屋」

「はい、hossyです。こちら渋谷中央署です。最近何かと話題の渋谷中央署。どうして私がこちらに来たかというと、『すばる座』の皆さんに暴行を受けた件で告訴しようというわけです。

ところがですよ、驚いたことに、渋谷中央署はこの告訴は受理できないときたものです。怪我したことが証明できないという話ですけど、診断書がないと何もできないのかね。散々ぶん殴られて痛い目に遭って、でも警察は捜査する気がない。これは芸能界に対する忖度ということでしょうか。日本の警察も落ちたよね。もちろん、昨日の動画も見せた。だけど、俺が自分で回していて、いきなりぶん殴られたんだから、その場面なんか直接映ってるわけないじゃん。これじゃ何も分からないって言われて、証拠採用なし。

はい、皆さん、これが日本の警察の実態です。有名な俳優さんが絡んでくるとこんなもんで、事実の解明を目指すユーチューバーが襲われても、何もしてくれないんですよ。これ、オールドメディアの連中が襲われても警察は動かないのかね。だとすると、有名人は取材を受けたくない時に、相手をぶん殴ればいいことになるじゃん。これからは取材なんかできなくなるよ。有名人は好き勝手にやる。警察は何があっても動かない。だったら俺も有名人になるしかないね。でも、有名人の定義って何だろう。現在95万人のフォロワーがいるhossyは、有名人じゃない？

——はい、熱くなりました。すみません。hossyは常に冷静沈着に真相に迫るのがモットーでした。

ではこれから、東京地検に突入しようと思います。警察が駄目なら検察だよね。そこでも受けつけないとなったら、hossy、今度は民事の裁判で白黒つけようと思います。その際は皆さんの援助が必要になると思いますが、よろしくお願いします！　では東京地検に突撃！」

ブログ「夜の光」

このhossyって、逮捕歴あるんだよね。ユーチューバーの過去なんて誰も気にしないだろうから、知ってる人は少ないと思うけど、20歳の時に覚醒剤の売買で逮捕されている。この時は執行猶予判決だった。

hossyはそれからしばらく身を隠していたけど、3年前に急に「取材系ユーチューバー」を名乗って活動を始めた。「取材系」って言ってるけど、実際には渦中《かちゆう》にいる人に突撃して怒らせて、余計な一言を言わせるのが常套《じようとう》手段。今まで散々トラブルを起こしているけど、揉めてる場面の映像はアクセス数を稼げるから、やめられないんだろうね。マスコミの取材に割って入って喚き散らして、テレビ局から厳重抗議を受けたこともあった。訴訟になってる問題もあったんじゃないかな。オールドメディアは取材に金をかけてるわけで、それを素人に邪魔されたら損害が生じるよね。

hossyって、オールドメディアの取材方法は古い、取材対象に忖度して真実に迫れないって言ってるけど、じゃあ、本人がやってることは何だっていう話ですよ。今回みたいなトラブルはいずれは起きると思っていた。ただし、殴られるようなことがあれば、本人は懲《こ》りてユーチューバー引退かなと思ってたけど、全然懲りない。まさか警察に凸《とつ》して、さらに東京地検にまで行くなんて思わなかった。警察はともかく、東京地検が、こんな暴行事件を捜査しないのは常識だ。そういうことも知らないで、ただ面白い映像が撮れると思って凸してるんだろうけど、正直、面白くないんだよな。

個人的には、告訴に来た時に、警察はhossyを逮捕すべきだったと思う。hossy自身にお仕置きする意味もあるけど、むしろ守るためかな。このまま野放しにしていたら、いずれhossy自身がもっと深刻な被害を受ける恐れがある。

もしかしたら、そういう場面を映像に収められないかと思っているのかもしれない。確かに、誰かが殺されたりする場面が流れたら、アクセス数はめちゃくちゃ稼げるだろう。でも本人が死んでいたら、その恩恵は受けられないわけだけど。

SNSから

matman @09_mat

最近、夜の光っていうブログに注目してるんだよね。上杉彩奈事件の感想に特化したサイトなんだけど、まとめサイトの中では冷静で客観的。

北野真和 @m_kitano

夜の光、読んでるよ。ちょっと裏っぽい情報も書いてあるんだけど、書いてるのはどんな人かな。

AAA_BBB @truplea_b

業界人的な感じもするけど、暴露の真偽はともかく、あの冷静さは買える。こういう事件になると、俺らも含めてとにかく盛り上がるだけなんだけど、一歩引いたスタンスがいいよね。

東テレ「イブニングゴー」

木宮佳奈子「混迷を深める上杉彩奈さんの死亡事故ですが、今度はネット界隈《かいわい》でトラブルです。上杉さんの部屋にいて意識不明になっている馬場直斗さんが所属する劇団『すばる座』の代表に突撃取材を試みたユーチューバー、hossyこと星野啓太さん、28歳が、警視庁に逮捕されました。星野さんは11日、突撃取材を敢行した際、劇団関係者に暴行を受けたと主張、警視庁渋谷中央署、さらに東京地検に告訴をしようとしましたが、いずれも告訴の要件が揃っていないとして受理されませんでした。今日12日午後、改めて渋谷中央署で告訴の手続きをしようとしましたがやはり受理されず、署の外に出て、出入りする人を撮影し、インタビューを試みました。これが警察業務を妨害したとして、公務執行妨害の現行犯で逮捕されたものです。

hossyこと星野啓太さんが所属する事務所では『逮捕されたのは事実。現在状況を調査していますが、関係者にご迷惑をおかけしたことを誠に申し訳なく思います』と謝罪。星野さんとの契約は打ち切る方針と明かしています。社会部警視庁クラブの坂下さんに伺います。坂下さん?」

坂下「はい、警視庁クラブの坂下です」

木宮「今回の件、人気ユーチューバーが公務執行妨害で逮捕ということですが、警察はかなり強硬な対応だったのではないでしょうか」

坂下「はい。これについては警視庁内で以前から懸念《けねん》されていた、一部ユーチューバーの過激な暴走の問題があります。これまでも、迷惑系と言われるユーチューバーが一般市民や店舗などに迷惑をかけ、時には損害を与えることもありましたが、警察が逮捕しても、迷惑行為は後を絶ちません。そこで警察内部では、軽微《けいび》であっても違法行為があればユーチューバーを摘発すべし、という意見が出ていました。

今回は、渋谷中央署の前で撮影していたということですが、署員らが映っていた可能性があります。警察官は極秘捜査をすることも多く、顔と名前を知られないようにするのが基本ですが、YouTubeでそれが明らかになってしまうと、業務に支障をきたします。また、警察署に来る人も、名前や顔が外部に流出すると、仕事や生活に影響が出る場合があります。今回は、渋谷中央署が何度か警告してもまったく受け入れなかったために、逮捕に至ったというのが警察側の説明です」

木宮「一種の見せしめと考えていいのでしょうか」

坂下「そうですね。警察としては、これを機に、違法行為を繰り返すユーチューバーに対する対応を硬化する可能性があります」

木宮「難しい問題ですが、取材系と言いながら実質的に迷惑系になってしまうユーチューバーの活動に関して、警告になるのでしょうか」

「東日新聞」朝刊・社説

「取材系」ユーチューバー逮捕

「取材系」を名乗るユーチューバーが、12日、公務執行妨害の現行犯で警察に逮捕された。

このユーチューバーは、これまでも多くの現場で無謀な「取材」を続けてトラブルを起こしており、今回は自身が暴行を受けたと主張して警察に被害届を出したものの受理されず、腹いせに警察署前で迷惑行為に出たと見られている。

ユーチューバーは、アクセス数を稼げればいいという考えから、人目を引くために迷惑行為に出ることがあり、これまでも度々問題になっていた。

今回逮捕されたユーチューバーは、「取材系」を名乗り、一応は取材活動をしていた。そして新聞やテレビなどの既存メディアに対して「取材が生ぬるい」「忖度している」と批判を繰り広げてきた。

私たちマスコミも、これまで被害者の立場を考えない取材だと批判を受け、取材に関してはさまざまな工夫と配慮をしてきた歴史がある。ただ「相手の困った顔を見たい」「それでアクセス数を稼ぎたい」という単純な考え方とは一線を画している。

今回の逮捕は、ユーチューバーの活動に関して問題提起になるものである。報道に対する問題提起とする声もあるが、東日新聞では今後も、取材対象の人権に配慮しながら、取材活動を継続していく。

SNSから

東都大OB2001 @toht2001

hossy逮捕で、東日がさも偉そうに社説で書いてるけど、馬鹿じゃないかと思うね。相手を貶《おとし》めて自分の立場を上げるのは、それこそ馬鹿なネット民の手法じゃん。

嶋尾拓也 @taku_shimao

自分たちの取材の甘さを棚に上げて、hossy落としはみっともない。上杉事件での、既存メディアの報道のキレのなさよ。これだけ大変な事件なのに、取り上げ方が甘いのは、何かに忖度してるから？

matman @09_mat

報道しない自由ってやつかな。芸能人同士の心中だから、裏で事務所も必死に抑えているだろうし、そこはメディアも忖度するでしょう。どっちの事務所も、売れるタレントを抱えてるし。

東都大OB2001 @toht2001

オールドメディアは、ネット系に口出さない方がいいよ。どうせ滅びてくんだし、新しいことはネットがやるから。報道の形なんて、これから変わってくんだよ。

「東日スポーツ」ウエブ版

上杉さん　妊娠していた

自宅で亡くなっているのが発見された女優の上杉彩奈さん（28）が妊娠していたことが、13

日までの警察の調べで分かった。上杉さんの自宅では、俳優の馬場直斗さんも意識不明の状態で見つかっており、2人の関係などに注目が集まっていた。

「週刊ジャパン」ウエブ版
上杉彩奈　妊娠していた

自宅で亡くなっているのが発見された女優の上杉彩奈さん（28）。妊娠していたことが分かり、ますます謎が深まっている。また、親しい関係者によると、上杉さんは芸能界からの引退を仄《ほの》めかしていたという。

上杉さんは1年前からパニック障害で仕事をセーブしていた。この間、家族や友人たちと過ごす時間が増えていたが、「もう引退したい」「芸能界でやり残したことはない」「海外で暮らしたい」と弱音を漏らしていたという。

あるテレビ局プロデューサーは「仕事をセーブしている間にも何度か会ったが、明らかに生気がなく、本当に引退しそうな感じだった。それが今回、連ドラの主役に決まったというので驚いた」と話している。

来年1月から放送予定の東テレのドラマ「明日が来ない」はサスペンス色の濃いドラマで、脚本を担当する篠山《しのやま》はるかさんは、「上杉さんへの当て書きで主役のイメージを作った」と制作発表会見で話していた。この企画は、上杉さんが仕事をセーブしている間に決まったもので、上杉さんが以前主演を務めてヒットした東テレのドラマ「長い道程《みちのり》」のスタッフが再結集したことで、上杉さんも出演を決めたと語っていた。

既に撮影は始まっていたが、ドラマ関係者は、今回上杉さんの様子が最初からおかしかったと証言する。「以前は、納得いかなければ自分から申し出て何度でも撮り直しをしていた。しかし今回はさらりと流すような演技が多く、以前のような粘りはなかった」

他のスタッフも上杉さんの変化には気づいていたが、「パニック障害の影響で、自制していると思った」「仕事は安全運転を心がけている感じ」と、特に不自然だとは思わなかったらしい。

しかし実際には妊娠していたわけで、そのために自分の体を庇《かば》っていた可能性がある。

所属事務所「エーズ・ワン」では「妊娠の話は初耳だ。知っていれば、ドラマ出演に関しては配慮した。今回、上杉はしばらく仕事を控えていた後ということで張り切っていて、早めに役作りにも取り組んでいた。現場で少し疲れた様子を見せることはあったが、これはしばらく撮影から離れていた俳優にはよくあることで、上杉だけの話ではない」と話している。

上杉さんの妊娠判明で、事態はますます混迷を極めている。

「週刊TOKYOニュース」ウエブ版

「申し訳ない」馬場さん妻語る

女優の上杉彩奈さん（28）が自殺した問題で、上杉さんの部屋で意識不明の状態で見つかった俳優の馬場直斗さんの家族が13日までに週刊TOKYOニュースの取材に応じ、現在の心境を語った。

取材に応じたのは、元女優で馬場さんの妻、美穂さん（40）。美穂さんは憔悴しきった様子で「関係者の皆さんにご迷惑をおかけして申し訳ありません」と謝罪した。

馬場さんはCMやドラマの撮影で忙しくしていたが、どんなに遅くなっても必ず帰宅していたとして、一部で囁かれている「別居説」は否定した。子どもたちとの関係も良好で、空いている時間には学校行事などにも積極的に参加していたという。

「今までと変わった様子はありませんでした。仕事は忙しかったですけど、家族との時間は大事にしてくれました。ようやく家を建てて、この家が大好きだと言って……こんなことになるなんて、想像もしていませんでした」

上杉さんとの関係についても、まったく心当たりがないという。

「俳優ですから、舞台や映画、ドラマなどで共演した人たちとのつき合いはあります。でも馬場は下戸《げこ》なので、酒を呑んで騒ぐこともありませんでしたし、酒が原因でトラブルを起こしたり、浮気したりするようなことは……考えられません」

美穂さんは、馬場さんの携帯を警察から返してもらったという。

「馬場は、携帯の暗証番号も私に教えてくれていました。今まで見たことはなかったですけど、今回初めてロックを解除して、通話記録やメール、メッセージのやり取りを見てみました。そこに、上杉さんの名前はなかったです。誰だか分からない名前で登録されているのはありましたけど、警察の方で全部調べて、劇団や仕事仲間だと分かりました。内容も仕事関係ばかりで、おかしな内容はありませんでした」

美穂さんは、亡くなった上杉さんのことを馬場さんから聞いていた。

「共演した俳優さんのことはよく観察していて、その分析はちょっと怖いこともありました。私も元女優ですから、そういう話は喜んで聞きます。上杉さんのことは手放しで褒めていました。10年後には国民的女優になっているかもしれない、と。でも同じ映画に出ただけなので、それ以外にはまったく話を聞いたことがありませんでした。どうして馬場が上杉さんの部屋にいたかもまったく分かりません。どうして上杉さんの家を知っていたのか？　いえ、それも分かりません」

今回の一件に関しては、モデルで女優の須川愛未さん（24）が馬場さんの自宅に「突撃」して、自分は愛人だと主張、その後自殺するなど騒動が広がっている。美穂さんは須川さんの「突撃」を受け、この時は一緒にいた劇団関係者が制止したが、恐怖を感じたという。

「申し訳ないですが、須川さんという方のことはまったく存じていませんでした。馬場から話を聞いたこともありません。ですから、いきなりあんなことを言われても何のことか分からずに、恐怖を覚えました。亡くなったことは残念だと思いますが、私の方ではどういうことなのか、まったく分からないんです」

美穂さんは憔悴しきった様子で取材に応じてくれたが「子どもたちにも悪影響が出るので、今後取材を受ける気はない」と言い切った。

上杉彩奈応援サイト「彩奈LOVE」掲示板

2023/10/13(金) 18:20:13 ID:qa4556ju

彩奈妊娠はショックだわ。でもそもそも、妊娠している人が自殺する？　子どもの命まで奪うなんて、よほどのことだよ。

2023/10/13(金) 18:25:41 ID:9lio87

父親は馬場だろうけど、だったら馬場の無責任さが際立つよね。いきなり子どもができたって打ち明けられて、ショックで心中に走ったとか？　それにしたって、死ぬことないと思うけどな。

2023/10/13(金) 18:29:46 ID:78yuh5f

馬場の奥さんも可哀想だけど、何も知らなかったっていうのは不自然じゃないかな。馬場が自宅付近で最近目撃されていないっていう情報はあるし、別居してたのを隠している感じがする。まあ、責任を押しつけられちゃって大変なのは分かるけど、今回のインタビューには応じない方がよかったんじゃないかな。喋ればすぐに食いついて攻撃する人もいるわけだし。

2023/10/13(金) 18:33:39 ID:77fg6ju

反論というか「何も知らない」って否定したかったのかもしれないけど、逆効果なんじゃないかな。こういう時はやっぱり、黙っているのが一番だと思う。ただ黙っているのも辛いかもしれないけど。

馬場直斗応援掲示板「直斗マニア」

2023/10/13（金） 18:25:26 ID:yut98g

奥さん出てきちゃったか。これ、多分本音だと思うよ。損害賠償請求を避けるための伏線だって指摘する人が絶対出てくると思うけど、基本的にはこの状態で嘘をつけるほど図太い人っていないと思う。しかし、上杉彩奈妊娠は驚いたな。父親はやっぱり馬場さんだろうか。

2023/10/13（金） 18:27:47 ID:g67tth

いきなり愛人宣言してきた人にも驚いたけど、馬場さん、パブリックイメージと違い過ぎだよな。もちろん芸能人だから、普通の人とは遊び方が違うってことはあるだろうけど、家族は全てのベースじゃん。そのベースを壊すようなメチャクチャな遊び方をする人とは思えないんだけどな。

2023/10/13（金） 18:35:14 ID:67tdf5

そもそも、上杉彩奈が妊娠していても、馬場さんが父親と決まったわけじゃないよね。ただ、警察は知ってるはず。当然DNAの検査とかしてるわけで、分からないわけがない。妊娠していた情報が出てきてるなら、父親が誰かも明かすべきじゃない？　今回、警察はやっぱり隠している感じがする。警察の発表が中途半端だから、こういう風にいろいろなことを言う人が出てくるわけで。警察の情報コントロールの失敗だね。

2023/10/13（金） 18:45:02 ID:901ka3

色々情報が出てきて、大混乱だよ。これ、やっぱり馬場さんが意識を取り戻して話してくれない限り、真相は分からないよね。どうしたものか……病院に頑張ってもらうしかないけど、何だかモヤモヤする。

東テレ「ナイトゴー」
清水菜々子《しみずななこ》（東テレアナウンサー）「こんばんは。1日の締めくくりのニュース、ナイトゴーのお時間です。今日もパレスチナ情勢についてお届けしますが、その前に独自取材です。

今月、自宅で亡くなっているのが見つかった女優の上杉彩奈さんですが、警察関係者への取材で、妊娠していたことが分かりました。上杉さんが亡くなる前日、親しい友人と電話で話して、悩みを打ち明けていたことも明らかになっています。

この女性は、アメリカ在住の日本人女性です。彩奈さんがアメリカに住んでいた頃からの友人で、今も頻繁にやり取りをしているということです。それでは、この女性のインタビューです」

「――彩奈から電話がかかってきたのは、こちらの時間で10月1日の朝8時でした。私は起きたばかりで、寝ぼけていたのですが、彩奈だと分かってすぐに目が覚めて、ちょっと驚きました。彩奈は気遣いの人で、いつもこちらの生活時間に合わせて電話してくるんです。一日が始まる朝の時間、ばたばたしている時に電話してきたのは初めてでした。珍しいことだったので心配になって、どうしたのって聞いたら、妊娠して困ってるって、彩奈が泣き出したんです。結婚したなんて聞いてなかったし、どうしたのかと思ったら、相手は言えないって……ものすごく思い詰めた感じだったので、とにかくゆっくり話そう、相談に乗るからって言ってその時は一度電話を切ったんです。時間を見つけてこちらから電話するつもりだったんですけど、そのあとは何度電話しても出なくて……メッセージも送ったんですけど、既読になりませんでした。

はい、彩奈とは、子どもの頃——彩奈がアメリカにいた頃からの友だちです。彩奈がイギリスへ行って、そのあと日本に戻った後も、メールなんかで連絡を取っていました。私は大学は日本で通ったので、その時は毎日のように会っていて……いえ、彩奈はもう芸能界にいて忙しかったから、毎日会えたわけじゃないですけど。

彩奈は、真っ直ぐ走っちゃうタイプです。子どもの頃からそうでしたけど、とにかく信じることがあると、他のことが目に入らないんです。でもそれは大抵間違ってなくて、周りの人間は皆、そのバイタリティに引っ張られてました。悪いことがあっても、すぐに訂正して、前を向いてまた走れる。でも今回は違いました。あんなに落ちこんだ彩奈の声を聞くのは初めてだったし、こっちが何を言っても『もう駄目だから』の一点張りで。正直、危機感を覚えました。仕事に行かなくちゃいけないんで電話を切ってしまったことを後悔してます。私の責任かもしれません。知り合いに、彩奈の自宅まで会いに行ってくれるように頼んだんですけど、何か他の方法があったかも……」

清水「上杉さんが亡くなる前に話をしたという女性のインタビューでした。ナイトゴーでは、他にも亡くなる前日に上杉さんと話していた人物に話を聞くことができました。２年前まで上杉さんのマネージャーを務めていた女性ですが、先ほど紹介した上杉さんの友人女性から連絡を受けて、自宅まで行って上杉さんと会っていたことが分かりました」

元マネージャー「上杉さんのマネージャーを2年前まで務めていました。3年ほど一緒に仕事をして、結婚して会社を辞めたんですが、長女が生まれた時には上杉さんはわざわざ会いにきてくれました。

はい、アメリカに住んでいる（ピー音）さんとも知り合いでした。彼女が日本で暮らしていた頃、上杉さんとよく会っていましたから、私も顔見知りになりました。あの夜は、彼女から電話を受けて、慌てて上杉さんの自宅へ向かいました。

上杉さんはびっくりしていました。今家が散らかっているから中に入ってもらえないと言われましたけど、20分ぐらい、玄関先で立ち話をしました。（ピー音）さんがものすごく心配して私にまで電話してきたって言うと、申し訳なさそうに頭を下げて『ちょっとパニックになってた』と打ち明けてきました。聞きにくいことでしたけど、妊娠しているのかって確認すると、していると認めました。相手については……すみません、それは上杉さんも言いませんでした。誰かに話したのかって確認したら、事務所の人にも言っていないと。怖くてとても言えないということでした。でも私は、絶対に事務所に相談しないといけないからと言って……上杉さんだったら、事務所もちゃんとケアしてくれるからって説得しました。もしも一人で言えないなら、私がつき添ってもいいって言いましたけど、それは断られました。でも、次の日に必ず事務所の人に話すって約束してくれました。

確かに、ドラマの仕事が入っている時に妊娠は大変です。周りの人にも迷惑をかけます。でも、生まれてくる子どもに罪はないわけですから、ちゃんと説明して対策をとれば、周りは祝福してくれます。上杉さんは、それも分からないぐらい追い詰められていた感じでした。事務所もちゃんと話をしてフォローしないといけないのに……と思いました。すみません、昔お世話になっていた事務所を批判するつもりはないんですけど、そもそもパニック障害になったのも、仕事の詰めこみ過ぎだったからだと思います。上杉さんは、とにかく目の前にあることに全力で取り組みます。そんなことを何年も続けていたら、精神的にも肉体的にも追い詰められて当然だと思います。もう少し余裕があったら、こんなことになっていなかったはずです。

私が行った時ですか？　いえ、家には上杉さん1人しかいなかったと思います。はい、何度も行ったことのある家なので、いたら雰囲気で分かると思います」

清水「2人の女性の証言をお伝えしました。上杉さんが、亡くなる前にかなり追い詰められていたことが分かると思います。ナイトゴーではこれまで、芸能界の非常識、社会常識に反した問題を取り上げてきましたが、上杉さんの死も、働き方の問題に直結するかもしれません。これからも、ナイトゴーでは上杉さんが何に悩んでいたのか、どうして追い詰められたのか、検証していきたいと思います」

「週刊ジャパン」ウエブ版
「ずっと心配だった」元マネージャーが語る上杉彩奈

女優の上杉彩奈さん（28）が自殺した問題で、週刊ジャパンは、以前上杉さんのマネージャーを務めていた女性（32）へのインタビューに成功した。

この女性は、５年前にマネージャーに就任し、上杉さんの活動を支えてきた。２年前に結婚のために事務所を辞めたが、その後も上杉さんのことは気にかけて注目していたという。元マネージャーだからこそ知る、事務所「エーズ・ワン」の「働かせ過ぎ」問題とは——。

上杉さんは、20歳での映画デビュー後に一気に売れっ子になり、事務所の稼ぎ頭になった。例えばコロナ禍《か》最中の２０２１年には、１月期、４月期、10月期に民放の連ドラでの主役を務め、７月から９月までは主演映画の撮影に入っていた。１年間、ほぼフルで働き続けた結果、この年の年末には体調を崩して入院し、パニック障害と診断され、２０２２年半ばから１年間は、仕事をセーブしながら治療を受けていた。しかし２０２４年１月からの連続ドラマの主演が決まり、10月に撮影に入ったばかりだった。

元マネージャー「上杉さんは、与えられた仕事に全力で取り組むタイプで、期待された結果以上のものを出そうと自分でも工夫していました。そういう大変な仕事が２本、３本並行して続いたこともあります。私はあまり仕事が重ならないように調整したかったのですが、会社の幹部は『今が一番仕事ができる時期だから』と言って、できるだけ仕事を入れるようにしていました。上杉さんは弱音を吐くような性格ではなかったので、いつも明るく振る舞っていましたけど、肌荒れがひどくなったり、ひどい頭痛に悩まされたり、肉体的にもダメージを受けていたのは間違いありません」

決定的な異変に気づいたのは、彼女がマネージャーを辞める直前の２０２１年10月だった。連続ドラマの撮影が始まるタイミングで衣装合わせがあったのだが、急に体調が悪いと訴え、控室から出てこなくなった。これまでそういうことがなかったので心配になってつき添ったのだが、顔面は真っ青で汗をかき、呼吸も不安定になっていた。今まで見たことのない様子だったので、さすがに衣装合わせを中止し、病院へ。コロナ感染が疑われたのだが、この時は「過労」と診断された。

しかし異変は続いた。

元マネージャー「それまでは、私が自宅へ迎えに行くと、もう準備万端で出かけられるようになっていたんですけど、まだ寝ていたことが何度かあって、現場に遅刻してしまいました。私は本格的に診察を受けて治療するように勧めたのですが、上杉さんは断って……事務所も、休みながらでも撮影を続けるようにと指示していました。私は心配になって事務所に抗議したんですけど、もう辞める直前だったせいか、聞いてはもらえませんでした。結局上杉さんは、その撮影を何とか乗り切ったんですけど、撮了の後で倒れてしまって、入院になりました。そこで初めてパニック障害と診断され、事務所もようやく上杉さんを休ませることにしたんです」

実はこの事務所では、過去にも悲劇が起きている。２０１８年、所属していた俳優の津野悟《つのさとる》さんが自殺したのだ。津野さんは当時35歳。俳優と歌手の活動を両立させて、事務所の稼ぎ頭だった。しかしあまりにも多忙で体調を崩し、１年ほど休養した後、自殺してしまった。事務所はこの時、「今後は所属タレントの労務管理について、本人の希望をきちんと聞き入れ、また事務所としても入念なケアを行うようにする」と宣言していたが、それからわずか5年で、また犠牲者が出てしまったことになる。

亡くなった上杉さんは、津野さんのMVに出演したこともあった。以来、事務所の先輩として慕《した》っていたので、津野さんの自殺には大きなショックを受けていたという。

様々な証言から、上杉さんの自殺は、事務所の労務管理問題にも発展していきそうだ。

元マネージャーは「昭和の時代のやり方がそのまま続いている感じで、所属のタレントさんは皆不満を抱えています。何年か前に、所属タレントが何人も退所したことがありますが、それも事務所の対応に不満を持っていたからです。私たち現場の人間は、いつも心配していました。意見を言っても受け入れられず、退所してしまったスタッフもたくさんいます」

事務所はこれまで上杉さんの自殺について「調査中」として明確なコメントを出していないが、そろそろ自分の足元を見つめて、本当の原因を探り出すべきではないだろうか。

「週刊TOKYOニュース」ウエブ版

事務所に批判集まる　上杉さん自殺問題

女優の上杉彩奈さん（28）の自殺問題で、所属事務所「エーズ・ワン」の姿勢が非難されている。過去にも所属タレントが自殺して問題になり、基本的な労務管理ができていないのではと批判が集まっている。

「エーズ・ワン」は、大手芸能事務所で長年マネージャー業をしていた竹下満《みつる》社長（65）が独立して、１９９８年に創業。俳優、歌手など様々なタレントを抱え、業界最大手の事務所になった。

しかし以前から、所属タレントとの間にトラブルが頻発している。２０１８年、当時事務所に所属していた歌手で俳優の津野悟さん（享年35）が自殺した後、複数の所属タレントが事務所を移籍、あるいは独立する騒ぎになった。

この背後には、事務所の「働かせ過ぎ」問題があるとされる。

津野さんは歌手活動と俳優活動を並行させていたが、全国ツアーの合間に連続ドラマの撮影を強行するなど、ハードスケジュールで、数回にわたって体調を崩し、入院・治療を余儀なくされた。亡くなる前にはかなりメンタルにダメージを受けていて、周囲の人には「仕事を整理したい」「事務所を移籍したい」と漏らしていたという。

今回亡くなった上杉さんも、ドラマ、映画と出ずっぱりの活躍が続いていた。一昨年末にはパニック障害と診断され、昨年半ばから仕事をセーブしていたものの、今回連続ドラマに主演で本格復帰。しかし周囲の人は、まだ不安定な状態だったのを目撃していたし、本人は「自信がない」と漏らしていた。

竹下社長は、大手芸能事務所に在籍時から、新人タレントの育成に手腕を発揮していた。以前本誌のインタビューで「タレントはスタートダッシュが大事。日本の芸能界では、じっくり育てていくような余裕はない。デビュー当初から、いかに露出を増やし、多くの仕事を経験できるかで、その子の芸能人生は決まってしまう。それに、体力のある若い頃だからこそ、思い切って無理ができるわけだし。働かせ過ぎっていうけど、黙って座ってテレビを観てるだけじゃ、タレントは成長しない。自分で出ていかないと、話にならない」と語っていた。

しかしこのようなやり方が所属タレントを追いこんでいたのは間違いない。「エーズ・ワン」から他の事務所に移籍したある俳優は「仕事がたくさんあるのはいいことだけど、限界がある。こういう仕事は、詰め過ぎると一つ一つが雑になってしまう。自分も、それぞれの仕事で『手を抜いてしまった』と感じることが多くなったので、移籍することにした」と証言している。

また、大手芸能事務所のベテランマネージャーは、『エーズ・ワン』所属のタレントさんは、現場で萎縮《いしゅく》していることが多い。いつも監視されているようだと漏らす人もいるぐらいで、気の毒に思っていた」と打ち明ける。

本誌の取材に対して「エーズ・ワン」では「仕事に関しては、所属タレントと綿密に打ち合わせて、最大限本人の希望を聞き入れるようにしている。また労務管理も適切に行っている」と、所属タレントの〝搾取《さくしゅ》〟はないと否定した。

SNSから

matman @09_mat

あーあ、問題は事務所にも飛び火しましたか。そもそもあそこの社長、暴力団との関係が噂されてる人でしょう? 昭和の芸能事務所って感じだよね。上杉彩奈も、さっさと独立しちゃえばよかったんじゃないかな。

木谷晃 @akirakiya09s
芸能人って、若い頃から活動始めるパターンが多いじゃん。何も知らない若い頃に仕事を入れてもらって、何だかんだ面倒を見てくれた相手に対しては、逆らいきれないよね。調教みたいなものだけど、大金を儲けるのと引き換えだから。楽です、金も儲かりますなんて仕事はないわけよ。

服部三四郎 @sanshiro_876
竹下社長とヤクザの関係って、本当だと思うよ。昔、写真週刊誌に、ヤクザの幹部と一緒に写ってる写真が掲載されたことがあったと思う。もう20年ぐらい前だから、はっきりとは覚えてないけど。

Bad パパ @badpapa
その記事、見た記憶あるわ。どっかのアーカイブで出てこないかな。そもそもあの社長、ルックスが完全にその筋の人なんだよな。今どうなってるか分からないけど、色々な意味で、コンプラ的にアウトな事務所じゃないかな。

木谷晃 @akirakiya09s
所属タレントが逃げたくなるのは分かるわ。普通の会社でも、同僚が自殺したりしたら、自分も追いこまれるんじゃないかってビビるよね。

matman @09_mat
一時、ばたばた独立する人がいたけど、最近はないな。何か新しい締めつけが始まったんじゃないだろうか。事務所にとってタレントさんは金蔓《かねづる》なわけだから、引き留めのためにはどんな手だって使うよね。

「写真誌ルック@」ウエブ版

「エーズ・ワン」社長　黒い交際

弊誌は、平成18年2月5日号で、「エーズ・ワン」の竹下満社長と暴力団の「黒い関係」を報じている。今回、その時の写真を再掲する。

この写真が撮影されたのは、銀座の高級クラブ。竹下社長は、広域暴力団の幹部と何度もこの店を訪れて、親しげに杯《さかずき》を交わす姿が撮影されていた。今ならコンプライアンス的にアウトなつき合いだが、竹下社長は「単なる呑み友だちで何も問題ない」と開き直ったコメントを寄せていた。

東テレ「ワイドアフタヌーン」

宮本光一「ますます波紋が広がっている上杉彩奈さんの自殺問題ですが、今日新たに、所属事務所『エーズ・ワン』の竹下満社長が会見し、『事務所としては責任を果たしてきた』と強調しました。ではまず、会見の映像です」

竹下「この度は弊社所属タレント・上杉彩奈の関係で皆さんにご心配をおかけして、まことに申し訳ありません。まだ警察が捜査中なので詳細についてはお話しできないのですが、あまりにも無責任な噂が流れているので、こちらで詳細に説明させていただきたいと思います。まず、上杉彩奈の体調ですが、２０２１年に本人が体調不良を訴え、パニック障害と診断されました。人前に出ると特に症状が悪化して、過呼吸、頭痛などの症状が出てくるというので、２０２２年から映画やドラマの撮影などは控え、仕事を減らして療養と治療に充ててきました。だいぶ症状が落ち着いてきたので、本人の希望もあり、今回の連続ドラマの撮影に入ったわけです。

上杉彩奈に対するオファーはひっきりなしで、事務所としてはここ1年は本人にも聞かせないようにしてきたのですが、今年の夏——6月ぐらいに本人から『そろそろ普通に仕事がしたい』という申し出があり、上杉本人も気に入っていた『長い道程』のスタッフが再結集するということで、今回のドラマを受けさせていただいた次第です。撮影は順調に始まりましたが、やはり以前と同じようにはいかず、テレビ局側と相談して、少しスケジュールに余裕を持たせた撮影にするようにしていました。

妊娠に関しては、寝耳に水でした。現在分かっているのは、妊娠4ヶ月だったということだけです。父親については……事務所としては把握しておりません。これ以上調べるつもりもありません。馬場直斗さんですか？　そういう風に想像する人がいるのは理解できますが、勝手な臆測で物を言わないでいただきたい。そういう証拠は何もないんです。いえ、馬場さんのご家族とはお話ししていません。あちらにとっても大変なことで、今はまだ話せる段階ではないと思います。馬場さんとの関係については、事務所では何も把握していません。誰かと交際していたかどうか、ですか？　それも分かりません。上杉彩奈は成人した女性です。事務所がプライベートに首を突っこむ必要はありませんし、本人任せにしていました。それで今まで、問題はまったくありませんでした。馬場さんとの関係については、現段階では事務所として申し上げることは何もありません。

ドラマについては、降板ということになります。局側には謝罪して、現在善後策を検討していますが、関係者にご迷惑をおかけしたことを、ここで改めて謝罪します。また、上杉彩奈が出演しました、東テレの『旅の空に』に関しては、放映する方向で相談させていただいていま す。結果的にこれが彩奈の遺作になりますので、お蔵入りさせるのは、彩奈の遺志に反すると思います。ご遺族にも了解をいただいています」

宮本「はい……上杉彩奈さんの所属事務所、『エーズ・ワン』の竹下満社長の会見をお届けしました。今日もコメンテーターは社会学者の井沢誠さん、弁護士の坂東多佳子さんをお迎えしていますが、井沢さん、いかがでしたか？　少し歯切れが悪い感じの会見ではありました」

井沢「そうですね。基本的には何も問題ないというスタンスだったんですけど、何もなければタレントさんは自殺したりしませんよね？　だから、歯切れが悪い印象を与えてしまうんだと思います」

宮本「坂東さんはいかがですか」

坂東「井沢さんと同じ感想を持ちました。そして、やはり事務所側のケアがよくなかったのではないかという印象を受けましたね。パニック障害で実質休業していたタレントさんを、もう少し丁寧に、長い目で見守ることはできなかったんでしょうか。今回のドラマの仕事に関しても、少し焦らせ過ぎではないかと思います。タレントさんは、不安定な仕事です。ですから、仕事は絶対に断らないという話をよく聞きます。この辺、昭和の時代から変わらない芸能界の体質といえます。令和の今、もう少しタレントさんと仕事の関係を見直す必要があるのではないでしょうか」

宮本「井沢さんは、大学で教えながらこういうワイドショーにも出ていただいているわけですが、忙しさというのは……」

井沢「いや、こういう仕事はお尻が決まってるじゃないですか。生放送ですし、例えばワイドアフタヌーンは午後4時には必ず終わります。むしろドラマや映画の撮影の方が大変じゃないでしょうか。坂東さんは、ドラマにも出られて——」

坂東「いやいや、あれは若気の至りで」

宮本「10年ぐらい前でしたか？　東テレの『番外弁護士』でしたよね。でも、弁護士役ではなかったという」

坂東「はい。あの、法律指導ということで番組に関わらせていただいたのですが、途中で私にも出てみないかという話になって……すみません、若かったので調子に乗りました」

宮本「でも、撮影は大変だったと、前に話されてましたよね」

坂東「演技に入る前のスタッフさんの準備が、本当に大変なんです。物理的に時間がかかってしまうこともあります。外で撮影していると、天気はコントロールできませんしね。今はドラマの撮影もだいぶ時間を気にして、遅くならないようにしているようですが、やはりいつまでかかるか分からないし、緊張感はあります。いえ、もちろんこういう生番組も緊張感はありますけど、時間は決まっていますから、その分気は楽です」

宮本「はい、今日はもう1人ゲストをお呼びしています。タイムマネージャーの肩書きを持って、企業から個人まで、有効な時間の使い方を提案している長野美子《ながのみこ》さんです。よろしくお願いします」

長野「はい、よろしくお願いします」

宮本「長野さんは最新の著書『立ち直りの法則』で、病気などからどうやって普通の生活に戻るか、書かれていますね」

長野「今は、体だけではなくメンタルの病気などで療養生活を送っている人もたくさんいます。例えば会社勤めの方なら、会社側がどのように受け入れるかという問題もあるのですが、今回は個人の心構えに絞って、多くの人に取材させていただきました。その結果分かってきたのが、日本人は『捨てる』のが下手《へた》だということです」

宮本「捨てるというのは、無駄を捨てるということでしょうか」

長野「いえ、大事なものを捨てる、ということです。正確には、大事だと思っているものを捨てるということです」

宮本「具体的にはどういうことでしょうか」

長野「はい、この本の中でも実名で喋ってくれている方——商社の役員の方なんですが、この方は課長時代に1年、休職しています。やはりメンタルの不調でしたが、休んでいる時よりも、復帰が近づいてきた直前の1ヶ月の方がきつかった、と仰っていました。1年のブランクでキャリアも階段の踊り場に入ってしまったし、そもそも休業以前と同じように仕事をこなせるかどうか、不安で仕方がなかったようです。

ただし、当時の上司から『仕事を1つ外す』と言われたことが復帰のきっかけになりました。この商社の課長職というのはとにかく忙しくて、自分の時間がないほど多忙だったことがメンタル不調の原因だと、医者にも言われていたようです。それが分かっていたので、当時の部長さんは、本来この方がやらなければならない仕事を、1つ外したそうです。かなりの葛藤《かっとう》があったと聞いています。要するに自分は、この会社では失格だと言われたように感じたというわけです。しかしそれでも、残る仕事を丁寧にやるように心がけたそうです。その結果、仕事全体の精度が上がり、部下とコミュニケーションを取る時間も増えて、以前よりも仕事の効率が上がりました。

後にこの課長さんはビジネスの現場を離れて総務系のポジションに移られ、今はそこで役員になっていますが、自分と同じようにメンタルで苦しむ社員を出さないために仕事をしていると誇りを持っています。当時はプライドを折られたように感じたと言いますが、結果的に当時の上司の判断は大正解だったと振り返っていますね」

宮本「その方の場合は、上司の指示で仕事の量を減らしたわけですが、これを自分で判断して減らす、捨てるという決断が大事になってくるわけですよね」

長野「日本の、特にビジネスパーソンの方は、現役時代は必死に働いて、定年になったらゆっくりと自分の趣味を楽しもうという人が多いようですが、現役時代にそこまで詰めこんで仕事をする必要はないと思います。1人が仕事をしなくても、十分会社は回りますし、そもそも仕事のための仕事――会議や打ち合わせなどがどこまで必要か、じっくり考えてみる必要はあると思いますよ。そういうことを大事だと考える人も多いと思いますが、本当にそうか、ということですね」

宮本「フリーランスの方、芸能人のように事務所に所属しながら自分の能力を売っていく人の場合、判断はさらに難しいと思いますが」

長野「仰る通りです。相談する人がいればいいのですが、必ずしもそういう状況にない人もいるでしょうし、自分が仕事を断れば、他の人に取られてしまうという恐怖もあるでしょう。でも、自分第一なんです。体や心に変調をきたしたら、やりたい仕事もやれなくなってしまいます。ですから、何か1つを捨てることで、時間の余裕を作ることを考えるべきなんです。仕事が捨てられないとしたら、時間のかかる趣味を控えてみるとか、人づき合いを減らしてみるとか、時間を作る方法はいくらでもあります。そして1日に30分、何もしないでぼうっとお茶を飲んでいる時間を作るだけで、気持ちはだいぶ落ち着きます。やっぱり基本的に、日本人は働き過ぎなんですよ」

宮本「耳に痛いところではありますが……」

長野「それと特に若い方は、すぐに文句を言いましょう。『こんな仕事はできない』『無駄な時間は使いたくない』、何でもいいです。今は、不満があると何も言わずに会社を辞めてしまうような人も多いと思いますが、はっきりと不満をぶつけることは大事なんです。そもそも休みが取れない、効率が悪くて仕事が詰まり過ぎている時は、組織的な問題が原因である場合も少なくありません。そこで誰かが『おかしい』と声を上げることで、変化の兆《きざ》しになるかもしれません。文句を言えば、相談に乗ってくれる先輩も出てくるでしょう。世の中には、意地悪な先輩ばかりじゃないんです。大抵の人は親切で、困っている人がいたら親身に相談に乗ってくれます。まずは自分の弱みを打ち明ける人がいるかどうか。いなければ探す。そうやって支え合っていくことで、人間は助かるんです。そして時間を作って、自分の人生を再構築していく。それがタイムマネジメントということです」

宮本「我々も真剣に考えないといけない話ですが……ここでさらに、時間作りの方法について伺っていきたいと思います」

SNSから

Bad パパ @badpapa

ワイドアフタヌーン見たけど、この長野美子って人、頭の中お花畑なんじゃね？　タイムマネジメントってのは、もともと時間に余裕がある人だからできるんだよ。

水戸みとこ @mitomitoko

相談できる人っていうけど、それが見つかってたら苦労しないよね。逆に、相談したら、それが悪い評判になって広がっちゃったりするし。あいつ、仕事やばいじゃんって話になったら、そのあと仕事振ってくれる人いなくなるよ。

shimada_hitoshi @shimashima21

アメリカだったら、精神科医にかかって相談するところって感じかな。日本って、気楽に相談できないじゃない。もっと精神科医をって話じゃないけど、世の中、簡単に人に相談できない仕組みになってるのよ。

Bad パパ @badpapa

テレビで気楽に喋ってるだけの人はいいよね。だいたいこの人、「成功例」しか紹介しないんだよ。ほとんどの人が、体壊したりメンタルやられたりして、必死に耐えてるだけなのに、成功例だけ言われても、白《しら》けるんだよね。

デブマン @fatman232

結局さ、みんな上杉彩奈で焼け太ってるだけじゃない。死んでもこれだけ話題になるのはすごいことかもしれないけど、メディアにとっては飯の種。そしてそれをまた引きして遊んでる俺たち笑

水戸みとこ @mitomitoko

別に遊んでないし、結構真剣に悩んでいるよ。芸能人じゃなくても、いつ追い詰められるかと考えると本当に怖い。時々、暗い穴を覗いているような感覚に陥るし。

デブマン @fatman232

気楽に生きてってわけにはいかないんだよね。世の中、気楽にはできてないわけで、それに合

わせなくちゃいけない。

10月14日㈯

ネットニュースサイト「365ニュース」
スクープ　父親はやはり馬場直斗だった

自殺した女優の上杉彩奈さん（28）。妊娠していたことが分かったが、DNA型の鑑定などの結果、父親は上杉さんの部屋で見つかり、現在も意識不明の状態が続いている俳優の馬場直斗さん（37）と判明した。2人の関係は不明だが、警察では上杉さんの妊娠を巡って何らかのトラブルになり、2人が心中した可能性もあると見て、さらに調べている。

「東日新聞」夕刊・社会面
ネットニュースに非難の声　上杉さん心中

自殺した女優の上杉彩奈さんについて、ネットニュースが「プライバシーを侵害している」と非難する声が高まっている。

14日朝、ネットニュースサイト「365ニュース」が、彩奈さんは妊娠していて、その父親の名前を警察調べとして伝えた。しかし、捜査を担当する警視庁渋谷中央署では「365ニュースから取材を受けたことはない」「プライベートに深く関わる問題については公表する予定はない」と、取材があった事実自体を否定している。
「３６５ニュース」は、日本新報出身の記者らが立ち上げたニュースサイトで、経済ニュースなどを中心に配信している。事件・事故を伝えることはほとんどなく、今回のニュースに対しては、「アクセス数稼ぎでは」「死者に対する敬意がない」などと非難の声が集まっている。

東テレ「ワイドアフタヌーン」土曜配信版

宮本光一「はい、今日は非常にデリケートな問題をお伝えします。自殺した上杉彩奈さんですが、妊娠していて、父親は馬場直斗さんだとネットニュースが伝えました。この件に関して、馬場さんが所属する劇団『すばる座』が先ほどコメントを発表しましたので、ご紹介します。
　馬場直斗と上杉彩奈さんが交際していたかどうかは、当劇団ではそもそも把握していない。根拠のない情報で、亡くなった上杉さん、意識不明の状態が続いている馬場を貶めるような報道は看過するわけにはいかない。劇団として、このネットニュースサイトには厳重に抗議する
――以上です」

ネットニュースサイト「３６５ニュース」オフィシャルチャンネル

「３６５ニュース編集長の島谷《しまたに》幸太《こうた》郎《ろう》です。３６５ニュースが伝えた記事について、先ほど劇団『すばる座』から抗議を受けました。劇団の幹事が弊社を訪問して抗議を伝えてきました。

その場面は撮影していたのですが、いかなる形でも流したら法的措置を取ると、脅迫的な言い方で主張されたので、今回はその映像なしでお送りしていきます。

私どもは、世間の耳目を集めている上杉彩奈さんの自殺に関して取材を進めてきました。上杉さんが妊娠しているという事実は、既に他のメディアでも報じられていましたが、焦点は、父親は誰かということです。

上杉さんの部屋では、俳優の馬場直斗さんが倒れていました。2人は同じ薬物を摂取した疑いが強く、心中ではないかと疑われていますが、今のところ決定的な材料はありません。

しかし私どもの取材で、上杉さんの子どもの父親が馬場さんだということが判明しました。皆さんご存じの通り、馬場さんは家族思いとして知られていたのですが、このような形で不倫が発覚したわけです。

亡くなった方が妊娠していて、しかも自殺だった場合、プライバシーを守るために父親が誰かを詮索しないのが良識とも言われています。しかし今回亡くなったのは、日本を代表する女優さんであり、一緒に倒れていたのはこちらも人気の俳優さんです。世間の注目が高いことに鑑《かんが》み、今回は記事にすることにしました。

警察の方では、取材に応じていないと言っているようですが、私どもは確かな筋から情報を得ています。もちろんネタ元を明かすことはできませんが、確実な情報です。私たちは、ユーザーの皆さんの『知る権利』に応えるためにこの案件を取材して報じてきました。今後も、取材を継続し、新たな事実が判明した時は、即座にお伝えする予定です」

10月15日㈰

東テレ「オール de 議論」

石田昭雄《いしだあきお》（司会、ジャーナリスト）「こんばんは。日付変わりまして15日、週に1回、世の出来事を1つ取り上げて徹底して議論する、オール de 議論のお時間です。こんばんは、司会の石田です。今夜もよろしくお願いします——さ、今日の話題はこちら——はい、女優の上杉彩奈さんの自殺問題です。いくら日本を代表する女優さんといっても、個人のプライバシーに関わることですし、この番組で取り上げるのは気も引けるのですが、上杉さんの自殺に端を発した様々な問題が、大きな影響を巻き起こしています。既に、1人の人間の自殺というだけでは済まなくなっているんですね。今日は多面的にこの問題を討論していきたいと思います。まず、現在浮上している大きな問題を2つ、紹介してもらいます。穴水《あなみず》」

穴水真衣《まい》（東テレアナウンサー）「はい。現在、世間を騒がせている大きな問題の一つが、取材系ユーチューバーを名乗るhossyこと星野啓太容疑者が、公務執行妨害の現行犯で逮捕されたこと、もう一つは、上杉さんのお腹の子どもの父親を実名で報じたネットニュースサイト『365ニュース』のサーバーが攻撃を受けてダウンしていることです。いずれもネット絡みということで、注目を集めています」

石田「はい、穴水、ありがとう……ネット絡みとなると、まず浮島《うきしま》さんに話を聞かないとね。浮島さん、どうですか。ネットの暴走という感じがしますが」

浮島健治《けんじ》（ITジャーナリスト）「これね、ひと昔前ならテレビや新聞、雑誌がやっていたことですよ。そういうオールドメディアが、様々な忖度で突っこんだ報道をしなくなった現在、ネットメディアが一般市民の好奇心を満たす存在になっていると言えるんじゃないですか」

浜野《はまの》正佳《まさよし》（東日新聞OB、東都大教授）「浮島さん、例えば今、東テレのニュースやワイドショーで、同じように上杉さんの妊娠問題——極めてプライベートな話題ですよね？　これを取り上げて、父親がどうこう伝えたらどうなります？　絶対に叩かれるでしょう。ネットメディアが、新聞やテレビが忖度して伝えない問題を報じている——そういう気概や志《こころざし》があってやっているとは言えないんじゃないですか。要はアクセス数稼ぎでしょう？」

浮島「そういう面は否定できないんですが、オールドメディアができなくなったことをネットメディアがやっているのは間違いないですよ」

浜野「きちんと取材していれば、何を報じるかはメディア側の選別だけど……今回のこれ、本当に取材してるのかね」

灰原《はいばら》紅音《あかね》（フリーのテレビプロデューサー）「取材しないで流したということですか？　じゃあ、捏造《ねつぞう》になりますよ」

浜野「私、昔の伝《つて》で警察関係に取材しましたよ。この件で、警察はそもそも取材を受けていないと否定していたでしょう？　どうも本当に、そうらしい。この件の担当は渋谷中央署ですが、

『365ニュース』の記者は、一度も渋谷中央署に顔を出していない。警視庁本部の広報にも確認しましたが、問い合わせや取材の電話も一度もかかってきていないそうです。もちろん、正規ルートで警察に話を聞くだけが取材じゃなくて、夜討ち朝駆けで裏からネタを取る方法もあるんだけど、それは普段から取材相手と信頼関係を築いていてこそできることでね。『365ニュース』はこれまで、主に経済ニュースを扱ってたでしょう？　企業に頭を下げていればもらえるようなネタが中心で、東経《とうけい》新聞の劣化版みたいな記事を垂れ流していましたよね？事件記事なんかほとんど載せていないのに、急に今回手を出して、それも特ダネだって言われても、にわかには信じられないですね。スポーツ記事を中心に掲載しているスポーツ紙が、突然一面で政治家の汚職事件をすっぱ抜くようなもので、不自然極まりない」
浮島「じゃあ、捏造だっていうんですか」
浜野「取材した形跡がないっていうだけで、捏造とは言いませんよ。ただし、どんな手を使ってもアクセス数を増やしたい――増やせるだけのいいネタだということでしょう」
灰原「新聞やテレビも、ネタで部数を増やしたり、視聴率を取ったり――」
浜野「あ、それは誤解でね。テレビの場合はネタによって視聴率は上がるかもしれないけど、令和の今、視聴率はテレビにとって一つの指標に過ぎないでしょう。それに新聞でも、一般紙は基本的に宅配だから。駅やコンビニで売ってる部数はたかが知れてるし、どんなにショッキングなネタを扱って派手な見出しにしても、それだけでは売れないっていうのは新聞業界の常識なの。ネタで新聞が売れるっていうのは、思いこみというか都市伝説だね。週刊誌と混同してるんじゃないかな」

石田「芸能リポーターとして長年、芸能界のトラブルも取材してきた深津《ふかつ》さん、どうですか。これまで芸能界では様々なトラブルが起きてきましたが、過去の事件と比べて今回の事件はどう違うでしょう」

深津明成《あきなり》「そうですね、過去にも芸能人が不幸な形で自ら命を絶ったことはあります。ただし、心中というのはあまり例がなく——いえ、心中と決まったわけではないのですが、いずれにせよ、過去にあまり例を見ないショッキングな事件なのは間違いありません。ですから、私たちも慎重に取材を進めてきました。ただし、日本では手に入らない薬物が遺体から検出されるなど、難しい事件になっていて、警察も慎重に捜査を進めているため、一気に事態が解明できているとは言えません」

石田「芸能取材30年の深津さんでも、ですか」

深津「これだけ人気の俳優さん2人が関係した事件ですから、周辺からも様々な声が出てきます。しかし今回、事務所をはじめ、関係者の方の口が、概して堅いんです。何かを隠している感じではなく、2人が自分たちの関係を徹底して隠していたようなんですね。馬場さんが既婚者だということもあり、関係を隠しておきたい気持ちは分かりますが……」

石田「モデルの須川愛未さんが、自分は馬場さんの愛人だと主張して、その後自殺するというさらなる悲劇もありました。私たちが知っている馬場さんのイメージだと、そんなに何人も愛人を持つような感じはしないんですけど、どういうことなんでしょうか。本当に馬場さんには、そんなに何人も愛人がいたんでしょうか」
深津「私は馬場さんに何度もインタビューしたんですけど、家族思いの方だったのは間違いないと思います。家族思いの仮面を被る人もいますが、そういう人はまず、自分から家族ネタを持ち出します。要するに、自分のイメージを作りたいわけですよね。しかし本当に家族思いの人は、こちらが聞くまでは言わないことが多いですね。家族のことは自慢したいけど、大事なものだから、自分の胸の中だけに秘めておきたいという気持ちもあるんでしょうね。馬場さんの場合、本当は照れ屋で、家族のことを話すのは芸能人としてのサービス精神だったんだと思います。奥様は元女優で、完全に業界の外の人というわけではないですから、そういう露出にも理解はあるようですしね」
石田「この須川さんと馬場さんの関係なんですが……」
深津「私も取材したんですが、舞台で共演したということ以外には、接点がないんです。他の共演者に話を聞いても、演技のことについて話をしたぐらいで、仲良くしていたという証言はまったくないんです。それを言うなら、上杉さんも同じなんですが」
石田「2人とも表に出ない関係だったとしたら——」
深津「そこから先は推測でしかないので、迂闊なことは言えません」
石田「この件、まだ広がりを見せそうですか？　例えば馬場さんの第三の愛人が出てきたりとか」
浜野「そういう発言で瞬間的に視聴率は上がるかもしれないけど、それは令和のテレビの在り方じゃないからね」

上杉彩奈応援サイト「彩奈LOVE」掲示板

2023/10/15(日) 05:35:21 ID:jju78h

馬場直斗父親説、信用していいかどうか分からなくなった。確かに、「365ニュース」の記事はアバウトな感じがしたし、警察があんなにはっきり否定してるんだから、嘘っぽいよね。

2023/10/15(日) 05:47:09 ID:56rft46

アクセス数稼ぎたいのは分かるけど、そのために嘘書いたりするかな。いくら何でも、そこまで酷いことしないと思う。そもそも警察のコメントは「取材受けてない」であって、「嘘だ」じゃないんだよね。馬場父親説を否定はしていないわけだ。

2023/10/15(日) 05:50:45 ID:32fyt66

ネット民のメンタリティなんて、下劣の一言。信じたいことだけ信じるんだから、それっぽい話を出しておけば何とかなるんだよ。フェイクニュースっていうか、ニュースもどきっていうか。それでも俺たち、こんな朝早くからこの話に乗っかってるんだから、「365ニュース」の狙いは当たったことになるんじゃないか。

2023/10/15(日) 05:58:45 ID:67yfd5y

なんか最近、この応援掲示板でも、彩奈を励ます発言がないよね。彩奈をネタに盛り上がってるだけみたいな。結局芸能人って、そういう慰《なぐさ》み者《もの》になるためだけの存在？

2023/10/15(日) 06:12:11 ID:yth765t

芸能人が慰み者っていうか、暇潰しの材料なのは間違いない。でも同時に、俺たちは彩奈が好きで、彩奈の演技に助けられたのは間違いないんだよな。彩奈は究極の推し。そんな存在が消えたらまともな議論なんかできないよ。お悔やみの言葉を言って、それで離れればいいのに、どうしても彩奈から離れられないっていうか……もういないのに……それだけ、彩奈の引力がすごいっていうことだよね。

「東日新聞」朝刊・社会面
記事は捏造だった ネットニュース 関係者明かす

女優の上杉彩奈さんの自殺に関して伝えたネットニュースの記事は完全な捏造だったと、14日、関係者が明かした。サイトの運営会社でもこれを全面的に認め、記事を削除するとともに、関係者に謝罪した。

このニュースサイトは「365ニュース」。経済ニュースの配信などを行っているが、14日朝、妊娠していた彩奈さんの父親の名前を伝えた。しかし警察では取材は受けていないと断定し、「ちゃんと取材したのか」「捏造ではないか」と、365ニュースに対して疑問の声が上がっていた。

365ニュースの関係者が同日夜、東日新聞の取材に対し「あの記事は捏造で、警察や関係者には一切取材していない」「アクセス数稼ぎのために、煽情《せんじょう》的な記事をアップしないといけないという社内の雰囲気があった」としている。365ニュースを運営する「365ニュース社」では捏造の事実を認め、「状況的にも、間違いないと思われる内容だったので、取材していないことは承知で掲載してしまった。関係者の皆さんには謝罪します」とした。

「週刊ジャパン」ウエブ版
記事捏造 ウエブメディアが謝罪

ネットメディアのリテラシーが問題になる中、今度は捏造問題が発覚した。

ネットニュースの「365ニュース」が14日朝に伝えた「スクープ　父親はやはり馬場直斗だった」の記事は完全に捏造だったと運営会社が認めた。普段から新聞やテレビの報道姿勢を批判しているネットメディアが「釣り」ではなく捏造でアクセス数稼ぎを狙っていた実態が明らかになり、批判の声が高まっている。

問題の記事では、自殺した女優の上杉彩奈さん（28）が妊娠していたことを取り上げ、父親は上杉さんの部屋で倒れていた俳優の馬場直斗さん（37）だと断定。しかし警察は「取材を受けていない」と呆れ顔で、その後複数メディアの取材に対して、365ニュースが「捏造だった」と認め、謝罪に追いこまれた。

同サイトを運営する「365ニュース社」は、元日本新報記者だった島谷幸太郎氏が社長になって立ち上げ、主に経済ニュースの配信を行っていた。

しかしニュースサイトとはいうものの、企業のニュースリリースを記事の体裁に仕立て上げたものがほとんどで、最小限の手間でアクセス数稼ぎをしていると批判を浴び、実際にはアクセス数も伸び悩んでいた。同社の元幹部によると、サイト開設以来6年が経つが、一度も黒字になったことがなく、経営状態は年々悪化しているという。

また過去には、東経新聞に掲載された「タチ自動車」の社長インタビュー記事を改変して、いかにも自社で取材した記事のように見せかけて配信し、東経新聞、タチ自動車双方から抗議を受けて謝罪に追いこまれるなどの「前科」があった。

ネットメディアに詳しいＩＴジャーナリスト・浮島健治さんの話「ネットニュースといっても、実態は新聞やテレビのニュースを引用して解説風の文章をつけ加えているだけで、取材記事とは言えない。実際、各ネットメディアとも取材・編集などにスタッフを割く余裕はなく、ネット上で拾える情報を転載しているだけというケースも多い。オールドメディアを批判しながら、実際には取材もしないでニュースサイトを名乗っているわけで、この状態では、ネット独特の真っ当なニュースが配信される可能性は極めて低くなる。今回の件は、ネットメディアの自殺とも言える」

馬場直斗応援掲示板「直斗マニア」

2023/10/15(日) 15:25:12 ID:tyu678u

結局、３６５ニュースの記事はでっち上げだと分かったわけだけど、それじゃ上杉彩奈のお腹の子の父親は誰かという疑問は残る。やっぱり馬場さんなんだろうか。馬場さんの説明が聞きたい。意識不明の状態の馬場さんは話もできないけど、このままじゃイメージが悪くなるばかりだ。本当に父親でも、そうじゃなくても、世間が納得する形でしっかり話して欲しい。そうじゃないと、馬場さんは悪者で終わっちゃう。

2023/10/15(日) 15:34:37 ID:35tgj7h

結局、事務所というか劇団が黙ってるのがよくないんじゃないかな。「分からない」ばかりで、そもそもちゃんと調査してるかどうか、疑問だ。2人の関係だって、そういうことならそういうことではっきり言ってもらえれば、ファンも納得すると思うんだ。本当に、生殺しの状態ってこういうことだよね。彩奈ファンはもっとモヤモヤしてるだろうけど。

2023/10/15(日) 15:41:56 ID:78khy_k

その彩奈ファンです。向こうの掲示板から来ました。失礼します。彩奈ファンは今のところ冷静だけど、動揺はしてます。要するに真実が分からないから、疑心暗鬼になっているだけで。そこは馬場さんファンと同じだと思います。今のところ、馬場さんファンとトラブルになっていないのが救いですけど、これから真相が明らかになっていくと、衝突するかもしれないと思って不安になります。私たちはただ不安なだけです。

2023/10/15(日) 15:47:21 ID:35tgj7h

>私たちはただ不安なだけです。

ああ、その気持ちは分かりますわ。正直、やり場のない怒りはこっちにもある。この状況だと、どっちがどっち……いや、そういう話はやめましょう。とにかく、変に騒がない、誰かのせいにしないのが、今は大事かなと思う。

2023/10/15(日) 15:55:45 ID:78khy_k

ありがとうございます。彩奈応援サイトでも掲示板で話し合っているんですが、いつも行き詰まってしまって、段々辛くなってきました。彩奈とお腹の赤ちゃんは、もっと辛い思いをしてきたと思いますけど、ファンも辛いんです。今後も遊びに来るかもしれません。傷を舐め合うじゃないですけど、情報交換ができれば嬉しいです。

東テレ「旅の空に」・サンフランシスコ

ナレーション「この番組には、今月亡くなった上杉彩奈さんが出演しています。撮影は亡くなる2ヶ月ほど前に行われて、編集も終わっていました。今回、上杉さんが亡くなったことで、局内では放映を見送る意見も出ていましたが、ご遺族、そして事務所の強い要望もあり、予定通り放映することにしました。彩奈さんの姿を、視聴者の皆さんにお届けします」

彩奈「ああ、そう……この坂の感じ。ふくらはぎがパンパンになる感じ（笑）、忘れてました。東京だと、自分を甘やかしていると思いますね」

藤村優実《ふじむらまさみ》（ディレクター）「懐かしいですか」

彩奈「3年、住んでました。7歳から10歳……サンフランシスコの坂も、当時は何とも思わないで駆け回ってたんですけど、歳取ると駄目ですね。もう、きついです。あ、これこれ。車が斜めに停まってるの、懐かしい。坂でずり落ちないように、歩道に向かって斜めに停めるんですよ。これ、すごい場所取りますよね。無駄なんだけど、アメリカはやっぱり車がないと動けないから、こんな風になったんでしょうね。うちの父は、『何でこんな無駄な停め方するんだ』って怒ってましたけど」

ナレーション「上杉彩奈は、アメリカで生まれた。父親の仕事の関係で、海外と日本を行き来して育ったが、7歳から3年間過ごしたサンフランシスコは、ことさら想い出深い場所だという。今回、そのサンフランシスコを18年ぶりに訪ねた」

彩奈「うん、そうですね。このユニオンスクエアの雑多な雰囲気、懐かしいです。親は、危ないから1人で行かないようにって言ってたんですけど、家が近かったから、よく友だちと遊びに来てました。この辺、観光の中心地なので、本当はそんなに危ないことはないんです。観光客はぼられるかもしれないけど、私たち、普段着のサンフランシスコ・キッズだったんで（笑）。怖い思いをしたことはないですね。子どもだから分かってなかったのかもしれないけど。

そう、ここです。このダイナー、両親と一緒によく来ました。うち、両親ともアメリカで働いてたんですよ。珍しいですよね？　父親の赴任についてきた駐在員妻というのはよくあるけど、共働きってあまりないんじゃないかな。だから、家で夕飯の用意が間に合わないことがよくあって、そういう時は外食でした。サンフランシスコって、いかにも西海岸的なヘルシー志向のイメージもあるけど、全然そんなことなくて、こういうダイナーだとベタベタしたアメリカ料理ばかりです。アメリカ料理ですか？　あまり好きじゃない（笑）。正直、健康のためには食べたくないものばかりですよね。血管、詰まりそうで」

藤村「ということですが、今日は当時よく食べていたというポットローストを用意しています」

彩奈「ここって、わあ、とか言って拍手するところですか？　ごめんなさい、ポットローストだと、テレビ的な演出ができません（笑）。アメリカは、サンドウィッチとかハンバーガーとかなら、絵的にいいんでしょうけど……でもそういうの、持て余して絶対に残すから、子ども心にも勿体《もったい》ないと思ってたんです。だけどポットローストは、野菜が多いから、何とか残さず食べられたんです。じゃあ、久しぶりに……（食べて）うん、覚えてます。おでんです、これ（笑）。お肉がとろとろになってるけど、どっちかというと野菜を楽しむ料理ですよね。これは、健康のために食べてもいいかな……でも、アメリカの料理にしては薄味なんですよね。そうそう、昔はマスタードで食べてたんです。ということは、やっぱり芥子《からし》をつけて食べるおでんっていうことですよね。アメリカ流おでん」

（場所変わって、サンフランシスコ西側のオーシャン・ビーチ。裸足でゆっくりビーチを歩く彩奈）

ナレーション「上杉彩奈は、パニック障害を公表し、去年から仕事をセーブしてきた。公表するには大きな勇気が必要だったが、忙しさのあまり、精神的なダメージを受けてもそのまま仕事を続けている人が多いことにショックを受け、気楽に相談できるようなきっかけになればと、公表したのだという」

彩奈「今、全然平気です。暇で嫌になるぐらい。結局私、不器用なんですよね。不器用なのにわがままだから、面白そうな仕事は全部やりたいって思っちゃう。こういう仕事って、永遠にできるものじゃないと思うんです。そのうち呼ばれなくなって、ドラマや映画に出たいと思っても、オーディションも通らなくなるのかなって。年齢的な問題もあると思います。それが怖くて、今のうちにやりたいことは全部やっておこうと、とにかく仕事を詰めこんじゃいました。うちの事務所も、業界では有名な鬼詰めなので（笑）。でも私は、事務所以上にスケジュールを入れたい方で、逆に止められてたぐらいです。

うん……でも、そういうのが何年も続くと、自分でも気づかないうちにダメージが蓄積されるんだと思います。コロナ禍も大きかったですね。撮影中は気を遣うし、撮影が終わっても、それまでと違って打ち上げとかできないでしょう？　別に呑んで騒いでをやりたいわけじゃないですけど、共演者やスタッフの皆さんときちんと『お疲れ様でした』を言い合って打ち上げするのが、一つの区切りになってたんです。それがなくて、すぐに次の撮影に入って……となると、自分で思う以上に切り替えができてなかったんですね。情けない話ですけど、その辺、自分はまだ子どもなんだなって思いました。でも、周りにもそういう人が多くて、一時はどうやって気分転換するかっていう話ばかりしてました。試しにお香とかやってみたり、紅茶に凝ってゆっくり自分で淹《い》れてお茶してみたりとかしたんですけど、基本的に無趣味な人間だったので、急にそんなこと始めても上手くいかなかったんです。それで段々追い詰められたのは間違いないですね。自分の弱さを初めて自覚した感じです」

藤村「コロナ禍の頃は、どんな仕事をしている人でもきつかったですよね」

彩奈「そうなんです。だから甘えるなって自分に言い聞かせて。スタッフさんなんか、もっと大変ですし」
藤村「それで自分を追いこんでしまった？」
彩奈「今思うと、そうです。自分が見えなくなっていて、何をしても手応えがなくて。その前は、ドラマを1本撮り終えると、魂が抜けたみたいに疲れていたんですけど、そういうこともなくなって、ただ機械的に体を動かして、声を出してただけです。だからドラマはできてるんですけど、後で見直すと、おかしな感じしかしませんでした。周りの人は『いつもと同じでい い』『これまでの最高傑作』なんて褒めてくれるんですけど、それが信じられなくなって、人と話すのが段々面倒になってきて。自分でもまずいって分かっていたんですけど、動いているベルトコンベアから降りる気にはなれなかったんです」
ナレーション「女優としての活動を始めてから初めて、彩奈は仕事のペースを落とした。1年間、ドラマや映画などの映像出演を控える一方、女性誌で掲載していた連載だけは続けていた。その間に、大きな気づきがあったのだという」
彩奈「女優の仕事って、変な言い方ですけど歯車じゃないですか。大きな機械の中の歯車。いないと機械は動かないけど、果たしている役割はそんなに大きいものじゃないと思います。駄目になったら交換してもいいし。でもエッセイは、基本的に1人で書き上げなくちゃいけないでしょう？　もちろん、それを編集してくれる人がいて、挿絵《さしえ》を描いてくれる人がいて、私は『入口』の仕事をしているだけなんですけど、ゼロから1つのものを1人で作り上げている感覚はあるんです。それまではそんなこと考えてもいないで、毎日の出来事を呑気《のんき》に書いていたんですけど、表現する仕事にもいろいろあるんだなって、初めて意識して。もちろん、エッセイストになろうとかなんて、考えてもいなかったですけど、新しい世界を見た感じはしたんです。だから、女優の仕事も、見方を変えればまた新しい世界が広がっているのかなって……急にやる気が出てきました。字を書くのって、大事ですね（笑）。自分の気持ちが文字で残っていくのって、すごいことだと思います。今更そんなことに気づくのは遅いって感じですけどね。でも、それですごく気が楽になって、また新しいことをやろうっていう気持ちになったんです」

藤村「書くことは好きだったんですか？」

彩奈「全然（笑）。子どもの頃は作文が一番苦手で、小学校の途中で日本の学校に一時的に戻って来た時には、全然書けなくて怒られてばかりいました。でも、読むのは好きだったかな。女性作家のエッセイとか。あ、池波正太郎さんのエッセイは大好きで、本を参考に美味《おい》しいお店を回ったりしました。高校生の頃ですけど、変な高校生ですかね？　もしかしたら、そうやって読んだものが、いつの間にか頭に蓄積されていたのかもしれませんね。でも今までは、書いてアウトプットすることは苦痛でしかなかったから……今ですか？　今も苦しいですよ。でも、書いてみようという気持ちはあります。そのうち本になったりして（笑）」

藤村「かなり率直な内容だったと思います。女優さんが、病気のことをあそこまで明かすのは珍しいのではないですか？　完治してからならともかく、治療中ですもんね」

彩奈「読んだ人は、鬱陶《うっとう》しかったかもしれませんね。病気の話なんて、楽しいものじゃないし。でも、パニック障害の人は多いそうです。誰でもなる可能性があります。だけど必要以上に怖がる必要はない、共存できる病気なんです。それを知ってもらいたくて。ちょっと生意気かもしれませんけど、経験したことなら言えると思いますから」

ナレーション「自分を見返した1年間を経て、彩奈は女優としてどう変わっていくのだろう」

彩奈「まだ分かりません。分からないから楽しいのかなって、今は思います。前は、役柄になりきらないといけないと思って、髪を切ったり伸ばしたり、体重を増やしたり減らしたり……そういうアプローチもあると思いますけど、私という人間を前面に出して見てもらうやり方もあるんじゃないかって思うようになりました。見てもらうような人間かどうかは分かりませんけど、見てもらえるような女優——人間になるのが今の目標なんです。長い時間がかかると思いますけど、それもチャレンジかなって。もしかしたら、自分の若さにちょっと自信がなくなっているのかもしれませんけど。

アメリカですか？　故郷でもないし、何でしょうね……でも時々、無性にアメリカの風を浴びたくなることがあります。意識していないだけで、自分の基本みたいになっているのかもしれませんね。ハリウッドですか？　うーん、どうかな。もちろん、英語が喋れるのはメリットかもしれませんけど、今はまだ日本でやりたいことがたくさんあるかな。ハリウッド映画も一度出演しましたけど、自分にはまだ早いかなって感じです。今は何でも、若い頃に目標を達成しないといけない風潮ってあるじゃないですか。それに、いつまでも若くいなくちゃいけないみたいな。それって、日本人特有の価値観だと思うんです。年齢を重ねても——年齢を重ねたからこそできること、人生のずっと先にある目標もいいと思います。格好つけ過ぎ？（笑）そんなことないですよね」

藤村「1年の間に、新しい出会いとかなかったですか？　恋の予感とか」

彩奈「ええ？　やだ……引きこもりだったのに？（笑）今でも皆の上杉彩奈です——なんて言うと、アイドル時代みたいですよね。でも実際、人に会うのが面倒だったのは事実ですから。新しい恋はこれからです！　って、古い恋があったみたいですけど、そこは内緒で」

ナレーション「彩奈の表情は明らかに変わっていた。女優としての活動を控えていた1年間が、人間・上杉彩奈を根底から変えたのかもしれない。以前よりずっと穏やかな表情で、これからの活動の広がりを予感させるのだった。

番組後半では、上杉彩奈がサンフランシスコ時代に住んでいた家を18年ぶりに訪問します。そこで彩奈が見たものとは——」

上杉彩奈応援サイト「彩奈LOVE」掲示板
2023/10/15(日) 23:32:21 ID:y7u8gh7

「旅の空に」観た。ボロ泣きした。彩奈、あんなに明るい、楽しそうな顔するんだ。あれ、絶対本音の素顔だと思う。逆に言えば、セーブ中の苦しい思いも本音なんだよ。苦しんでたんだね。私が想像しているよりもずっと苦しかったんだと思う。それが子どもみたいな笑顔ではしゃいじゃって。見たことない笑顔だった。
2023/10/15(日) 23:35:36 ID:254rgt6
これ、たぶん夏の撮影だよね。8月ぐらい？　それがどうして、2ヶ月後に死んじゃうわけ？
本当に自殺だったのかな。
2023/10/15(日) 23:41:06 ID:52po41u
演技かそうじゃないか……素人目には分かりにくいけど、「旅の空に」の彩奈は演技じゃなかったと思う。少なくとも、ドラマでも映画でも観たことなかった自然な感じ。ああ、元気だったんだって思って悲しくなった。
2023/10/15(日) 23:45:28 ID:ght78vg
ナチュラルな28歳だよね。会社にいる一番可愛い子？　そんな自然な明るさと身近さがあった。あの撮影から時間が経ってないのに死んじゃうって、相当変な感じだよね。2ヶ月ぐらいで、そんなに急に変わるのかな。
2023/10/15(日) 23:48:57 ID:2er5uh9
自殺っていうか、無理心中に巻きこまれた可能性ある？　あの笑顔の彩奈が自分で死を選ぶなんて、あり得ない。絶対、警察もマスコミも何か隠してると思う。世間にバレたらまずい真実があるんだと思う。
2023/10/15(日) 23:54:10 ID:hgj63vk
陰謀論とか馬鹿にする人もいるだろうけど、あながち陰謀論とは言えないんじゃないかな。無理心中っていうのは確かにあり得る。子どもの問題で揉めて、彩奈が邪魔になったとか。

2023/10/15(日) 23:58:24 ID:hgf88yj

>子どもの問題で揉めて、彩奈が邪魔になったとか。

同意。だいたい最初から、彩奈らしくないと思ってた。彩奈、殺されたんだよ。東テレ側は何か知ってて、今回「旅の空に」の彩奈回を流したんじゃないかな。自分のところのドラマを潰されたわけだし……これって、馬●さんが持ちかけた無理心中だって、暗に言ってるんじゃないかな。

2023/10/15(日) 23:59:45 ID:08yuf56

>馬●さんが持ちかけた無理心中だって、暗に言ってるんじゃないかな。

あり得る。マスコミなんて、芸能人の本当にやばいネタは忖度して伝えないだろうから、これが精一杯の抵抗じゃないかな。これは、本格的に叩かないとダメでしょう。

10月16日㈪

馬場直斗応援掲示板「直斗マニア」

2023/10/16(月) 02:25:47 ID:yia321j

>馬●さんが持ちかけた無理心中だって、暗に言ってるんじゃないかな。

おいおい、彩奈掲示板の方で、滅茶苦茶言われてるぜ。「旅の空に」を見てだと思うけど、何なのよ、この短絡的な発想。馬場さんが彩奈に殺された可能性だってあるじゃない。

2023/10/16(月) 02:36:25 ID:6t8f6sl

>馬場さんが彩奈に殺された可能性だってあるじゃない。
これは名誉毀損になり得る。こっちは冷静にいかないとまずいよ。芸能人に忖度なんて言ってるけど、人が死んでるんだから、さすがに警察もちゃんと捜査するでしょう。だからいつかは真相は分かる。周りの人間があれこれ言っても、絶対に何も分からないんだから。彩奈掲示板の連中も、こんな風に適当に想像して言ってるだけじゃ、いつかつまずくよ。どうせならちゃんと調査して、それで発言すればいいんだ。

ブログ「夜の光」

上杉・馬場問題、変な展開になってきた。予想はできてたけど、合意の心中じゃなくて無理心中、彩奈が馬場に殺されたっていう意見がネットで沸騰してる。
しかし、ネット民っていうのは想像力豊かだと思うね。どうやらこういう思考経路らしい。
死ぬ2ヶ月前に収録された番組で、彩奈は復活して今までにないナチュラルな表情を見せていた→恋人の存在は否定→収録から2ヶ月後に死亡→現場には恋人かどうか分からない馬場直斗がいた→彩奈だけが死んで馬場が意識不明→彩奈は妊娠していた→お腹の子の父親は馬場らしい（根拠なし）→あんな笑顔を見せていた彩奈が自分から死ぬわけがない（希望的観測）→

子どもの問題で揉めていた馬場に殺されたに違いない（妄想）→絶望した馬場も自殺しようとした（裏づけなし）。

こんな風に考えていくと、筋が合ってるような感じはするよね。でも決定的に「事実」が欠けてる。実際に2人が交際していたという証言はどこからも出ていないし、父親が馬場だったという明確な証拠もない。事実関係で空いている穴を勝手な想像で埋めるのは、ネット民の悪い癖だよね。誰もそんなこと頼んでないのに、謎があると何とか説明しないとまずい、とでも思ってるんだろうか。世の中、謎は謎のままで、分からないことも多いのに。リアルな生活はパズルじゃないんだから、穴だらけなんだよ。ましてやこれは他人の問題で、それを調べもせずに想像で物を言ってるから、実際には真相からどんどん離れていく。そしてそれで傷つく人がいるとか、想像もできないんだろう。

この件、周りの騒ぎの方がうるさくなってきて、本筋が霞んできてると思う。真相を知らないで周りで騒いでいる連中は、自分で警察や事務所に行って取材しろよ。素人が押しかけても話してくれるとは思えないけど、やるだけやってみたら？　それで自分の無力さを思い知ればいい。痛くも痒くもない安全な場所で、暗闇にジャブを打ってて楽しいのかね。

「夕刊ホット」

取材系ユーチューバー、釈放

女優の上杉彩奈さんが死亡した事件に絡み、公務執行妨害で逮捕されたユーチューバーの

hossyこと星野啓太さん（28）が16日朝、釈放された。今後は在宅捜査になる見込み。渋谷中央署から出てきた星野さんは、報道陣に向かって深々と一礼。しかし謝罪の言葉などは一切口にせず、足早に立ち去った。

星野さんは、上杉さんと同じ部屋で倒れていて意識不明の状態が続いている馬場直斗さんの事務所を直撃取材、その際スタッフに暴行を受けたとして警察に被害届を提出しようとしたが受理されず、これに抗議して渋谷中央署前で大声で騒ぎながら撮影を行っていたとして、公務執行妨害の現行犯で逮捕されていた。

hossyチャンネル「事件事故の部屋」

「はい、hossyです。お久しぶりです。皆さんご存じの通り、更新をサボっていたわけではなく、警察のお世話になってました。何があったかはわざわざ言わないけど、起訴されないで釈放されたということは、今後の展開は皆さんお分かりでしょう。でも余計なことを言うと心証が悪くなるから、この話はここまで。

はい、そして私、今日も劇団『すばる座』に来ています。釈放されてから彩奈問題の情報を精査したけど、どうも『すばる座』が何か事情を隠しているとしか思えない。本当は上杉彩奈さんの所属事務所『エーズ・ワン』にも突撃取材したいところですけど、皆さんご存じの通り、あそこは（ピー音）とのつながりが噂されているので、危ない橋は渡りません。何かあっても、hossyは警察受けが悪いので、守ってもらえそうにないし（笑）。

はい、今日はどうしても劇団代表の三島武郎さんに話を聞きたいと思います。この前はスタッフに阻止されましたけど、今日は絶対そんなことはさせません。あ、今、三島さんが劇団の本部から出てきました。おっと、今日は1人だ。チャーンス！

三島さん、三島さん！　ユーチューバーのhossyです！　馬場さんのことでお話を聞かせて下さい！　お願いします！　いや、ちょっと！　皆さん、また妨害です！　劇団『すばる座』は暴力で人を――うわ！」

「はい、皆さん、ご覧下さい。この傷、結構グロいけど、動画を見ている皆さんが証人になりますね。私、これから病院で診察を受けてから、被害届を出しに警察に行く予定です。顔にこれだけ酷い怪我をしていたら、今度は受理されるでしょう。残念ながら、ぶん殴られた瞬間は映っていないけど、これは1人ジャーナリストの宿命です。hossyチャンネルではただいまスタッフを募集中、俺と一緒にカメラを回して取材してくれる人、世の中の間違いを正したい人、どうぞこちらまでメッセージをお願いします」

「はい、病院での治療は終わりました。顔面の挫傷《ざしょう》で、全治2週間。2週間も顔面にこんな傷を負って生きるのかと思うとぞっとしますね。傷跡残ったらどうすんだよ。イケメンだから、ネットで生き残れてたのに。

というわけで、夜になってしまいました。治療に結構時間がかかってね。なので、今日は警察には行きません。警察署の昼間の業務は午後5時過ぎまでで、そこからは当直に入るので、ややこしい話は聞いてもらえないんですね。留置場に入っていた人間の言うことだから間違いないです。

そこで告訴は後回しにして、今夜は思い切って『エーズ・ワン』に来てみました。馬場さんの方もそうだけど、上杉彩奈さんの事務所が詳しい事情を知らないわけがないですよね。ここは思い切って社長に突撃取材を試みたいと思います。怖いけどね。(ピー音)とつながりがあると、昔から言われている人だから。でも突撃系ユーチューバー、新世代のジャーナリストhossyはびびりませんよ。マスコミが忖度して報道できなかった話を、どんどん伝えていきたいと思います。

今、事務所の前の道路にはでかいベンツが停まっています。これが有名な、社長の専用車ですね。夜遅くまで仕事を続けているのは、芸能事務所ならではでしょうか。社長がしっかり自分で仕切っているということでしょうかね。それぐらいタフな人でないと、これだけ大きな芸能事務所を切り盛りしていけないということでもあるでしょうが。

あ、今、社長が出てきました。スタッフ2人が一緒ですが、ここは思い切っていきたいと思います。社長！　お話聞かせて下さい！　5分で大丈夫です。あ、社長が立ち止まりました。睨んでます。マジで怖い目です。でも、お、手招きしています。これは取材OKということでしょうか。ではは行ってみたいと思います」

「(遠い声で)君ね、車乗って。でもカメラは止めて。止めないなら、話はできない。まず話をしようか」

「はい、分かりました。ではここで、一度カメラを止めます」

「――要するに脅迫でした。車の中で、ガン詰めで30分です。余計なことは聞くな、こちらも話すつもりはない。要はそれだけのことを、言葉を換えて延々と繰り返しました。脅迫と言いましたけど、実際には脅されたわけじゃないな。危ない言葉は一つもなかったです。でも、威圧感は半端なかった。

それでhossyがこれからどうするかですが、この動画を公開したら、すぐに取材を再開します。『エーズ・ワン』の社長にもう一度突っこみたいと思います。取材するなという理由がよく分かりませんからね。『エーズ・ワン』だけじゃなくて、関係者にもどんどん話を聞いていくことにします。hossyは隠れた真相を暴きます。誰にも邪魔させないからね」

10月17日㊋

hossyの旧所属事務所「アクトスター」の発表

弊社に所属していたユーチューバー、hossyこと星野啓太が、16日夜、刺され、病院に搬送されたものの、死亡が確認されました。

hossyは、上杉彩奈さんが自殺した問題を集中的に取材しており、これに絡んで警察に公務執行妨害で逮捕されましたが、釈放されたばかりでした。弊社では、この事件を受けて、星野啓太との契約を解除していました。

現在警察が捜査を続けていて、弊社ではこれに全面的に協力します。

夜の闇を暴き、新しいジャーナリズムの形を目指していたhossyの冥福を祈ると同時に、アクトスターでは今後もhossyの理念を受け継ぐ活動を続けていきます。

「東日新聞」ウエブ版

突撃系ユーチューバー　刺され死亡

「突撃系ユーチューバー」として知られるhossyこと星野啓太さん（28）が、16日夜、東京都港区内の路上で刺され、病院に搬送されたが死亡が確認された。

警察は間もなく、東京都目黒区、芸能事務所「エーズ・ワン」マネージャーの原田《はらだ》忠彦《ただひこ》容疑者（31）を殺人容疑で逮捕した。

調べによると原田容疑者は、16日午後11時過ぎに、港区内の路上で星野さんから取材を受けたものの、これを拒否。しかし星野さんが諦めずに取材を敢行しようとしたのに腹を立て、揉み合いになった末に、星野さんが持っていたナイフを奪い取って胸などを刺したという。原田容疑者は現場から逃走したが、目撃者がおり、また付近の防犯カメラに姿が映っていたことから、警察では原田容疑者を割り出して逮捕した。

星野さんは、自殺したと見られる女優の上杉彩奈さんに関する取材を続けており、この日の夜も「エーズ・ワン」の竹下満社長（65）に取材を試みて、断られていた。原田容疑者に対しても、上杉さんの自殺について話を聞かせて欲しいと取材を依頼したが、原田容疑者は「話して当然という態度で迫ってきて、意図が分からなかった。それに刃物を持っているのが見えて、このままでは刺されると思い、つい奪い取って刺してしまった」と事実関係を認めているという。

星野さんは「取材系ユーチューバー」を自称して、事件・事故の現場や関係者などを取材してネットで公開していたが、強引な手法で関係者と何度もトラブルになっていた。今月12日には、警視庁渋谷中央署前で騒ぎながら撮影を行っていたとして、公務執行妨害の現行犯で逮捕されて、事務所は契約を解除していたが、16日に釈放されていた。

星野さんの旧所属事務所・アクトスターの話「取材に対して暴力的な手段で対抗されたことに大きなショックを受けている。これは言論・民主主義に対する挑戦で、声を大きくして抗議していきたい」

SNSから

Bad パパ @badpapa

>言論・民主主義に対する挑戦

それはお前らだろ、と声を大きくして言いたい。突撃系とか取材系とか言って人に迷惑をかけてたのは誰だよ。それをさも、言論が暴力で封じられたみたいに言うな。hossy みたいな顔面の人間がカメラ片手に迫ってきたら、誰だってビビるわ。正当防衛だ。

谷山はると @haruto_90

こいつら、既存メディアがどうこう言って批判するんだけど、やってることは昔の既存メディアのひどい取材に、さらに輪をかけた迷惑行為なんだよな。事務所も責任取って解散しろよ。最近だいぶ落ち目みたいだし。

youtuve_man @youtuvenotbe

そもそも YouTube 界隈が沈没寸前っていう事情もあるんだろう。こいつら金儲けのためにやってるんだから、アクセス数を稼げれば何でもいいんだよ。その結果が、こういうバカな取材ごっこで相手を怒らせることにつながる。

Bad パパ @badpapa

こんなこと言うとあれだけど、逮捕された人かわいそうだよね。身を守るためじゃん。だいたい hossy、なんで刃物を持ち歩いてるわけ？　歩く銃刀法違反だよ。

狂った果実 @crazy_fruit

ユーチューバーとか、暇潰しの材料を提供するだけの人間に価値なんかないだろ。取材系って言うなら、もっとちゃんとやるべきなんだよ。そもそも YouTube に真面目な報道っていうか、生《なま》ニュース的なものなんかいらないんだって。ろくに取材もできない素人が事件や事故について語ろうってのが間違ってる。悪いけど、hossy を追悼する気にはなれんわ。

谷山はると @haruto_90
昔のメディアって、泣いてる遺族に平気で突っこんだりしてたけど、散々叩かれたせいか、今はそんなことしてないじゃん。hossy とか、大昔の映像を見て、そういう乱暴なやり方が取材だと思ってたりしてね。

向井たすけ @taske-mukai
まあ、志は買うけどね。マスコミが忖度して伝えないことがあるって信じて——実際そうなんだろうけど——取材して伝えようっていう心意気は評価する。だけどあまりにも稚拙《ちせつ》なんだよ。基本能力がない人が取材しようとするからこうなる。もちろん、既存メディアが立派なわけじゃないけどさ。

芸能事務所「エーズ・ワン」コメント

この度、弊社社員・原田忠彦が警視庁に逮捕されたことは事実です。弁護士が本人と接触し、事実関係を確認しました。本人は非常に反省しております。
今回の事件のきっかけは「取材系」を名乗るユーチューバーの星野啓太さんが、弊社社長・竹下満にアポなしの取材を行おうとしたことです。竹下は取材を拒否し、業務を妨害するような取材は控えて欲しいと要請しましたが、その数時間後に、弊社マネージャーである原田忠彦が直撃取材を受けました。
現在捜査が進行中なので詳細は申し上げられませんが、どんな事情があれ人を傷つける、ましてや殺すなどということは許されません。
今回の事件に関して「エーズ・ワン」では星野さん始め、関係者の皆様に心からお詫びいたします。

東テレ「火曜ワイド」

清見忠介《きよみただすけ》（司会、タレント）「今日は衝撃的なニュースが飛びこんできました。取材系ユーチューバーとして活動してきたhossyこと星野啓太さん、28歳が、取材相手に刺されて死亡しました。今日はまず、この事件を掘り下げていきたいと思います。深谷《ふかや》さん、衝撃的なニュースでした」

深谷はるみ（弁護士）「ユーチューバーの方は、活動の中で様々なトラブルを起こしてきました。警察沙汰になったこともあり、実際、星野さんも公務執行妨害で逮捕され、釈放されたばかりでした。その直後から取材に入ったバイタリティには感服しますが、しかし内容がですね……」

清見「古屋《ふるや》さん、警察の方はどうなんですか？　取材方法には問題がなかったんでしょうか」

古屋真男《まさお》（東テレ編集委員）「はい、警察では、星野さんがナイフを持ち歩いていた事実を重視しています。星野さんはカメラ1台で取材するスタイルだったのですが、ナイフは取材には無用と思われ、しかも刃渡り20センチもある大きなものでした。それを目立つように、ズボンのベルトに差していたのが防犯カメラの映像にも映っています。厳密に言えば銃刀法違反にもなるわけで、何故星野さんがナイフを持ち歩いていたかも、今後の捜査の焦点になりそうです」

清見「この事件には様々な要素が絡んでいるわけですが、まず問題になりそうなのがユーチューバーの方の倫理観についてです。深谷さんは、ネット絡みの裁判などで活動されてきましたが、今回の件はどのようにご覧になりますか」

深谷「私の場合、ネットで誹謗中傷《ひぼうちゅうしょう》を受けた個人、組織から相談を受けて、必要があれば裁判で争うようにしてきました。ネットでのトラブルは、やはりこういう問題が非常に多いんですね。しかし今回の事件は、ネットで流された情報によるものではなく、それ以前、つまり情報を得るための手段が乱暴ではなかったかという議論になると思います。つまり、新聞やテレビなどの既存メディアが取材で問題を起こすときと同じようなパターンです。ですので、YouTube界隈の問題ではなく、より大きな取材活動の問題として論じる必要があると思います」

古屋「これは、我々にも頭が痛い問題なんです。他人《ひと》ごととして無責任に報じて終わり、ではいけませんね。私も東テレでの記者生活は30年以上になりますが、若い頃はこういう乱暴な取材を行っていたのは事実です。犯罪被害者に話を聞きに行って混乱させてしまったり、精神的に傷つけたりしたこともあったと思います。特に我々テレビの人間は、カメラの前に立つと人は話してしまう、いや、話すべきだと思いこんでいるところがあるんですね。星野さんの場合は、ネットなので、もっと気軽な感覚で相手が話すものだと思っていたのかもしれませんが、これは昔の我々と同じメンタリティだと言っていいかもしれません。褒められたことではないですね。もちろん、それで暴力的な事件の犠牲者になっていいというわけではないですが」

清見「我々メディアとしても、身につまされる問題ではあるわけです。ここで警視庁クラブの坂下さんに話を聞きます。坂下さん、捜査の方はどうなっているでしょうか」

坂下「警視庁クラブです。逮捕された原田忠彦容疑者ですが、これまでの調べで容疑を全面的に認めています。亡くなった星野さんがナイフを持っていたので恐怖を感じたということですが、それ以前に、いきなり取材に来られて、その時点で身の危険を感じたと供述しています。原田容疑者はこの日、所属タレントのテレビ番組の収録につき添い、このタレントを自宅まで送って帰宅する途中でした。事務所の社長がその数時間前に、星野さんの取材を拒否し、今後は取材のあり方を考えて欲しいと忠告したという話は、一斉連絡で知っていたので、まさかいきなり星野さんが取材に来るとは想像もしていなかったということです。そのためにパニックになってしまったと認めています。警察では、星野さんの取材の様子なども含めて、背景を捜査していく方針です」

清見「坂下さん、原田容疑者なんですが、取材に恐怖を感じてこのような犯行に至った、と供述しているわけですね？」

坂下「はい、まさにその通りです。実際、星野さんのナイフが見えていたのは間違いないようですが、星野さんの意図もよく分かっていません。星野さんの旧所属事務所にも取材しましたが、普段、ナイフなどを持ち歩くことはなかったはずだと言っています。警察では、星野さんが度重なる取材拒否を受ける中、身の危険を感じることがあったかもしれないとして、これまで公開された星野さんの動画なども検証していくことにしています」

清見「はい、坂下さん、ありがとうございます。それにしても、取材の難しさを思い知らされる事件でした」

深谷「最近、マスコミは忖度している、報じない自由を使っているとよく言われていますが、これまでは取材方法が乱暴だ、人権を無視して報じていると散々非難を浴びてきました。そのような中で、マスコミは自らの取材方法を検証し、人を傷つけない取材、人権に配慮した取材を模索してきた経緯があります。一方今は、取材してその結果を公表することは、マスコミだけの特権ではなくなっています。誰でも取材して文章にする、あるいは動画を公開することで、ジャーナリストを名乗れるようになっているんです。しかし、アクセス数稼ぎが目的になってしまい、そのために人を傷つける、あるいは自分が危険な目に遭う可能性も出てきたわけです。この辺りのことについては、慎重にやっていただく必要があると思います。同時に我々マスコミも、取材方法などを改めて見直し、より人権に配慮した方法での取材を模索していく必要があるかと思います」

SNSから

向井たすけ @taske-mukai

東テレも、結局自分たちの立場を正当化するだけで終わってるね。まあ、しょうがないだろうけど、仮にユーチューバーをジャーナリストとするなら、内輪で批判はできているわけだから、それはよしとすべきか。

flyflyman @fly354

いや、hossyみたいな人間をジャーナリストって言ったら恥ずかしいわ。そもそも日本にはジャーナリストなんかいない。東テレは、単にユーチューバーを利用して自分上げしてるだけだから、恥ずかしいぜ。

蜂の小六 @hachikoro

hossyも、新しいジャーナリズムとか言ってたけど、ナイフを持って歩き回ってる時点で終わりだよ。ただの危ない人じゃん。余計なことしなければ、刺されないで済んだのに。考え、浅過ぎでしょう。

Bad パパ @badpapa

ま、YouTube界隈も、これで少し慎重になればいいんじゃないかね。あの連中、モラルも線引きもなしで適当にやってたから、いつかはヤバい事故が起きるような気がしてた。さすがに人が死んだらね……そういう意味で、hossyも教訓は残したわけだ。

向井たすけ @taske-mukai

オールドメディアの人間が事件に巻きこまれた方が面白かったけど、そういうわけにもいかないか。とにかく、奴らの上から目線は何があっても変わらないね。ひでえ話だ。

「東日新聞」ウエブ版

俳優の馬場さん死去　意識不明のまま

　死亡した女優・上杉彩奈さん（28）の自宅で意識不明の状態で発見された俳優の馬場直斗さん（37）が、17日、入院先の病院で心不全のため死亡した。

　馬場さんは2日午後1時頃、都内の上杉さんの自宅で倒れているのが発見され、意識不明の状態で病院に搬送された。上杉さんはその日のうちに病院で死亡が確認されていた。

　現場の状況などから、警察では2人が心中した可能性があると見て調べている。

馬場直斗応援掲示板「直斗マニア」

2023/10/17(火) 23:12:47 ID:a0pq388

＞俳優の馬場直斗さん（37）が、17日、入院先の病院で心不全のため死亡した。

馬場さん、お悔やみ申し上げます。こんなことになってしまったけど、馬場さんの演技は永遠です。私たちの心に残っています。

2023/10/17(火) 23:14:18 ID:juhg67h

馬場さんの最高傑作って選べないよね。何に出ても必ず爪痕《つめあと》を残すから、どれも最高傑作なんだ。でも、脇に回って主役を食っている時が一番輝いてた。そういう意味で、「本能寺炎上」での明智光秀は光ってた。歴代明智光秀の中で、一番狂気を感じさせた。散々いびられて最後に火を噴く、あの爆発力は、他の役者さんでは無理だと思う。

2023/10/17（火） 23:17:36 ID:k9h8fgt
ドラマだと、東テレの「鬼が来ない」かな。あの奥さんを怖がる役って、唯一の完全コメディだったでしょう。あの路線、もっと見たかった。表情の変化だけであんなに笑わせてくれる役者さん、いなかったな。

2023/10/17（火） 23:19:47 ID:yfg56ah
舞台も忘れちゃいけないよ。馬場さん、やっぱり根っこは舞台の人だから。去年、久しぶりに出たすばる座の「浅草物語」での川端康成役に驚いた。川端康成って、写真とかで、皆が知ってるパブリックイメージがあるじゃない。馬場さんが演じたのは若い頃の川端康成なんだけど、写真とは全然違うのに本人っぽい感じがしてくるから怖いんだよね。憑依《ひょうい》型って、まさにああいう人のことを言うんじゃないかな。

2023/10/17（火） 23:21:18 ID:juhg67h
舞台だったら、若い頃にやった「ウェストサイドストーリー」かな。あれってすばる座じゃないんだけど、馬場さんがちゃんと歌って踊ってたのよ。結構達者だなって思って感心してたけど、ここまで幅の広い役者になるとは思わなかった。

2023/10/17（火） 23:23:45 ID:t6r7fgvf
結局、馬場さんって「核」がない人だったのかも。悪い意味じゃなくて、典型的な憑依型で何でもできる人。「何をやっても●●」みたいな格好だけの役者と違って、演出する人が望む色に自在に染まるみたいな。

2023/10/17(火) 23:31:36 ID:rtf56j

ちょっと前のインタビュー見つけたから貼っておくわ。

馬場「どういうわけか、年齢も職業もバラバラな依頼が多いんですよね。60歳の役の後に25歳っていう時はなかなかきつい。髪を染めたり戻したりはしょっちゅうなんで、この美しい髪が傷んでないか、すごく心配（笑）」

——混乱しそうですね。

馬場「してますよ。でも、それが楽しいっていうかね。監督の顔色を見て、何をやってもらいたいか、読むのが大好き。役作りについてみっちり打ち合わせる役者さんもいるけど、僕はなるべく打ち合わせしない。それで本番の時に、スタッフの驚く顔を見るのが嬉しくて」

——これだけ多くの作品に出ていて、役作りがよく間に合いますね。

馬場「間に合ってないかも（笑）。でも、あまり考えないで、脚本《ほん》を読んで最初に感じたイメージを膨らませていくことにしています。脚本家の人と話すと、一筆書《ひとふでが》きで登場人物のイメージを作る人も多いんですね。僕はそれを、役者に対する挑戦状だと思う。どんな役にするか、敢えて曖昧《あいまい》にしておくからあんたの腕を見てみたい、とかね。実際にはそんなことはないと思うけど、役者も自分の頭で考えなさいって言われてるような気がしてます。想像力ですか？　そうですね、想像力というか妄想力というか、そういうのは子どもの頃から人一倍あったと思いますよ。１人で教室でぼうっと妄想してたり……仲の悪いやつが、大人になってひどい目に遭ったりすることを想像して楽しんでた。ひどい子どもだよね（笑）。でもそうやって、あの人は実はあんな人かもしれないとか、腹の中では態度と全然別のことを考えてるに違いないとか、日々想像してました。人間観察眼が養われたとまでは思えないけど、妄想力は人一倍たくましくなったかな。

自分で想像して役作りをしていくのは楽しいし、それを認めてくれるスタッフにも恵まれて、ありがたい限りです。

奥さん？　奥さんは一番怖い目の持ち主（笑）。役作りで唯一相談する相手かもしれないけど、駄目出しがすごいのよ。観察眼がすごいし、コミュニケーションお化けのせいもあって、僕の妄想をリアルに肉づけしてくれるんだけど、『そんな人いない』って一発アウトにされることも少なくないからね。最近は子どもたちにもそれが移って、『パパ、全然違う感じ』なんてやられるから、たまったもんじゃないですよ。家が劇団の稽古場みたい」

2023/10/17（火）23:42:48 ID:tl6da45g

馬場さんらしいインタビューだよね。冗談めかして言ってるけど、天才だよ。それにいい意味で狂気も感じる。俺たち、同時代にいい役者さんがいて幸せだったなあ。本当に残念。何があったかは気になるけど、今は余計なことは言わずに黙禱《もくとう》しよう。

2023/10/17（火） 23:55:41 ID:ty67hf
彩奈掲示板から出張ですが、皆さんお悔やみに浸るのはいいんですけど、彩奈は殺されてるんですよ。その事実を無視して、馬場さん万歳は無責任じゃないですか。
2023/10/17（火） 23:56:45 ID:tl6da45g
殺されたって言って、馬場さんを人殺しと決めつけるのはひどくないかな。短絡的過ぎる。本当に心中だとしても、こういうのはどっちがどっちか……永遠に分からないじゃない。つまらない喧嘩や責任のなすりつけ合いはやめましょう。
2023/10/17（火） 23:58:36 ID:ty67hf
彩奈を妊娠させておいて、無責任に万歳はひど過ぎます。彩奈に対しても、追悼の念があっていいんじゃないですか。ここの人は、馬場さん万歳ばかりで周りが見えてない感じがします。
2023/10/17（火） 23:59:12 ID:rtf56j
馬場さんがお腹の子の父親だって、何で断定できるわけ？　３６５ニュースのインチキ情報信じてる？　こういうのって、双方の事務所のオフィシャルな発表がない限り、本当のことは分からない。それをさも、事実みたいに振りかざして、万が一間違っていた時にも謝罪する気なんてないでしょう。ネットだからって、書き逃げ、言い逃げは許されないよ。無責任なのはそっちじゃないかな。
2023/10/18（水） 00:05:25 ID:ty67hf
ここの住人の皆さんには、常識がないんですね。がっかりです。もしも彩奈が馬場さんとつき合っていたとしたら、彩奈は騙されたとしか言いようがないですね。残念です。

2023/10/18(水) 00:07:36 ID:qttar65s

あのさ、馬場さんと掲示板の住人を同一視するのって、どういう神経？　現実が見えなくなっちゃってるんじゃないの？　ショックでそうなってるとしたら、同情申し上げますけど、カウンセリングとか受けた方がいいよ。

「週刊ジャパン」ウエブ版

心中の2人に薬物疑惑

何も語らぬままに、名優は逝《い》ってしまった。上杉彩奈さん（28）、馬場直斗さん（37）の死の真相は、このまま闇の中に消えるのか。しかし週刊ジャパンは、新たな情報を発掘した。

上杉さんとの「心中」が疑われた俳優の馬場さん。上杉さんの部屋で発見された時は意識不明の重体だったが、17日、意識が戻らぬまま死亡した。

この馬場さんに、新たな疑惑が浮上している。薬物問題だ。

馬場さんは、アメリカで過剰摂取が問題になっている鎮痛剤「ヒプノフェン」を以前から常用していて、上杉さんにも勧めた可能性が浮上している。

ヒプノフェンは、アメリカで医師の処方なしで薬局で買える鎮痛剤で、過剰服用すると酩酊感や幻覚などが生じると言われ、若者の間でドラッグ代わりに使われて問題になっている。中毒性も指摘されている。

日本では販売されていないが、アメリカでは薬局で普通に購入できるため、大量購入して日本に持ちこむケースもあるという。

馬場さんは5年前にアメリカで映画の撮影をした時に、このヒプノフェンに出会った。馬場さんに近い事務所関係者は「集中力が持続する」「疲れない」と言って、馬場さんが頻繁に服用するのを目撃していた。

また元俳優で、馬場さんと親しかった男性（35）は、渡米する時に、大量に購入して持ち帰るように頼まれたという。

「違法薬物ではないのは分かったけど、薬を大量に持ちこむと問題になりそうなので断った。それから馬場さんとは話をしていない。馬場さんは『どうしてもこの薬が必要だ』とかなり強硬に迫ってきた。少し怖いぐらいで、普段の馬場さんの態度とはまったく違っていた」

馬場さんは、普段は薬物の影響をまったく見せていなかったが、最近撮影現場でぼうっとしたりしている姿が目撃されている。寝ている感じではなく、気を失っているようで、声をかけても反応せずに心配だった、と言う人もいる。

馬場さん、そして上杉さんの体内からはヒプノフェンが検出されているが、日本では流通していない薬物のため、実際にどのような影響があったかは不明。死因になったかどうかもはっきりしていないが、少なくとも馬場さんが積極的にヒプノフェンを使っていたことは疑いがなさそうだ。

「東日スポーツ」ウエブ版

ファン同士がネット上で喧嘩

俳優の馬場直斗さん（37）が亡くなった。やはり死亡した女優の上杉彩奈さん（28）との関係が取り沙汰されているが、ネット上では2人のファンが罵《のの》り合《あ》う展開になっている。

上杉ファンが「馬場さんをいい人扱いするな」「彩奈を殺したのは馬場さん」と嚙みついたのが最初とされ、馬場ファンもこれに応戦。「どちらが心中を持ちかけたか」の言い争いになっている。

SNSから

Bad パパ @badpapa

掲示板みたいな古い文化がまだ生きてるってのもすごいね。その界隈にいる人って、感覚が20年ぐらい前で止まってるんじゃないか。ネット上での罵り合いって、大昔の文化じゃん。それで何も産まれないのは分かってるのに、やりたい人はやるんだねえ。

miki_tan @miki657

そうそう、エネルギーの無駄遣いでしかないわ。他にもっと、生産性を上げるようなことすればいいのに、あの連中、何なんだろう。

Bad パパ @badpapa

できるだけ関わり合いになりたくないねえ。だいたいあの連中、もう高齢者なんじゃやね？　だけど、推しが死んでも庇うのって、まるで宗教だよね。推しがいないとそんなに人生きついのかね。

fukada サークル @fukada88

推しがいる人とそうじゃない人って、絶対に分かり合えない、メンタリティが全然違うって、どこぞの心理学者が言ってた。推しがいない人って、精神的に幼いらしい。誰にも頼る必要がない、俺スゲーみたいな感じで、実は幼くて弱い。

Bad パパ @badpapa

思い当たる節あり。ただし、推しに頼って精神の安定を保つのは、やっぱり宗教っぽいと思う。

fukada サークル @fukada88

宗教を理解して頼れない人も、子どもっぽい感覚らしいよ。

Bad パパ @badpapa

じゃあ、日本人は大抵子どもか。それとも、推しがいる人が宗教に熱心だとすると、特定の神様を信奉していないけど宗教に熱心な人がたくさんいるわけか。まさに多神教。ってことは、日本人に合ってる感じじか。

10月18日㊌

東テレ「ワイドモーニング」

下条花香《しもじようはなか》（東テレアナウンサー）「おはようございます、今日もワイドモーニングから始まる１日、よろしくお願いします。さて、今日は俳優の馬場直斗さん関係のニュースがたくさん入ってきています。馬場さんが亡くなりました。馬場さんは今月２日に意識不明の状態で発見されて以来、ずっと意識を取り戻すことなく、17日夜に亡くなりました。死因は心不全ということになっていますが、警察がさらに詳しく調べています。斉藤さん、日本を代表する俳優さんだったんですが……」

斉藤大介《さいとうだいすけ》（元サッカー選手、コメンテーター）「残念です。大ファンだったんですよ。変幻自在の演技っていうんですか？　どんな役でもこなせて、その都度別人みたいに演じていた。あれだけ自分を殺して役になりきれる俳優さんって、なかなかいませんよね。オランダで、チームメートにＤＶＤを観せたんですけど、皆驚いてました。言葉なんか分からないのに、ボロボロ泣く奴とかいて。もっと活躍して、海外の人にも知って欲しかったですね。残念です」

下条「植田《うえだ》さんは、馬場さんと共演されたことがあったんですよね」

植田優子《ゆうこ》（女優）「もう随分前ですけどね。馬場さんがテレビに出始めた頃で、私、姉の役でした。画面で見る姿からは想像できないかもしれないけど、穏やかな人で、本当に普通の大学生って感じでしたよ。お喋りが好きで、前室で本番直前までずっと喋っていて、それが本番でいきなりスイッチが入ったように切り替わる感じでした。あの頃、21歳か22歳か、それぐらいかな？　『すばる座』で天才が出てきたって評判になっていて、まあ、若い頃はそういう風に言われる人は多いんですけど、馬場さんは本当に天才だったと思います。いくつも顔を持っていて、一瞬で次の顔に切り替えられる――俳優としては、そういうことができるのって理想なんですよね。でも、裏では大変な努力をされていたと思いますよ」
下条「その馬場さんですが、週刊ジャパンウエブ版が、薬物を濫用《らんよう》していたという記事を掲載しました。真偽のほどは分かりませんが、アメリカで流通している合法の鎮痛剤を濫用していたという記事です。ヒプノフェンというこの薬物について、東京薬理大の伊佐山浩司《いさやまこうじ》教授にお聞きします。先生、朝早くから申し訳ありませんが、よろしくお願いします」
伊佐山「はい、おはようございます」
下条「このヒプノフェンという薬ですが、日本には入ってきていないんですね」
伊佐山「そうです。日本では手に入りません。ただし、アメリカでは薬局で普通に売っていますから、向こうへ行けば入手は可能です」
下条「聞きなれない薬ですが、どんな効果があるのでしょうか」
伊佐山「一般的な鎮痛剤ですが、量を多く服用すると、幻覚や陶酔感などが得られると言われています。手軽なドラッグという感じで、アメリカでは若者に人気なんですが、多量に服用して、車を運転中に事故を起こすケースなどがあり、最近問題になっています」
下条「ヒプノフェンを服用して死亡するようなケースはあるのでしょうか」
伊佐山「この問題が出てから、私も向こうのニュースや文献などに当たってみたのですが、大量摂取で死亡したという情報はありませんでした。もちろん、どんな薬でも規定量以上を服めば体に危険が生じることがあるのですが、一気に何十錠も服めるかというと、それは難しいです。よく、睡眠薬を服用して自殺、という話も聞きますが、実際にはすぐに吐いてしまって、体内にはほとんど入らないことも多いんです。人間の体は、必要以上の異物に対しては拒否反応を起こすようになっていますから。もちろんそれが上手くいかずに、薬物の過剰摂取で死んでしまうことはあります。ヒプノフェンの過剰摂取が直接の原因になって死亡したというケースは見つかりませんでしたが、私が見落としているだけかもしれません。ただし、成分を見てみると、過剰摂取で死亡というのは、ちょっと考えられませんね」

下条「日本では販売されていないということですが、入手する方法としては、アメリカで買う、ということですか」

伊佐山「そうですね。アメリカでは、薬局で普通に買えます。医師の処方箋《せん》も必要ないので、外国人でも買えます。もちろん、1軒の薬局で大量に買いこむと怪しいと思われますし、向こうでは濫用が問題になっているので、販売を拒否される可能性もありますが、薬局を何軒か回れば、いくらでも手に入ると思いますよ。大都市では、1ブロックに1軒、ドラッグストアがありますから」

下条「日本で、ヒプノフェン中毒の問題は起きていないのでしょうか」

伊佐山「私が知る限り、それが問題になったケースはありません。特異な薬物による中毒症状の場合、厚労省にも報告が上がるのですが、ヒプノフェンについてはまだないようですね」

下条「はい、伊佐山先生、ありがとうございました。斉藤さん、ちょっと心配な感じですね」

斉藤「心配というか、あまりにも状況が分からなくて混乱しています。事件だとすれば事件で、もう少し詳細が分からないかと思いますが……おふたりともファンの多い人気俳優さんですから、不安になっている方も多いでしょうね」

下条「はい、この事件については、新しい情報が入り次第、番組内でもお伝えしていきたいと思います。そして……亡くなった上杉彩奈さんの自宅前なんですが、昨夜馬場さんが亡くなったというニュースが流れてから、花が手向《たむ》けられているということです。現場には古川《ふるかわ》アナウンサーが行っています。古川さん？」

古川「はい、こちら、亡くなった上杉彩奈さんの自宅マンション前なんですが、今日の未明から花を手向ける人たちが急に現れて、ご覧のように玄関ホール前が花で一杯になっています。まだ朝早い時間ですが、通りかかる人たちが手を合わせたりして、さながら事件現場のようになっています。先ほど、こちらの住人の方に話を聞けましたので、どうぞ」

古川「急に花が一杯になってしまいましたが」

住人「さっき夜勤から戻ってきて見たんですけど……ちょっと……事件現場みたいで気になります」

古川「こちらに上杉彩奈さんが住んでおられたことはご存じでしたか？」

住人「いえ、あんなことがあって初めて知って。ショックでしたけど、こんな風になるとまた思い出して……うーん、ちょっと複雑な気持ちです」

古川「先ほど花を手向けた方にも話を聞きました」

古川「上杉さんファンですか？」

ファン「いえ、馬場さんファンですけど、亡くなったって聞いて……どこに行っていいか分からないから、ここへお花を手向けにきました」

古川「ここの住所はどうやって知ったんですか」

ファン「ネットです。本当かなって思いましたけど、来てみたら花があったので……馬場さんにお別れを言いに来ました」

古川「はい、こんな感じで、今でもファンの方がこちらに来ているのですが、花は歩道の方にまで溢れてきています。一般のマンションですので、住人の方、通行人の方の邪魔になります。弔《とむら》いの気持ちは理解できますが、控えていただいた方がよさそうです」

下条「古川さん、ありがとうございました。植田さん、ファンの気持ちも分かりますがこれは……」

植田「本来なら、双方の事務所が相談して、献花の場所などを提供すべきかもしれません。しかし今回は、普通とはちょっと事情が違うので、難しいところですね。でも、ファンの方の気持ちも理解できます。今回の一件ではまだ真相が明らかになっていませんし、もやもやした気持ちは晴れないままでしょう。何らかの形で弔いをして、気持ちに決着をつけないと、ファンの方にとってもとても辛い時間が続くと思います。それにしても、事務所が何とかすべきですね」

下条「斉藤さんはいかがですか」

斉藤「熊田《くまだ》選手が亡くなった時のことを思い出しました」

下条「アーセナルなどで活躍した熊田郷太《ごうた》選手ですね。3年前に、イギリスで不慮の事故で亡くなった」

斉藤「あの時、日本のファンは気持ちを伝える手段がなく、日本で在籍していたクラブの練習グラウンドで花を手向ける人が多かったですね。グラウンドの脇が花で一杯になったのは、私も見ています」

下条「はい……ただ、あそこは住宅地ではない場所にあるグラウンドですから、今回とは状況が違うわけです。住人の方、通行する方の邪魔にならないようにしていただきたいですね。それではワイドモーニング、今日も1日、ワイドにいきましょう。ここでいったんCMです」

東テレ「ワイドアフタヌーン」

宮本光一「ワイドアフタヌーン、今日は、火曜コメンテーターの脚本家・常松明子さんに特別においでいただきました。常松さん、大変辛い状況になってきましたね」

常松「はい。今朝から仕事関係の皆さんと連絡を取り合っているんですが、皆さんショックが大きくて……」

宮本「常松さんは、上杉さんだけでなく、馬場さんともお仕事をされていましたね」

常松「馬場さんとはテレビドラマを1本、映画も1本ご一緒しました。実は去年、映画の仕事が終わったところで、今度は『すばる座』の芝居の台本を書いて欲しいと言われたんです。舞台も私の本でやればコンプリートだからって言ってましたけど、変な話だなって思って……馬場さんは脚本を依頼できるような立場ではなかったんですよ。一応私、すばる座の方に確認したんですけど、笑われました。『馬場はやりたがりだから』って……『とにかく、何でも頼んじゃうから、聞き流して下さい』ということでした。でも、いつもそういう風に前向きの、エネルギッシュな人だったんですよ」

宮本「プライベートでもおつき合いがあったんですよね」

常松「あの……馬場さんって、家族思いとか恐妻家のイメージがあると思うんですけど、あれはほんの一部、メディア向けの顔です。プライベートで家族の話を始めると、本当に止まりませんよ。自分から切り出すことはないんですけど、話を振ると、とにかく喋り続けるんです。話したくてしょうがないんですよね。だからこちらも彼の顔色を見て、家族の話を出すようにして……そういうのも、もうできないんですよね。残念です」

宮本「ネット上では、上杉さんファンと馬場さんファンの罵り合いも起きています。事件の真相が分からない状態でどちらも不安なのだと思いますが、ここは冷静になっていただきたいと思います」

常松「おふたりとも、争いごとは嫌いな人でした。上杉さんは人を押し退《の》けてまで仕事をしたいようなタイプではないし、馬場さんは仲間と一緒に仲良くやりたい人でした。そういうおふたりですから……2人が悲しい思いをするようなことは見たくないですね。ごめんなさい、図々しいことを言って。でも、2人を知っていた人間としては、今は穏やかにいて欲しいんです」

宮本「はい……ここで、『すばる座』代表、俳優の三島武郎さんの会見の様子が入ってきました。現場から上岡さん、お願いします」

上岡「はい、すばる座の稽古場に来ています、上岡です。普段は所属の俳優さんたちが舞台稽古をする場所なのですが、今日は椅子が運びこまれて、臨時の記者会見の準備が整っています。間もなく三島さんが会見を始める予定です——あ、三島さんが今、入って来ました。激しいフラッシュです。三島さん、深々と一礼して……悲痛な表情です。立ったまま話されるようです」

三島「すばる座代表の三島でございます。本日はお忙しいところお集まりいただきまして、ありがとうございます。既にお聞きおよびかと思いますが、昨日夜、すばる座所属の俳優・馬場直斗が亡くなりました。警察の捜査が行われているのではっきりしたことは申し上げられませんが、ファンの皆さん、関係者の皆さんに多大なご迷惑をおかけしていること、すばる座代表としてお詫び申し上げます。

馬場ですが、巷間《こうかん》伝えられているように、亡くなった上杉彩奈さんと不倫関係にあったかどうかは……申し訳ありませんが、劇団としては把握しておりません。私も馬場とは個人的に話す機会は多かったのですが、家族思いの優しい男というイメージしかなく、今回の件についてはまったく意外としか言いようがありません。正直申し上げて、今でも混乱しています。上杉さんのことに関しましては、詳細が分からないので何とも申し上げにくいのですが、ここで改めてお悔やみを申し上げます。

馬場は、すばる座にとって重要な俳優でした。すばる座がさまざまな芝居に柔軟に取り組めたのは、変幻自在な演技力の持ち主だった馬場のおかげだと言えます。すばる座は馬場そのものだった、とここで申し上げておきたい。その馬場を失い、すばる座の俳優、スタッフ一同は大きなショックを受けています。

また、ご遺族にもお悔やみを申し上げます。奥さんの美穂さんは、すばる座の華やかな歴史を彩ってくれた名女優です。馬場と結婚して辞めるという話になった時には、私は真剣に引き止めました。しかし美穂さんは、馬場を支えることを選んだ。その深い愛が、このような形で終わってしまったことはまことに残念です。すばる座として、ご遺族にもできるだけのことはしていこうと思います。

今回の件では、本当に関係者の皆さんにご迷惑をおかけしたこと、改めてお詫び申しあげます」

上岡「これから質疑応答が始まります。このままお送りします」

「東日スポーツの前岡《まえおか》です。この度の件でお悔やみ申し上げます。捜査の問題があるとは思いますが、馬場さんと上杉さんの関係について、劇団の方ではどのように把握されているのでしょうか。また、馬場さんがご自宅を出てご家族と別居されていたという情報がありますが、真偽のほどはいかがでしょうか」

三島「はい。2人はCM、そして映画での共演があることは確認できています。ただしその後、プライベートでのつき合いがあったという話はまったく聞いていません。また、馬場が自宅を出ていたという情報に関しては、劇団としてはまったく把握していません」
「テレ日の木村《きむら》です。馬場さんがヒプノフェンという薬物を濫用していたという一部報道がありました。亡くなった上杉彩奈さんからもヒプノフェンが検出されているようですが、馬場さんが薬物を濫用していたのは事実なのでしょうか」
三島「そのような事実は把握しておりません。すばる座では、誠に残念ながら、過去に所属俳優の大麻事件がありました。その一件以来、所属の俳優・スタッフに関しては薬物教育をしており、その後は現在まで問題は起きていません。ただし馬場が服用していたとされるのは、市販の鎮痛剤ですよね？　そこまでは劇団としてもチェックしていなかったのが現状です」
宮本「――はい、スタジオで一時引き取ります。今三島さんの会見で話に出た、すばる座の大麻事件ですが、あれはもう15年ほど前だったでしょうか。すばる座に所属していた俳優さんが立て続けに摘発されて、劇団が存続の危機に陥った事件がありました。私、よく覚えていますが、その時に馬場さんが多くのドラマに出演して、舞台でも献身的な活動を続けて、劇団の屋台骨を支えたんですね。あの時すばる座で上演した『ジョン万次郎』の鬼気迫る演技、私も観て圧倒されました。常松さん、そのようなことを考えると、今回は非常に皮肉な出来事になってしまっているのですが」
常松「そうですね。ただし、大麻や覚醒剤のような違法薬物と違って、一般に販売されている合法な薬の中毒ということになると、判断も対策も難しいですよね。日本でも昔から、咳止めシロップの中毒性が問題になっていましたし、アメリカではオピオイド中毒が社会的に問題になっています。痛み止めなのですが、鎮痛効果の他にも酩酊感があって、これがお酒の代わりになるという話もあります。でも中毒性があるので、どうしても問題になりますよね。アメリカ在住の友人に聞いたのですが、ヒプノフェンにも同じような中毒症状があることから、現在規制の動きが出てきているそうです。アメリカの若者の間では、ドラッグストアで買える気軽なドラッグ、という感覚のようです。大麻と同じようなリラックス効果が得られるという話ですね」

宮本「今の三島さんの会見では、使用していないという否定の言葉は出ませんでした」

常松「麻薬とかではないので、定期的に検査しようがないのが実情ではないでしょうか。三島さんの言い方は、ぎりぎりの非常に苦しいものだったと思います。三島さんも責任を感じておられるのが、今の会見から分かりますよね。大事な劇団員を失うのを防げなかった、という悲痛な気持ちがあるのではないでしょうか」

宮本「ヒプノフェン中毒に関しては、国内でも注目が集まるようになりました。ワイドアフタヌーンでも、今取材を進めていて、近く特集でお届けできると思います。

はい、ではひとまず次のニュースをお届けします」

10月19日㊍

「週刊ジャパン」ウエブ版

「タフな男だった」三木尚さんが語る馬場直斗さん

　俳優の馬場直斗さん（37）が死亡した件で、かつて劇団「すばる座」で一緒に活動し、今はアメリカに拠点を移してハリウッド映画などに出演している俳優の三木《みき》尚《なお》さん（37）が週刊ジャパンの取材に応じ、かつての同僚かつライバルの死について語った。動画でお届けする。

　三木さんは現在、アメリカで人気のテレビドラマシリーズ「ハイ・ライド」の撮影中で、取材は撮影の合間を縫ってリモートで行われた。

記者「すばる座で一緒に活動していた馬場さんが亡くなりました。今の率直なお気持ちを聞かせて下さい」

三木「今でもまだ嘘じゃないかと思っています。そんな風には見えないかもしれないけど、直斗はタフなんですよ。体も心も頑丈な男で、病気で寝込んだこともないし、どんな批判を受けても、メンタルをやられて落ちこむようなこともなかった。だから今回、最初にこのニュースを聞いた時も、別人じゃないか、何かの間違いじゃないかと思ったぐらいです」

記者「一番最近会われたのはいつですか？」

三木「４年前？　コロナの前です。僕が一時帰国した時に久しぶりに会って、あいつ、相変わらず下戸のくせに無茶呑みして、最後はすばる座の稽古場で雑魚寝《ざこね》しました。若かった頃みたいに……2人ともそんなことが懐かしい年齢になっていたのかもしれません」

記者「その時はどんなお話を？」

三木「昔話、それにこれからどんな予定が入っているかですね。役者同士の話なんて、だいたいそんなものです。次に出る作品の話をしたがらない人も多いけど、僕たちの間ではそんなことはなかった。昔から、それぞれの仕事は隠し事なしに話し合ってたから。アメリカへ行こうと決めた時も、真っ先に直斗に相談したんです」

記者「親友だった、と言っていいんでしょうか」

三木「そんなに単純なものじゃないですけどね。若手の頃は、バチバチやってました。同い年で、同じタイミングで劇団に入ったから、どうしても互いにライバル視することになりますよね。舞台でも、相手を食ってやろうと必死になって……舞台はそういうもんじゃないって、三島さんに何度も怒られました」

記者「それがいつの間にか、かけがえのない友だちに」

三木「そんなこと言ったら直斗は否定するかもしれませんけどね。でも、お互いにすばる座の仕事だけじゃなくて、外部の仕事も増えてきて……そうなると、互いの距離が快適に開くというか。相手が出ている映画やドラマも、客観的に観られるようになってきたんです。そうやって観ると、直斗の芝居はすごい。あいつの没入ぶりって、誰でも知ってるでしょう？　すごいのは、それをあまり苦労しないでやれることなんです。憑依型って言われる役者、いますよね？　そういう人は、役に入りこむまで、準備が本当に大変なんです。でも直斗は、脚本《ほん》を読んで、一発で頭にイメージが浮かぶみたいで。しかもそれを体の動きや台詞《せりふ》に移すのに、全然苦労しないんですよ。ものすごく優秀な野球選手みたいなもので、相手のピッチャーの変化球を見ただけで、自分でもすぐに投げられるようになる――役者としては器用の極みでしたね。でも器用だけじゃ済まされないです。天才ですよ」

記者「そういう天才に、仕事上の悩みはなかったんでしょうか」

三木「正直、あまり聞いたことがないです。もちろん、役者は1人でやるものじゃないから、共演者と上手く噛み合わないとか、演出の方法が自分が考えているのと違うとかはありますよ。それを感じない役者は、何か大事なものが抜けてるんです。ただし直斗の場合、それで考えこんでしまうほど悩むことはなかった。1つの作品を作り上げる上で、避けられない試練のようなもので、直斗ぐらいになると、どんなトラブルが起きても乗り越える手段を持っているものです。4年前に会った時も散々芝居の話をしたけど、悩んでいる感じはなかったですね。いつも通りの馬鹿話で。大変なことがあっても、むしろそれを楽しんでいる感じだった」

記者「愛妻家としても知られる馬場さんですが、ご家族のことは？」

三木「それもいつも通りというか……コロナになって僕は日本に帰れなくなったけど、その分リモートで顔を合わせて話す機会が増えたから、美穂さんともよく話しました。外で皆と遊んでこないから、毎日家に帰ってきて邪魔でしょうがないなんて言ってましたけど、美穂さんは嬉しそうでしたね……何て言うと、美穂さんに怒られるかもしれないけど。美穂さん、僕と直斗の2年先輩で、僕たちが入った頃はもう舞台を何回も踏んでいたんです。若いスターとして、すばる座を背負って立つ女優っていう感じだったんですよね。それが直斗の猛プッシュで……まあ、劇団の中は大変でした。2人が結婚して、美穂さんが辞めるっていう話になった時は大騒ぎでした。正直、あの三島さんが慌てるのを見たのは、あの時だけです。劇団には悪いことしたなって……」

記者「三木さんが、ですか？」

三木「僕があの2人の交際を後押ししたんですよ。連絡役になったり、デートの時はダミーで一緒についていったり。あとでそれが三島さんにバレて、雷を落とされましたけどね。めでたい話なんだからいいと思ったけど、三島さんにすれば、看板女優に育つ人を、いきなり新入りの俳優に奪われたわけですから。でも美穂さんは、直斗の可能性に賭けていたんです。賭けていたというか、成功するのは分かってたんでしょうね。同じ役者から見れば、こいつが将来どうなるかっていうのは、何となく分かるんですよ。そういうことを話したことはないけど、美穂さんは、夫婦2人で役者をやるより、自分は裏方に回って直斗を支える方を選んだんじゃないかな。それに妊娠して結婚したから、しばらくは自由に動けないことも分かっていたし。美穂さんは子どもが大好きで、役者じゃなければ小学校の先生になりたかったって言ってたぐらいだから、子育てに専念したい気持ちもあったんでしょうね。でも、直斗の成功の半分は、美穂さんのおかげだと思う。美穂さん、天性のプロデューサー気質っていうか、人の尻を蹴飛ばすのが得意なんですよ。痛いか痛くないかのぎりぎりでやる気を起こさせる——それが直斗に合ってたんでしょうね」

記者「ご家族との関係は良好だったと」

三木「子育てにも協力してたし――というか、どんなに忙しくても、子どものことは目にかけてましたよ。上の子が、もう高校生でしょう？　高校生の女の子なんか、だいたい父親を相手にしませんよね？　それが悲しいって、本気で悲しそうな目で言うんですけど、でも実際は、娘さんは、直斗の舞台があると必ず観に行くんです。もしかしたら役者になる気かもしれないって、喜び半分、不安半分でよく言ってました。下の男の子は中学生になったのかな？　この子はサッカーが得意で、Jリーグのジュニアチームでずっと活躍してるんですよね。近い将来、海外にサッカー留学させたいと言っていて、『そのためにもっと稼がないといけない』が口癖でした」

記者「そんな馬場さんが不倫の末に心中というのは……」

三木「まだ、そうだと確定したわけじゃないでしょう？　未だに信じられないっていうか、本当なんですか？」

記者「はっきりはしませんが」

三木「そもそも直斗に、そんな時間はなかったはずですよ。あれだけたくさんの作品に出まくって、しかもそれぞれ全力投球している。撮影には時間がかかるし、子育てにも手を貸していたら、浮気している暇なんかないはずですよ。分からないなあ」

記者「この1年ほどは、家を出ていたという証言もあります」

三木「それで不倫相手と住んでいたとか？　いや、あり得ないな。この1年も、何回もオンラインで話したけど、いつも同じ、家の自分の部屋でしたよ。美穂さんや子どもたちが入ってくることもあった。家を出て、不倫相手と住んでいたら、そんなことできないでしょう。僕と話す時だけ、家に戻った？　何のために？」

記者「では、この1年ぐらいも、馬場さんの態度に変化はなかったんですね」

三木「態度は変わらないけど、新しいことをやろうとしてたんですね。コロナの時に、撮影もままならないで自宅待機、みたいな時期も長かったでしょう？　それで芝居の脚本を書き始めたって言ってました。前から書きたいとは言ってたんですけど、時間がなかったんですね。作る方も経験すれば、役者の幅も広がるんじゃないかっていう考え方です。自分で映画を監督したいっていう役者さんは多いんですけど、直斗の場合はあくまで役者として活躍するための脚本執筆ですね。読ませろって迫ったんですよ？　出来がよかったら、すばる座で上演する時に僕も出たいからって。でも『なかなか満足のいく仕上がりにならないんだ』って拒否されました。それはちょっと大変そうだったけど、前向きの大変さじゃないですか。とにかく、あいつが死んだ理由はまったく分からない」

ブログ「夜の光」

馬場直斗、死去。享年37。

ずっと意識不明のままだったから、危ないとは思っていたけど、お悔やみ申し上げます。ドラマも映画も観ないから、どういう役者さんだったかは知らないけど、ネットの騒ぎを見る限りでは、国民的俳優――まだ若いから、その候補という感じだったのかな。今度、配信の作品でも観てみよう。

この件、ますます混迷の度合いが深まっている。hossyのトラブル辺りから、段々おかしな方向へ行ってしまったんだけど、まさかhossyが殺されるとは思ってもいなかった。まだ裁判も始まっていない状態だからはっきりしたことは言えないけど、hossyが普段からでかいナイフを持ち歩いてたのは事実みたいだね。だとしたら、hossyはただの危ない人だ。

逮捕されたマネージャーさんも、いい迷惑だと思う。でも今は、どこでもこういうトラブルが起きる可能性がある時代なんだね。迷惑系ユーチューバーが出てきた頃からの傾向なんだけど、面白い絵が撮れればいいっていう考えで、一般人を巻きこむ撮影も増えてきた。いつか大きな事故が起きてもおかしくないと思ってたよ。hossyには悪いけど、自業自得の面は確かにある。

それと、上杉彩奈の自宅マンション前に花を手向ける人のメンタリティって何なんだ？　事件現場だから？　だけど、自分が住んでるマンションで事件が起きて、そこに花や飲み物が大量に供えられてたら、住んでる人はいい感じはしないでしょう。事件が起きて一番嫌な思いをするのは、そこに住んでる人なんだから。そういうのも分からないで、自分を満足させるためだけに献花って、どういう考えだよ。彩奈に花を手向ける自分は心が美しい、的な？　あり得ない。現場の様子見たけどさ、上杉彩奈が出演してるＣＭの商品とか置くの、どうなのよ。ミネラルウォーターはまだしも、乳酸飲料とか、腐って大変じゃない。あれ、マンションの住人か管理会社の人が片づけるしかないわけで、迷惑至極だよ。もうちょっと考えて行動しようや。

SNSから

miki_tan @miki657

「夜の光」ってブログ、上杉馬場事件の感想ばかり書いてて、内容は結構冷静でまともだったから読んでたけど、急に上杉ファン攻撃が始まって無理だった。

志郎の魂 @sirou_soul

献花を迷惑だって言ったことでしょう？　放っておけって話だよね。自分のマンションが花で埋め尽くされたわけじゃないだろうに。それとも、上杉彩奈のマンションの住人？

asami_morning @asami642

献花なんて永遠にやるものじゃないし、お墓がまだないんだから、こういう風になるのはしょうがないじゃない。人を悼む気持ちがない人って、人間として何か欠けてるよね。

jamjamu_mama @jamjam009

ホント、余計なお世話。あんな風に上から目線で説教して優越感に浸ってるつもりだろうけど、底が浅いって。ま、今時ブロガーって時代遅れだよね。

ブログ「夜の光」

急にこっちに飛び火したと思ったら、献花問題にはタッチしちゃいけなかったわけね。はいはい、献花したい人はどうぞやって下さい。そういうことに興味がない人にはただの迷惑だっていうことを想像もできないのは、ネットの世界でだけ暴れて、リアルの世界では引きこもってるような人じゃない？　自分が何をしたら誰がどんな迷惑を受けるか、想像もできないんだろうね。ネット界隈で暴れてる人って、だいたい想像力ゼロなんだよな。

ま、こっちで何かできるわけじゃないし、いくら叩かれても痛くも痒くもないので、叩きたい人はどうぞ叩いて下さい。ただしこのブログはコメント欄がないから、炎上するにしても外で、だね。まだ炎上の経験がないから、燃やしたい人は勝手にやってね。どんな感じになるか楽しみ。それに、あまりにもひどい人がいたら、即座に対応するから。ネット界隈で騒いでる人って、自分の正体がばれないと思ってるんだろうけど、簡単にばれるから。ばらして、しっかり法的措置を取らせてもらいます。

なんて言っても、ピンとこないだろうね。今考えているのは、さらすことです。裁判をやっても大した金は取れないから、鬱陶しい連中の名前と住所を公開するのも手だよね。馬鹿な誹謗中傷をやってることを、家族も友だち（いれば）も知るわけだ。勤め先（働いていれば）の人も知る。トラブルに巻きこまれた――自分でトラブルを巻き起こした人を、周りはどう見るだろうね。人生、詰むよ。

ただ、前向きな批判は大歓迎。ネット民に、前向きな批判なんかできるかどうか、疑問ではあるけど。

10月20日㊎

「週刊TOKYOニュース」ウエブ版

「混乱している」馬場さんの妻語る

女優の上杉彩奈さん（28）、俳優の馬場直斗さん（37）が薬物を摂取して死亡した事件で、馬場さんの妻で元女優の美穂さん（40）が本誌の取材に応じ、現在の心境などを語った。

「馬場が自宅を出ていたという話がありますが、まったくの嘘です。馬場はずっと自宅で、家族と暮らしていました。仕事柄、遅くなったり地方に出かけたりすることはありましたけど、基本的に生活のベースは家です。特にコロナになってからは、前より家にいる時間が増えたぐらいです」

——上杉彩奈さんとの関係は？

「共演したことがあるというだけで、最近、名前を聞いたこともありません」

——さらに愛人だと名乗る女優さんが自殺していますが。

「正直、混乱しています。私は存じていない方でしたし、馬場から話を聞いたこともないと思います。だいたい馬場は、仕事と家のことで精一杯で、外で女性とつき合うような時間はなかったはずです。それは、一緒に暮らしている私が一番よく知っています」

——馬場さんから薬物反応が出て、濫用していたのではないかという報道もありました。

「馬場は頭痛持ちで、薬を呑む機会は多かったたです。でも薬は、基本的に病院で処方してもらっていたもので、市販薬は使いませんでした。病院の薬の方が安心できるからという理由で、私も市販薬は使わない方がいいと言っていました。実際、市販薬は体質に合わないものも多くて、前に副作用で体調を崩したことがあるので、今はかかりつけの病院の処方に頼りきっていました。ですから、海外の薬を服用していたなんて、あり得ないと思います。馬場はコロナ禍の前から、もう5年ぐらい海外へ行っていませんし、海外から荷物が届くようなこともありません。劇団にも話を聞きましたけど、海外から馬場宛に荷物が来るようなことはなかったそうです」

——馬場さんは、他に仕事部屋を借りていたりしなかったんですか？　台詞を入れたり、衣装の管理をしたりするために部屋を借りている俳優さんも多いですが。

「そこまで金銭的な余裕もありませんでした。台詞を入れるのも特に苦労もしない人で、子どもたちが走り回っているリビングルームでも、平気で台詞を覚えてしまう人ですから。いろいろな噂が流れていますけど、基本的には嘘ばかりです」

——馬場さんに一体何が起きたとお考えですか？

「まったく分かりません。警察からもいろいろ話を聴かれましたけど、捜査がどうなっているかは全然教えてもらえなくて、戸惑うばかりです。こちらが聞きたいぐらいですけど、誰も何も教えてくれないんです。そもそも心中だと決まったわけでもないでしょう？　マスコミの方やネットが心中だと言っているだけで、警察からはそういう話は一切聞いていないんです」

――警察は、簡単には結論を出さないかもしれませんね。有名な俳優さんと女優さんの話ですから。

「世間ではそう見るかもしれませんし、私も俳優としての馬場を尊敬していましたけど、私にとって馬場は、あくまで子どもたちの父親であり、私の夫でした」

――上杉彩奈さんに対して、何か仰りたいことはありますか？

「すみません。今はまだ分からないことばかりですし、考えがまとまらないので……でも、上杉さんが亡くなったことは本当に残念です。私も大好きな女優さんでした」


上杉彩奈応援サイト「彩奈LOVE」掲示板

2023/10/20(金) 16:21:54 ID:o98uuyy

週刊ＴＯＫＹＯの記事見たけど、馬場さんの奥さん、ちょっと無責任過ぎない？　旦那が彩奈を殺したんだよ？　それがまだ分からないことばかりって、酷いコメントだよね。

2023/10/20(金) 16:25:12 ID:6fg?987

確かに分からないことは多いんだけど、もうちょっと誠意をこめてお悔やみの言葉を言ってくれないかなあ。逃げてるみたいじゃない。美穂さんって、女優さんとしては結構好きだったんだけど、結婚して長くなると、感覚が違ってくるのかな。

2023/10/20(金) 16:28:23 ID:hy_iu67
これって、謝罪レベルだと思うよ。馬場さんサイド、全体的に無責任だよね。すばる座の会見も逃げてる感じだったし。

2023/10/20(金) 16:35:31 ID:0i87ash
本当は事件の真相は分かってて、事務所が隠してるだけじゃない？ そう考えるとやっぱり、すばる座が何かまずい情報を摑んでるって思っちゃうよね。会見はもっと真摯《しんし》にやらないと。

2023/10/20(金) 16:40:37 ID:qli8uhg
そもそもあの会見、記者の質問甘くなかった？ 人が2人も死んでるんだから、もっと厳しい追及があるべきなのに、手ぬるかった。取材の段階で忖度してるってこと？

「ニュースウーマン」ウエブ版

違法薬物使っていない 心中事件 証言相次ぐ

俳優の馬場直斗さん（37）と無理心中したと見られている女優の上杉彩奈さん（28）は、これまで違法薬物などは使っていなかったと、上杉さんと親しい関係者が次々に証言している。事件の核心に迫る情報で、捜査の行方《ゆくえ》も左右しそうだ。

上杉さんのドラマなどで何度も一緒に仕事をしたスタイリストの女性（41）は「彩奈は薬に関して、異常に神経質だった」と証言する。「アメリカに住んでいた子どもの頃、近所で薬物中毒の男性が銃を乱射した事件があって、彩奈はしばらく1人で家に取り残されていたそうです。その恐怖が頭に染みついていて、薬物は怖いという考えに囚われていました。頭痛がする時、普通の人は薬局で買ってきた市販薬を呑むだけだけど、彩奈はちょっとした頭痛でも必ず病院に行って、処方箋に従って薬を使っていました」

また、グラビアアイドル時代の上杉さんとアイドルユニットを組んで活躍していた歌手の前《まえ》原菜美《はらなみ》さんも、「日本で販売されていないような薬を、彩奈がわざわざ手に入れて使うとは思えない」と話す。2人はユニットを組んで活動していた時代に写真集の撮影でグアムに行ったが、その時上杉さんはひどい頭痛に襲われた。ドラッグストアで「何か買ってくる」と申し出たのだが、「アメリカの薬は体に合わない。子どもの頃に呑んで、かえって症状が悪化したことがある」と激しく拒否したという。「だから今回、アメリカのヒプノフェンという薬が取り沙汰されているのを聞いて、不自然だと思った」という。「名前の知れた普通の薬でも使わないようにしていたのに、問題があることが指摘されていた薬になんか手を出すはずがないです。それに彩奈はストイックで、そういうもの……お酒でも煙草でも、一時的にはストレス解消になるかもしれないけど、長い目で見ると危険なものには、一切手を出そうとしませんでした」

さらに注目の証言をしたのは、2年前まで上杉さんのマネージャーをしていた女性。結婚のために事務所を退職したが、上杉さんとは連絡を取り合っていて、パニック障害のことも詳しく聞いていた。

元マネージャーによると、上杉さんはパニック障害の治療のために複数の薬を摂取していたが、呑み合わせなどがかなり複雑で、他の薬を呑む時も、一々医師の許可が必要で面倒くさくなった、とこぼしていたという。元マネージャーは「彩奈はまめで真面目な性格なので、他の薬を適当に呑んでいたとは考えられない。そもそも自分の体を何より大事にする人なので、危険な薬に手を出すはずがない」と首を捻る。

城南大医学部の畠山《はたやま》沙織《さおり》教授の話「上杉さんがどのような薬を処方されていたかは分からないが、一般的にパニック障害の治療に使われる薬とヒプノフェンは相性が悪い。血圧の急激な上昇を引き起こして、心臓や血管に過度の負荷がかかる可能性もあるし、嘔吐《おうと》などで呼吸困難に陥るケースがアメリカでは報告されている。ただし、パニック障害の薬を処方する医師は、その辺については入念に説明しているはずです」

「週刊ジャパン」ウエブ版

上杉さん、米の鎮痛剤購入

女優の上杉彩奈さん（28）と俳優の馬場直斗さん（37）が死亡した事件で、上杉さんが今年夏に行われたアメリカロケで、ヒプノフェンを購入していたことが分かった。

上杉さんはパニック障害の診断を受け、２０２２年半ばからほぼ1年間、仕事をセーブ。この10月から久しぶりに連ドラの撮影に入るのを前に、8月に東テレの人気番組「旅の空に」で、子ども時代を過ごした米・サンフランシスコを訪れるロケに参加していた。

上杉さんがヒプノフェンを購入したのは、このロケの時。撮影の合間にドラッグストアに立ち寄り、ヒプノフェンを購入するのを、番組スタッフが目撃している。このスタッフがヒプノフェンだと分かったのは、前日にホテルのテレビで観たニュース番組で、ヒプノフェンの被害が詳細に伝えられていたからだという。

その翌日、帰国する日にも、空港の売店でヒプノフェンを購入。副作用の話を知っていたので、心配になったスタッフが「そんなにたくさん買って大丈夫なのか」と訊ねたところ、「頼まれたもの」「アメリカ暮らしが長かった知り合いに、これが一番効くので買いだめしてきてくれと言われた」と答えた。

違和感を覚えつつ、本人が使うわけではないというので、その場ではそれ以上のことは言わなかった。しかし、上杉さんの解剖結果で、遺体からヒプノフェンが検出されたと聞いたことから、この件を話す気になったという。

東テレ「ワイドアフタヌーン」

宮本光一「こんにちは。午後のひと時、いかがお過ごしでしょうか。ワイドアフタヌーン、司会の宮本です。今日はまず中継からです。亡くなった女優の上杉彩奈さんの事務所が先ほど記者会見しました。ネット上などで、上杉さんの薬物摂取の話が出ていることに反発し、事情を説明したものです。会見では竹下満社長が、一貫して険しい表情で語りました。それでは、会見の様子です」

竹下「お忙しいところ、お集まりいただいてありがとうございます。今日は、弊社所属タレント・上杉彩奈について、無責任な噂がネット上で流れ、またニュースになっていることから、一つ一つ説明したいと思います。

まず、何より彩奈の薬物問題です。彩奈は1年以上前からパニック障害の治療を受けており、複数の薬を服用していました。処方を受ける際、呑み合わせについて厳しく制限を受けており、鎮痛剤は、病院が処方したもの以外は服用しないようにと厳しく言われていました。その中に、具体的にヒプノフェンの名前はありませんでしたが、彩奈は非常に慎重な人間でしたので、危険を冒《おか》してまで市販の鎮痛剤を摂取するとは考えられません。また彩奈は、普段から薬物を非常に嫌っていて、厚労省の薬物禁止キャンペーンのポスターにも登場していたことは、皆さんご存じの通りです。そういう信頼関係を損なうことは絶対にしません。

続いて、今年の8月にサンフランシスコでヒプノフェンを大量に購入したという話ですが、同行したスタッフ全員に確認したところ、そういう場面を見た人間は一人もいませんでした。彩奈の周辺で、ヒプノフェンを常用していて、彼女に購入を頼むような人物も浮かんでおりません。週刊ジャパンさんが、どこから情報を得たかは分かりませんが、完全な誤報です。訴えるまでもないことで、弊社としては相手にしません――」

宮本「ご覧いただきました会見ですが、竹下社長、激烈な調子で、最近の報道などを完全否定しました。井沢さん、竹下さんはかなりお怒りの様子でしたね」

井沢「竹下さんって強面のイメージがあるんですけど、基本的には自分で表に出て会見するような人じゃないんですよね。今回の件に関しては、どうしても自分で顔を出して、社長の名前において否定しないといけないという強い意志を感じました。普段出てこない人が、こうやって顔出しして話すというだけで、説得力が強いですよね。記者の皆さん、忖度しているわけではなく、怖くて質問ができない感じでした」

宮本「坂東さん、いかがですか」

坂東「上杉さんのことを書いたメディア、今の事務所の反論会見。どちらが正しいかはしっかりした検証が必要で、今の段階では何とも言えません。ただ、事務所がわざわざ会見を開いて反論するということは、事実関係についてかなりの自信を持っていると考えていいでしょう。今の会見を聞いて、問題になっている記事を精読してみると、事務所の言い分にかなり理がある感じですね。逆に言えば、記事は根拠が薄い」

宮本「薬物問題が焦点になってきた感じですが、今後の捜査の展開も薬物が中心になるのでしょうか。警視庁クラブの坂下さんに聞いてみたいと思います。坂下さん？　警察の捜査は、今後どのような方針で進むのでしょうか」

坂下「はい、２人の体内からヒプノフェンが検出されたのは間違いありません。違法薬物ではありませんし、入手する方法はいくらでもありますので、２人が何らかの方法でヒプノフェンを手に入れて、服用していたという可能性は否定できません。ただ、それが同意の上でのことなのか、どちらかが強制的に服ませたかで事情はまったく変わってきます。それ故警察では、まだ捜査の方針を絞らず、幅広く情報を集めている段階です。全容解明はかなり先になると考えていいと思います」

宮本「警察がそこまで慎重になる理由は何なんでしょうか」

坂下「亡くなった2人とも、ドラマやCMなどに多数出演している有名な俳優さんだという事情が、背景にあります。有名人だから慎重に捜査するというわけではないですが、注目度が高い2人だけに、警察としては捜査のミスは許されない状況です。ある捜査幹部は『どこからもクレームが出ないように、時間をかけて捜査を進める』と明言しています」

宮本「ということは、真相が分かるのはずっと先、ということでしょうか」

坂下「そうなる可能性は高いですね」

宮本「この事件に関しては、取材系ユーチューバーを名乗る男性が刺殺されたり、馬場さんの愛人を名乗る女性が自殺したり、2人以外にも犠牲者が出ています。警察は、このような負の連鎖を警戒しているのでしょうか」

坂下「はい、それはあります。著名人が自殺して、後追い自殺が立て続けに起きた、ということも過去にはありました。今回はそういうことにはなっていませんが。当初は予想もつかなかった犠牲者が出ていることから、警察は慎重に捜査を続けている模様です」

宮本「坂下さん、ありがとうございました。坂東さん、警察がこんな風に慎重に捜査していると、どうしても『上級国民に対しては丁寧に捜査をするのか』という批判が出てきます。実際、警察に対しては、クレームなども頻繁に寄せられているようです」

坂東「そこはちょっと事情が違うと思います。今回の一件の捜査が長引いているのは、2人がセレブだからではなく、難しい、誤解を招く可能性のある事件だからです。心中、と単純に片づけてしまうのではなく、他にも何か可能性がある——だから本当に全ての可能性を検証し終えるまでは、捜査を続けると思いますよ」
宮本「状況的に、当初から心中という見方がでてきましたが、他にどんな可能性が考えられますか」
坂東「まず、心中に対する否定的な要因を考えましょう。そもそも、上杉さんと馬場さんが不倫関係にあったという明確な証拠はありません。2人が共演したことがあり知り合いだったとしても、親しい関係だったというはっきりした情報はないですね。顔見知り程度の関係の2人が心中するかという、素朴な疑問があります。要するに、疑う材料はあっても、それが事実だとする決定的な証拠がないんですよ。意味が分からないことが多過ぎる事件です。正直言って、こういう場ではあまり騒ぎ立てず、推移を見守る方がいいと思います」
宮本「はい、アドバイスいただきましたが、ここでさらに関連情報です。もう一つ会見なんですが、先ほどの『エーズ・ワン』の竹下満社長の会見に続いて、同じ会場で上杉さんの父親、上杉孝俊《たかとし》さんの会見が始まります。上杉さんは大手商社勤務で、現在アメリカ在住で仕事をされています。今回、彩奈さんが亡くなったことで急遽帰国して、会見に臨むということです。映像は……はい、それではご覧下さい」
上杉「お忙しいところ、ありがとうございます。上杉彩奈の父、上杉孝俊です。今回は、娘の不慮の死で、関係各位に大変ご迷惑をおかけして、申し訳ありませんでした。ここでお詫び申し上げます。また、こういう機会を作っていただいた『エーズ・ワン』、さらにマスコミ各社の皆様に御礼申し上げます。また、これまで彩奈を応援して、温かく見守っていただいたファンの皆さん、この場を借りてお礼をさせていただきたいと思います。本当に長い間、ありがとうございました。

まず、お願いです。彩奈の死に関しては、無責任な噂や報道が流れていて、娘の名誉が毀損されていると感じられることも少なくありません。先ほど竹下社長からもお願いがありましたが、マスコミの皆さん、ネットを利用される皆さん、どうか節度のある報道、発言をお願いします。無責任な噂を話題にするのは楽しいかもしれませんが、それで傷つく人が確実にいるのです。そういうことは常識かと思いますが、どうかもう一度、考えてみて下さい。私からのお願いです」

司会「それでは、質問ありましたらどうぞ――はい、そちらの青いジャケットの女性の方」

「日スポの上島《うえしま》です。今回は改めてお悔やみ申し上げます。彩奈さんとは日本と海外で離れて暮らす時間も長かったと思いますが、心配ではなかったでしょうか。また、どんな娘さんだったんでしょうか」

上杉「これが逆だったら――私たちが日本にいて、彩奈が海外で活動していたら、心配で仕方なかったと思います。海外の方が、薬物や銃のトラブルが多いわけで、日々危険なんです。日本なら安全、という意識でいたのですが……こんなことが起きるとは想像してもいませんでした。

どんな娘だったか……そうですね。彩奈は高校入学のタイミングで日本に帰国して、それからはほとんど一緒に暮らしていないので、私たち夫婦の中では、今でも中学生ぐらいで年齢が止まってしまっている感じなんです。娘が出る作品は全て観ていますが、どんどん大人になっていって、私たちが取り残されているようでした。親としては、誇らしい気持ちもあります。彩奈は、海外育ちの割には控えめなところがあって、あまり自己主張する人間ではありませんでした。それが初めて、自分の意志を押し通したのが『女優になりたい』という希望だったのです。最初はグラビアアイドルでしたが……正直、娘に人に見られるような商売ができるとは思っていなかったので、私たち夫婦は賛成はできませんでした。近くで見守ることもできませんし。しかし『エーズ・ワン』は、わざわざアメリカまで、私どもに会いに来て下さいました。そこで腹を割って話し合いをした結果、彩奈を預けることにしたんです。結果的にそれは成功でした。娘のことは誇りに思っていますし、『エーズ・ワン』には彩奈を育てていただいて感謝しています」

司会「はい、それでは次の方……赤いネクタイの方、お願いします」

「ニュースウーマンの御手洗《みたらい》です。弊誌では独自取材で、彩奈さんが薬物を自ら使う可能性は極めて低いという結論に達して報じました。ご両親から見て、彩奈さんが薬物を使っていたことは――」

上杉「考えられません。彩奈がパニック障害だと診断された時、我々は帰国して彩奈と病院から詳しく話を聞きました。彩奈は元々薬が嫌いな娘で、できるだけ呑まないように気をつけていました。また、ドラッグに関しては、本当に毛嫌いしていました。それはサンフランシスコに住んでいた7歳の頃、近所で薬物中毒の人間が発砲事件を起こして、怖い目に遭ったからです。子どもの頃の嫌な記憶は、どうしても長く残るもので、ドラッグを使うような人間は軽蔑していましたし、その感覚が変わるとは思えません。彩奈が自分から進んで危険な薬物を摂取することはあり得ません」

御手洗「ということは、誰かに服まされたとお考えですか」

上杉「それは何とも言えません。何が起きたか、捜査は全て警察にお任せしています」

「週刊ジャパンの町田です。一緒に倒れていた馬場さんに対してコメントをいただけますか」

上杉「はい……それについては……いえ、馬場さんに対してもお悔やみを申し上げます。詳しい事情が分かっていないので、今はそれ以上は何も言えません」

町田「彩奈さんが馬場さんと交際していた事実はあるんでしょうか」

上杉「それはなかったと思っています。彩奈は、私の妻とは頻繁に連絡を取っていて、これまでもボーイフレンドや恋人のことは隠さず話していたはずです。しかし今は、そういう相手はいなかったはずです。馬場さんがどうして娘の部屋にいたのか、まったく分かりません」

司会「すみません、今回はこの辺でお願いします」

「ちょっと待って下さい！」

宮本「――上杉彩奈さんのお父様である上杉孝俊さんの会見の模様でした。大変お疲れの様子で、そんな中、会見に応じていただきありがとうございました」

坂東「こういう会見を見る度に思うんですけど、事件の関係者は会見するのが義務、記者はどんな質問をしてもいいという風潮がありますが、そういうことは考え直した方がいいと思います。会見は、きちんと筋道だてて質疑応答が行われる場のはずなのに、最近は公開吊し上げのようになっていますよね」
井沢「取材のやり方自体を変えるべきでしょう。会見なんてやらなくていいですよ。だいたい、会見で同じ話を聞いて記事にしたら、どこの社も同じ内容になるじゃないですか。個別取材が基本だと思いますけどねえ」
宮本「はい、耳に痛いご意見もいただきますが、それだけ今回の事件の影響力が大きかったということでもありますね……ここで新しいニュースです。歌手の清田《きよた》正樹《まさき》さんが逮捕されました。繰り返します。歌手の清田正樹さんが逮捕されました……容疑は殺人未遂です。坂下さん、状況を教えていただけますか」
坂下「はい、警視庁クラブです。たった今入った情報です。今日午後0時30分頃、東京都目黒区内のマンションで発砲音が聞こえたと110番通報がありました。警察官が駆けつけたところ、このマンションに住む歌手の清田正樹容疑者の自宅玄関前で警視庁組織犯罪対策部所属の巡査部長、池山進《いけやますすむ》さんと巡査長、長岡斗真《ながおかとうま》さんが倒れており、池山さんは意識不明の重体ということです。清田容疑者は銃を持っており、2人を撃ったことを認めたので、その場で緊急逮捕されました。繰り返します。歌手の清田正樹容疑者が、警視庁の警察官2人を拳銃で撃ったとして逮捕されました――はい、新しい情報です。2人は、薬物事件に関連して清田容疑者に事情聴取するために、今日正午頃、清田容疑者の自宅を訪ねました。玄関先で話をしている時に、いきなり発砲されたという話です。拳銃は警察官のものではなく、清田容疑者が隠し持っていたもののようです」
宮本「はい。坂下さん、新しい情報が入りましたらよろしくお願いします。井沢さん、また衝撃の事件が起きてしまいました」
井沢「これ、状況がまだよく分からないんですが、薬物捜査の対象になっていた清田さんが、銃も持っていたということなんでしょうか」
宮本「現段階の情報では……そのようですね」
井沢「芸能人の事件というと、薬物はよく聞きますが、銃というのは……初めてじゃないですか」
坂東「私も初めてですね。でもこの事件も、清田さんのファンには大きなショックになりますね。私も驚いています。ショックが大きいです。『ブルーレイン』の時代のファンでした」
宮本「清田さんというと、バンド『ブルーレイン』のボーカルとしてデビューし、世界的にも活躍していましたね。バンド解散後にはソロとして、コンサートを中心に活動して、根強いファンに支えられていました。今、ドーム会場を満員にできる、数少ない男性アーティストと言われています。この事件、新しい情報が入りましたら、また番組内でお届けします」

SNSから

jamjamu_mama @jamjam009
新しい燃料、キター！　これはインパクト強いよ。まさか、キヨが拳銃って。

倉田まさる @masaru_kurata87
そう言えば、拳銃を持ったジャケットあったけど、あれって本物だった?
baybay @bayx2
>拳銃を持ったジャケットあったけど
本物って噂あったよね。海外で撮影されたはずだから問題ないって話になってたけど、実際には銃大好きだったじゃない。アメリカで銃を撃ってはまったって言ってたし、銃の免許も持ってたはず。一時、クレー射撃に凝ってたよ。
jamjamu_mama @jamjam009
そっか、なんか自分の象徴みたいな感じで銃を出してたよね。だけど今回、猟銃とかじゃなくて拳銃でしょう? これは大問題になるよ。
Bad パパ @badpapa
銃ってなると、薬物なんかとは問題の度合いが違い過ぎるよね。この爆弾、デカ過ぎるわ。しかし芸能界ってのは、よくもこう我々にネタを投下してくれるよね。ありがたい話だ笑

10月21日㈯

「東日新聞」朝刊・社会面

歌手が発砲　警察官死亡

20日午後0時30分頃、東京都目黒区内のマンションで発砲音が聞こえたと110番通報があった。警察官が駆けつけたところ、このマンションに住む歌手の清田正樹容疑者（41）の自宅玄関前で、警視庁組織犯罪対策部所属の巡査部長、池山進さん（35）と巡査長、長岡斗真さん（31）が倒れており、銃を持っていた清田容疑者が2人を撃ったことを認めたので、銃刀法違反の容疑などで緊急逮捕された。

調べによると、池山さんと長岡さんは薬物事件の捜査で清田容疑者宅を訪れ、玄関先で話を聴いていたが、清田容疑者が隠し持っていた銃でいきなり2人を撃ったという。

池山さんは同日夕に死亡が確認され、長岡さんも重傷。警視庁では殺人容疑でも清田容疑者を調べている。

第二部　暴走Ⅱ

12月5日㈫

「東日新聞」朝刊・社会面

薬物使用に不審点　上杉さん、馬場さん心中

女優の上杉彩奈さん（28）、俳優の馬場直斗さん（37）が死亡した事件で、2人が薬物を摂取した状況に不自然な点があることが、警視庁渋谷中央署の調べで分かった。2人の死因は、鎮痛剤の大量摂取による心不全と見られているが、2人は意識がほぼないまま、この薬を経口摂取していた可能性がある。

2人は、10月2日に、上杉さんの部屋で倒れているのが発見された。上杉さんは病院に搬送されたが死亡が確認され、馬場さんは意識不明の状態が続いたまま、10月17日に死亡している。

捜査関係者の話によると、2人の腕に微小な注射痕があり、体内からは医療用麻薬の成分も発見された。胃カメラや歯の治療時に使われるもので、完全に意識を失わせることはなく、相手の指示などは聞こえて、体を動かすことはできる。歯の治療などの場合、口を開けるようにとか、少し横を向くようにというような指示は理解して動かせる。ただし麻酔の効果が消えた

後は、その間のことは覚えていない場合が多い。
上杉さんと馬場さんは、このような医療用麻薬を投与された上で、ヒプノフェンを大量に呑むよう指示されていた可能性が出ている。
自宅でこのような医療用麻薬を使うことも不可能ではないが、専門知識が必要になる。警察では、医療関係者が関与していた可能性もあると見てさらに調べている。

SNSから

Bad パパ @badpapa
まさか、上杉・馬場事件って心中じゃなくて殺し？　医療用麻薬って、現場に医者でもいたってこと？

市川たいさく @taisaku_ichikawa
胃カメラで使ったことある。何を言われたかは全然覚えてないけど、言われた通りに動いたり、苦しんだりもするみたい。麻酔じゃなくて麻薬ね。切れた後、半日ぐらいはぼうっとしてる。

mikami_yokohama @mikami_y098
医者じゃないとできないのかな？

市川たいさく @taisaku_ichikawa
>医者じゃないとできないのかな？
点滴で経験したことある。注射よりは難易度高いんじゃないかな。一気に注射で入れたら死ん

じゃいそうだし、時間をかけて調節しながら入れていく感じじゃないだろうか。それだと2人同時にそんなことするのは無理じゃないかな。

Bad パパ @badpapa

確かに、大人しく寝ている状態じゃないと、この点滴はできないわけだ。

mikami_yokohama @mikami_y098

あるいは本人たちが納得してやってもらった？　そうなると、自殺の幇助《ほうじょ》みたいな感じになるのかね。

市川たいさく @taisaku_ichikawa

これじゃあ警察も、簡単に結果出さないわけだわ。そもそも心中でも、どっちが持ちかけたか分からないと、「犯人」は特定できないわけだし。今回の件は、これまで犯人の手がかりが出てないわけで、相当難しいと思う。

Bad パパ @badpapa

女優さんの部屋だから、防犯カメラとかしっかりしてるはずだよね。それで何も映ってないってことかな。やっぱり同意の上で誰かに自殺を手伝ってもらったか、あるいは犯人が防犯カメラを無効化したか。いやあ、この事件でまさかまた燃料投下があるとは思わなかったわ。忘れた頃に必ずでかいのがくるんだね。

神尾誠(起業家・インフルエンサー)の生配信　ゲストは365ニュース・編集長の島谷幸太郎

神尾「いやあ、島ちゃん、お久しぶり」
島谷「6年ぶり」
神尾「そんなに?」
島谷「365を立ち上げる時に、ここに呼んでもらって話して以来ですよ。呼んでくれないからさ」
神尾「島ちゃんにお話ししていただくような高尚な話はないからねえ……最近、事件について話す機会が増えちゃってね。皆関心高いんだね。それで今回は、東日の記事——上杉馬場事件の新展開について話そうと思って、事件に詳しそうな島ちゃんを呼んだわけ」
島谷「経済部出身なんだけどね」
神尾「はい、ここで改めてご紹介します。ネットニュース、365ニュース編集長の島谷幸太郎さんです。島谷さんは、日本新報経済部の記者として活躍した後独立、365ニュースを立ち上げて、主に経済ニュースを中心に配信しています。ちなみに神尾の大学の同級生です」
島谷「はい、神尾さんのお友だちの島谷です」
神尾「最近はちょっと事件記事でお騒がせしましたが……」
島谷「その件はちょっと置いておいてね(笑)」
神尾「敏腕記者でも失敗はするっていうことで……さて、今日はその件の続きでもあるんだけど、東日の記事が波紋を呼んでますね」

島谷「これまで、上杉馬場事件は心中とばかり思われてたんだけど、第2の可能性を示したわけですね。東日のオールドスクールの取材だから、警察から出たネタなのは間違いない。ということは、警察は心中じゃなくて第三者の関与を真剣に捜査しているということですよ」

神尾「あそこって、一種の密室じゃん。個人の部屋だし、女優さんだからセキュリティもちゃんとしてるんじゃないかな。そこへ誰かが入りこんで、2人を殺した――それはリアリティがない感じだけど」

島谷「だから、可能性としては第三者による自殺幇助かな。自殺するのを誰かが手助けしたということで。実際にそうだったら、犯罪です」

神尾「そういう犯罪って、あるわけ？」

島谷「過去にはもちろん、例はあります。ただ、心中か自殺幇助かで判断が難しくなることはあるかな。心中で片方が生き残った場合は殺人罪に問われるケースが多いんだけど、頼まれて自殺に手を貸して、自分も死のう――となった時は幇助になる。ただし、心中というのは密室で行われることが多いし、遺書が残っていないことも珍しくないから、どちらでも立証するのは非常に難しいですね」

神尾「それをわざわざ東日が記事にしたということは、警察は実際に自殺幇助での立件を視野に入れているということかね？」

島谷「可能性はあるね。どうもおかしいと思ってたんだ。心中なら、もっと早く処理していたと思う。たぶん、最初から注射痕は見つかっていて、慎重に捜査をしていた可能性が高いんじゃないかな」
神尾「しかし、事態がさらに複雑になったのは間違いないね。これ、警察から東日へのリークじゃないかな」
島谷「いや、それは違うだろうね。警察がここまで事情を隠していたということは、これが『犯人しか知らない事実』につながる可能性があるからだと思う。鎮痛剤の大量摂取——もしも犯人がいるなら、どうやって鎮痛剤を投与したか、そもそも投与したかどうかは、犯人だけしか知らない事実になって、犯人を特定する決定的な証拠になる可能性がある。犯人逮捕の前にそんな事実が表に漏れたら、警察としては大きな失点なんだ。だから警察が情報をリークする時は、肝心な情報は隠したままということも多い。ただ、東日は警察とずぶずぶだから、情報が漏れた可能性もあるけどね」
神尾「さすが、元新聞記者。東日は警察とずぶずぶですか」
島谷「東日は事件記事に強いっていうけど、それは警察とのつながりが強いっていう意味なんだよね。事件取材は今でも、警察からの情報を取るのが主流だから」
神尾「３６５ニュースも、またこの件取材してくれないかな」
島谷「いやあ、３６５は経済ニュース中心なので。働く人、経営者、投資家、経済に関わる全ての人に役立つニュースをお届けします」
神尾「そこ、宣伝か！」

「週刊ジャパン」ウエブ版
深まる謎 ストーカー疑惑も

上杉彩奈さん（28）と馬場直斗さん（37）の心中事件が、ここへきてまったく別の様相を見せ始めた。2人が麻酔効果のある鎮痛剤を注射されていたことが分かり、第三者の関与が疑われるようになったのだ。

2人の左腕には静脈注射の痕跡があり、体内からは鎮痛剤として使われる医療用麻薬が検出された。量は微量だったが、意識を混濁させ、痛みなどを軽減する効果があるとされる。警察では、第三者が上杉さんの部屋にいて、2人に鎮痛剤を注射し、鎮痛剤のヒプノフェンを大量に摂取させた可能性があると見ている。

またここへきて、上杉さんがストーカー行為に悩まされていた疑いが出ている。上杉さんは、年明けに放映予定だった連続ドラマの打ち合わせが始まった9月頭に「誰かに見られているような気がする」と関係者に打ち明けていた。さらに、自宅の鍵を交換し、監視カメラを新たに設置するかどうか、この関係者に相談していたという。

相談を受けた関係者は「それほど深刻な感じではなかったが、以前のこともあり、用心するようにはアドバイスした。また、事務所関係者が自宅から現場への送り迎えなどで、それまでよりも警戒を強めていた。彩奈自身も、1人で外出しないように注意していた」と証言する。

「以前のこと」とは、上杉さんがまだグラビアアイドルだった9年前、執拗《しつよう》なストーカー行為を繰り返していた男性が警察に逮捕された事件である。この男性は上杉さんの熱狂的なファンだったが、それが高じてつきまといを始め、逮捕された時にはナイフを持っていたために、銃刀法違反でも処分された。「彩奈を殺せば自分だけのものになると思った」と殺意を認めており、衝撃を受けた上杉さんは、半年ほど休業して海外へ行っていた。

その後映画デビューして順調にキャリアを積み重ねていったのだが、その時の悪夢が最悪の形で繰り返されたのだろうか。

「週刊TOKYOニュース」ウエブ版
2人は不倫関係　決定的な証言

女優の上杉彩奈さん（28）と俳優の馬場直斗さん（37）の心中事件は、2人の体内から鎮痛剤が検出されていたことが分かって新たな局面を迎えたが、2人が不倫関係だった決定的な証言を、週刊TOKYOニュースは得た。新たな証言で、事件はさらに別の局面を迎えることになるのか——。

証言したのは、2人と近い業界関係者の女性。完全匿名《とくめい》を条件に、2人の関係を語ってくれた。

「2人が出会ったのはCMでの共演と言われているが、実はこの前に出会いがあった。上杉さんはストーカー事件の被害に遭って半年休業し、復帰の1ヶ月ほど前に、『すばる座』が主催するワークショップに一般人として参加し、そこで馬場と出会った」

馬場直斗が所属していた劇団「すばる座」では、演劇の裾野を広げようと、誰でも参加できるワークショップを定期的に開催している。

「彩奈は映画の出演の話が決まっていたが、演技の経験はほとんどなかった。それで事務所と相談して、ゼロから演技を学ぶために、『すばる座』のワークショップに参加したんです。彩奈にとっては良い体験になったみたいで、そこから主演映画の成功、女優としてのスタートにつながりました。このワークショップでは、馬場さんが彩奈の面倒をしっかり見ていました。見込みのある若い女優候補という感じで、劇団に入らないかって誘ってましたけど……実際には、見る目が違ってました。このワークショップが終わってから、2人だけで何回か会っているはずです。つき合うとかそういうことではなかったと思いますけど……どうですかね。微妙な関係だったと思います。彩奈の方で、その頃もう個性派俳優として人気になっていた馬場さんを眩《まぶ》しい目で見ていたというか、憧れていたというか。馬場さん、ああいうルックスだけどモテるんですよ。所作や語り口がキュートですから」

馬場には、家族思い、愛妻家というイメージがあるが。

「それは間違いないです。特に奥さんの美穂さんに対しては、依存とも言えるぐらい頼りきって、何でも言うことを聞くんですね。ただし、一度外へ出ると自由な人です。結婚した直後から、結構……彩奈さんが、そういう流れで馬場さんと会っていた可能性はありますけど、馬場さんのそういう裏の顔は、誰も知らないんですよね。そういう意味では、遊び方が上手いっていうか、隠すのが得意っていうか」

その関係がずっと続いていたのか。

「それはないと思います。2人とも仕事が忙しかったし、特に彩奈は連ドラの主役がずっと続いて時間がなかったから。ただし、彩奈がメンタルをやられてパニック障害と診断された時には……2年で復帰は、かなり慌ただしかったはずです。それは誰かの支えがあったから——精神的にサポートしてくれる人がいたからじゃないですか。実際彩奈から『話を聞いてくれる人ができた』とメールをもらってます」

話を聞く人がいるということと、交際相手がいるというのは微妙に違うのでは？

「彩奈は、相手に自分を認めてもらいたいんです。あんなに売れっ子になっても、自己肯定感が低くて、いつも不安だったんですよ。家族と離れて暮らしているせいもあるし、グラビアアイドルを始めた頃に、帰国子女なんで周りと話が合わなくて、ちょっと引きこもりがちになっていた時期もありました。だからこそ、話を聞いてもらうだけで安心して……理想の男性について、いつも『ちゃんと話を聞いてくれる人』って言ってましたよね。1年でパニック障害から復帰できたのは、馬場さんの存在があったからかもしれません。休みに入る直前、映画の舞台挨拶で一緒に地方を回ってたでしょう？　あの時、舞台袖なんかで2人が話しこむのを見てます。彩奈が相談して、馬場さんが真剣に聞いてあげてる感じでした。その距離がちょっと近くて」

上杉さんが馬場さんを頼って近づいていった感じなんでしょうか。

「でも、馬場さんにとって彩奈はドンピシャのタイプだったと思います。小柄だけど元気で、ちょっと人と違う方を向いていて。帰国子女だったことも、馬場さんにとっては魅力的だったのかもしれません。馬場さんも海外の映画に出たいっていう希望があって、その辺の情報交換もしてたんじゃないですか」

では、2人は愛人関係だったと。

「そう言っていいと思います。こんな不幸な結果になったから皆口をつぐんでいるけど、知っている人は少なくなかったですよ」

ワークショップの件について「すばる座」に問い合わせると、上杉さんが参加していたことは記録に残っているが、馬場さんとの関係については「強い接点があったとは聞いていない」という回答を得た。

劇団「すばる座」オフィシャルサイト

当劇団所属俳優・馬場直斗に対する誹謗中傷が激しくなっていることに、劇団として厳しく抗議します。根拠のない話、誰が話したかも分からないような情報が堂々とニュースとして流れて、それがさらにネットで拡散して、馬場の名誉を毀損しています。

「すばる座」では、ご遺族の同意を得て、馬場が書きためていたメモを公表することにしました。これは、出版社の依頼を受けて、馬場が自分の役者人生を綴《つづ》るもので、馬場は「自叙伝のようなものを出すほど偉くない」と遠慮していましたが、実際にはメモを書きためていて、いずれは出版したいという希望を持っていました。完成した形で出版されることはなくなってしまいましたが、ここで一部を公開します。馬場の人となり、役者としての考え方が滲み出るメモで、これを読めば、馬場に対するいい加減な誹謗中傷にいかに根拠がないか、お分かりいただけると思います。

「馬鹿になる（仮）」

大阪にいた頃はサッカー少年でした。自分では結構イケてるつもりで、高校、大学と続けて将来はJリーグで活躍し、海外移籍で世界のトップチームでプレーしたい——同年代の小学生、中学生と同じような考えを持った子ども。

ただし僕は、サッカーを続けられなかった。家庭の事情——中学生の時に父親が急死し、突然母子家庭になってしまったからです。僕の下には弟が2人。母親は自分で働いて僕たち兄弟を育てようとしたが、とても手が足りず、仕方なく実家を頼った。そこで僕たち一家は、大阪から、母の実家がある東京へと引っ越すことになって、所属していたチームは辞めざるを得ませんでした。

東京でも学校のチームに入ったけど、何故か急に腕（脚？）が落ちたような感じになった。環境の変化のせいかもしれないし、成長期で自分の体を上手くコントロールできなかったせいかもしれません。

しかも志望の高校に受からなかった。サッカーの強豪校で、そこでもう一度自分を立て直すつもりだったけど、あえなく撃沈。

高校時代の記憶はほとんどありません。部活にも入らず、毎日ぶらぶらと……金がかからない図書館に入り浸っていたけど、どんな本を読んだかも覚えていない。

母親が頑張ってくれて、自分も奨学金をもらって大学へは行けました。ただし学費稼ぎのためにバイト漬けで、新しい目標を見つける暇もなかった。

そんな中、たまたま大学の友だちから「すばる座」のチケットを譲ってもらった。そいつが行けなくなったから仕方なく……という感じで、それまで生の芝居なんか見たことがなかったし、ドラマや映画にも興味がなかったけど、たまたまその日はバイトがなくて、出かけた。

衝撃でした。

小学生の頃、後にイタリアへ渡って活躍する篠山拓哉《しのやまたくや》のチームと試合をしたことがあったけど、それ以来の衝撃でした。ちなみにその試合では、拓哉は前半しか出なかったけどハットトリックを決めた。後で対談する機会があって聞いたら、本人は全然覚えてなかったけど、3点取られた方としては、あれ以上の衝撃はなかったですね。とにかくあいつがボールをコントロールして走り出すと、スピードが全然違ってた。こっちが徒歩で、拓哉が車っていう感じ。体が柔らかくて、身のこなし方も上手かったし、逆に当たると強い──絶対に止められない、自分とレベルが全然違う選手はいるんだって、初めて思い知らされたんです。

「すばる座」の出し物は、代表の三島さんが自ら脚本を書いた「ゲージ」でした。世の中の人が全て、数字で測られるようになった時代の話。今思うと、ＳＦチックな感じを入れた風刺劇だったんだけど、役者さんのリアルな動きに驚いて……三島さんはドラマなんかでも観ていて知ってたけど、他の若い役者さんの動きにも呆然とさせられて……ちなみに妻の美穂は、もうヒロイン役でした。

とにかくあまりにも衝撃的——こういう表現の世界があるんだとびっくりして、散々考えた。もしかしたら俺も、こういうことがやりたいんじゃないか？　サッカーばかりやってきたけど、今はもう諦めてしまって、何もやってない。だったら新しい道を選んでもいいんじゃないか？　就職も考えないといけないけど、それまでにはもう少し猶予がある。貧乏劇団員——そんなイメージしかなかった——で頑張るのも、若いうちならいい経験になるんじゃないか。

なんて言うと、何日も悩んだような感じだけど、実際には、舞台が終わって外へ出て、劇場のロビーで劇団のワークショップのチラシを見てすぐに決めていたと思います。いきなり劇団には入れないけど、ワークショップで経験はできる。それに、ワークショップに行けば、美穂に会えるんじゃないかっていう嫌らしい気持ちもあって（笑）。

それで実際、美穂に会ったわけです。ワークショップでは、劇団員が講師役で出るんですけど、ちょうど美穂が講師役で。

美穂は、役者としては天才でした。天才っていうか、人以上の存在。そこにいるだけで、空間が歪むんです。彼女の周りだけ急に発光し始めて、吸いこまれそうになる……美穂は舞台が好きで、高校生の頃から研究生としてすばる座に出入りしていましたけど、アイドルとか目指していたら、大成功してたんじゃないかな。1人で東京ドームを満員にできるだけのパワーがある人なんです。あ、でもそうなったら、たぶん僕とは会ってない。美穂がアイドルを目指していなくて大正解でした。

とにかくそのワークショップでは、シチュエーションの設定だけして、後はアドリブでやるんです。まったく演技経験のない素人にはハードルが高いんですけど、美穂が相手役をしてくれたんで、気持ちが入っちゃって。今考えると、単なる自意識過剰ですね。こっちが思っているなら相手も自分のことを考えてくれるはず——とんでもなく傲慢《ごうまん》な考えというか、勘違いです。

その時は、浮気がばれて喧嘩になる恋人同士っていうシチュエーションでした。女性がビンタすること、というルールだけ決められていて。浮気したのは女性の方で、普通男は泣きつくか切れるか……みたいな感じになるでしょう。でも僕は、湿っぽく文句を言い続けた。彼女に浮気された経験なんかないのに、何故か美穂が浮気して、自分はどうしていいか分からないっていう状況が、簡単に想像できたんですね。それで僕の愚痴が、だんだん悪口になってきて、「これで3回目じゃないか！」って叫んだ時に、美穂のビンタが炸裂して。これ以上ないっていうタイミングでした。痛かったのに快感で、一瞬で自分たちの頭の中の世界を表に出した感じ……しかもそれが、美穂の動きや台詞としっかり合致してたんですよ。

嬉しくて調子に乗って、僕はそのまま続けました。悪口をエスカレートさせて。そのうち美穂の顔色が変わって。2発目のビンタを喰らいましたけど、それは本気のビンタでした。鼻血を噴いて倒れましたけどね。美穂も困ってて、見ていた三島さんは笑ってるだけで、「救護班」と声を出したら、若い劇団員が僕を助けてくれて、鼻にティッシュを詰めて終わりでした。

痛かったけど、とんでもない満足感、人生で経験したことのない満足感を抱いたんです。僕はサッカーではディフェンダーで、相手とヘディングを競《せ》り合ってクリアした時とか、自陣からオーバーラップで一気に上がってパスをもらってシュートした時とか、それこそでかい試合で勝った時とか——そういう時の快感よりもはるかに大きな快感でした。

ワークショップが終わった時に美穂が声をかけてくれて、「本気で殴ってごめん」って。美穂はそのちょっと前に彼氏と別れていて、喧嘩した時の彼の台詞が、僕が言ったのとほとんど同じだったって言うんですよ。台詞は……まあ、「チビ」みたいなことですよね。美穂は身長152センチで、舞台でもう少し大きく見せたいってずっと言ってました。

本気で芝居をやる気かって聞かれました。全然経験はないけど、こんなに充実した時間はなかったって答えて、それで……何でしょうね。自分でもどうしてそんなことを言ったかは分からないんだけど「一生あなたの相手役をやりたい」って……安っぽいプロポーズみたいでしょう？　美穂の顔が真っ青になってその後真っ赤になって、結局何も言わずに行っちゃいました。そんなこと言われたら困りますよね。

やばいなと思ってたら、そこに三島さんが来て「劇団に入って本格的に芝居をやらないか」っていきなり誘われました。ワークショップでやっただけでいいんですかって不思議に思ったんですけど、三島さんの言い分がひどかったんですよ。「お前は美穂のストーカーになる可能性があるから、近くに置いて監視する」ですからね。でも、劇団に入れば近くにいられるわけで、ストーカーもやりやすい（笑）。

三島さんには何度か、本気で美穂との関係を忠告されました。三島さんは女優としての美穂を買っていて、「すばる座」の中だけじゃなくて、映画やドラマでも活躍できる、息の長い俳優になると確信していたんですね。僕も慣れてくると反発して「結婚しても子どもができても、キャリアを続けていけるようにするのが、大人の責任じゃないですか」なんて生意気言ってました。

結局美穂が妊娠して、劇団も辞めることになったんですけど、2人でその話をしに行った時、三島さんはブチ切れました。周りの人が必死で止めに入るぐらいの勢いで、僕たちに罵声《ばせい》を浴びせたんですけど、結局手は上げなかった。「五十肩じゃなければお前を殴り殺している」が捨て台詞で、しばらく劇団の中では「五十肩」が流行《はや》りました。誰かがカッカしていると、周りが「五十肩」って言って、笑って終わるみたいな。

三島さんは僕をぶん殴りもしなかったし、劇団から追い出しもしなかった。でも、急に仕事を入れるようになったんです。それまでは基本的に、劇団の公演で舞台に上がるだけだったけど、テレビの仕事も入るようになって。初めて大河ドラマに出たのもその頃で、あれで世間の人に知ってもらえるようになりました。後で劇団の幹事に聞いたら、「美穂を路頭に迷わせるわけにはいかないから、とにかく馬場に仕事を回せ」って三島さんから指示があったそうです。ご存じの通り、三島さんは娘さんを幼い頃に亡くされているんです。美穂と同い年で、美穂は娘のような感覚だったんでしょうね。その娘を、海のものとも山のものとも分からない売れない俳優がさらっていくんですから、それは不安でしょう。でも、自分の劇団の俳優なんだけどな。

ただ、あの時に外で出まくったのが、自分の基礎を作ってくれたと思います。芝居は、大抵1ヶ月公演で、演じていく中で次第に役を変化させていくのが普通です。演出の人や他の役者さんと話し合って役を作っていくわけで、芝居は生き物なんですよね。中心のストーリーは変わらなくても、細部は微妙に変わっていくんです。だから、初日と千秋楽では手触りがまったく違う。でもテレビドラマの場合は、意図的に登場人物が変化していくような脚本《ほん》、演出でない限り、最初から出来上がったキャラを演じていきます。だから撮影中に太ったり痩せたり、髪型を変えたり日焼けしたりするのは御法度《ごはっと》。視聴者は一貫して、同じキャラを見ていくわけです。

そしてテレビの場合は、意外に準備の時間がない。芝居の場合は、毎日のように稽古を重ねて、他の役者さんと顔を合わせて相談したりするんですけど、ドラマでは、撮影で「初めまして」でいきなり絡む役者さんもいたりする。だから、自分のキャラは最初からしっかり作りこまなくてはいけないんです。即興じゃないけど、かなり短い時間で、脚本から人物像を摑む——正直、これが役者の醍醐味《だいごみ》だと思います。舞台にもフィードバックできることです。

難しいのは、歴史上の人物を演じる時です。映像作品になるような歴史上の人物は、だいたい今まで何度も、歴代の名優さんが演じている。イメージも出来上がっていて、観る方もその感覚で観ますよね。でも役者としては、何か新しいもの、自分の色を出したい。

真田昌幸という役も、多くの名優さんが演じられてきましたよね。史実通りの戦略家、名将、小さな国を守り切った戦国時代の大名の一つの典型という感じでしょうか。そして晩年は、運命に翻弄された悲劇の名将、みたいな感じで描かれることが多い。

でも僕に回ってきたのは、若い頃の真田昌幸でした。この時は――フラットにしました。目立たないようにというか……真田昌幸は、人の話をよく聞いた人じゃないかって自分なりに想像したんです。戦略家っていうと、人が想像もできない作戦を次々に生み出す人っていう感じだけど、当時はインターネットもないし、本だって今と違って普及しているわけじゃないから、知識を得ようとしたら、人に聞くしかなかったはずなんです。だから「聞き上手」のキャラにして後半につなげようと……もちろん重要な登場人物で台詞も多かったんですけど、とにかく人の話をよく聞いている様子を出したい――と演出陣と相談して、ああいう真田昌幸ができあがったんです。評判は……まあ、気にしないようにしています。どんなに奇矯《ききよう》な役をやっていても、それは変わった服を着ているようなもので、仕事が終われば服を脱ぐだけです。それで次の服を着る。

その感覚で、気持ちを安定させている感じですね。美穂からも子どもたちからも毎回厳しい駄目出しがあって、それはストレスになってるけど、どんな時でもはっきり言ってくれるのは家族だから。

美穂は未だに「俳優・馬場直斗を育てるのは面白い」って言っていて、今からでも芝居の演出や映画の監督をやればいいとも思うんですけどね。僕としては、役者の目を持ってきっちり演技を分析できる人が一番近くにいるっていうだけで安心です。仮に役者をやってなくても、美穂が結婚してくれるって言った時に、僕の人生は勝ちが決まりましたね。

「ニュースウーマン」ウエブ版
上杉さん馬場さん　やはり不倫関係か

心中した女優の上杉彩奈さん（28）と俳優の馬場直斗さん（37）。2人の死に第三者が関与していたという疑惑が生じる中、2人が実際に不倫関係にあったという証言が相次いでいる。

ニュースウーマンでは、2人に近い業界関係者から「この1年間、馬場さんが上杉さんを精神的に支えていた」という証言を得た。

この関係者は、仕事で2人と接点があった人で、上杉さんとはプライベートでもつき合いがあったという。上杉さんはパニック障害の診断を受けた後、人前に出ることは避けていたが、リハビリの意味もあって、以前からつき合いのある友人たちとはよく会っていたという。

その中でこの関係者は、上杉さんが「何とか立ち直れそう」「話を聞いてくれる人ができた」と穏やかな表情で話していたと証言した。そのうち、この「話を聞いてくれる人」が馬場さんだと打ち明けられたという。

2人が亡くなるひと月ほど前の9月初旬、上杉さんと食事をしている時に、テーブルに置いた上杉さんのスマートフォンに着信があり、そこで画面に馬場さんの名前を見てしまったという。上杉さんは慌てた様子で店を出て、5分ほどして戻って来た時には、表情が明るくなっていた。

この関係者は「馬場さんがいい影響を及ぼしたのは間違いないけど、将来のことを考えると心配だった。彩奈はパニック障害を公表していたし、不倫で世間に叩かれたらまた症状が悪化するかもしれない――ということまで馬場さんは考えていたのかな、と不安になりました」と当時の心境を明かす。

また、上杉さんと親しかった別の業界関係者は「仕事に復帰した後、人生の大事なことを決める」と上杉さんから打ち明けられていたことを明かした。「結婚か」と聞くと「それも含めて、重大なターニングポイント」と真顔で返したという。この関係者も上杉さんと馬場さんの関係を知っていて、真顔で決意表明する上杉さんを見て不安になっていた。

12月6日㊌

「東日新聞」夕刊・社会面

防犯カメラ撤去　上杉さん、不審な行動

俳優の上杉彩奈さん（28）、馬場直斗さん（37）の心中事件で、2人が上杉さんの部屋で発見される直前の9月30日に、上杉さんが自宅の玄関に設置した防犯カメラを撤去していたことが分かった。

上杉さんはストーカー対策などで、8月に玄関の外に防犯カメラを設置したばかりだった。共有部分だったので管理会社の許可を得ての設置だったが、9月30日になって「必要なくなった」ということで取り外すと連絡があったという。

警視庁渋谷中央署では、2人が発見された10月2日の、マンションへの人の出入りを調べているが、馬場さんが午前9時頃にホールに入ったのは確認されている。しかし、上杉さんの部屋に入ったかどうかは分からない。上杉さんのマンションはオートロックで、部屋の玄関に辿り着くまでには3ヶ所でロックを解除する必要があるなど、防犯的には厳重だった。しかし公共の場にある防犯カメラは、ホールの出入り口と駐車場の出入り口だけ。自転車置き場と、そこに続く裏口には防犯カメラはなく、ここから出入りすれば記録は残らないことになっている。

また、上杉さんの部屋にも防犯カメラはなかった。

上杉彩奈応援サイト「彩奈LOVE」掲示板

2023/12/6（水）17:45:12 ID:9lli76y

うーん、どうして今になって、こんなに色々情報が出てくるんだろう。亡くなって2ヶ月ってことが関係してるのかな。でも、防犯カメラのこととか、防犯システムのこととかこんな風に書かれて、住んでる人は不安にならないんだろうか。彩奈の家の住所はバレてて、だからこそあんなに献花があったんだから。

2023/12/6（水） 17:51:23 ID:yu7y_kj

警察も行き詰まってるのかねえ。だからマスコミに情報を流して様子を見てるとか。それにしても、今更こんな情報が出てもねえ。第三者がいた説って、最初は説得力があると思ったんだけど、ちょっと考えるとおかしい感じがしてくる。2人が死ぬことを決めて、誰かに鎮痛剤を注射するように頼んだ？　そんなこと引き受ける人、いるのかね。

2023/12/6（水） 17:55:34 ID:tryu87k

＞そんなこと引き受ける人、いるのかね。

同意。だってこれ、殺人じゃん。しかも2人とも知ってる人間に頼んだってことだよね？　そうじゃなければ、その日会ったばかりの人にいきなり殺してってお願いする感じになるじゃない。さすがにそれはあり得ないよね？

2023/12/6（水） 17:58:54 ID:qtf56jj

どっちかが先に鎮痛剤を相手に注射して、薬を服ませて、その後自分で自分に鎮痛剤を注射して服毒？　いやあ、これも無理あるな。何だか安っぽい推理小説みたいになってきた。密室殺人じゃないいんだから。

2023/12/6(水) 18:03:12 ID:88yuj-k
一番リアリティがありそうなのは、2人の共通の、医療関係者の知り合いがいたことだよね。自殺に手を貸せるかどうかっていう問題は残るけど、どうしても死にたい相手がいて、その理由に納得できれば手を貸す……? 自分には無理だな。

東テレ「ワイドアフタヌーン」

宮本光一「上杉彩奈さんと馬場直斗さん、日本を代表する俳優2人が亡くなった事件で、また新たな展開です。第三者の関与が疑われるという情報が出ているのですが、今日はこの話題についてお届けします。

まず、独占インタビューです。上杉さんと馬場さんに非常に近い立場の芸能関係者が、2人の本当の関係について匿名で語ってくれました。まず、インタビューをお聞き下さい」

「――そうです。2人の関係は1年ほど前からです。彩奈の闘病生活を馬場さんが支えていた感じで、馬場さんは家を出るまではいかなかったですけど、頻繁に彩奈の家を訪れていました。

2人はもう何年も前に、『すばる座』のワークショップで会っていたんですが、この時彩奈は、まだ19歳だったと思います。アイドル活動から本格的な女優業にシフトしようという時期で迷っていて、名門劇団のワークショップに参加して、馬場さんと出会いました。馬場さんは演技の虫ですし、彩奈の可能性を感じ取って徹底して指導したようで、そこで2人のつながりができたんです。その後映画の共演などもありましたが、その時には彩奈のパニック障害はだいぶひどくなっていて、しかも支えてくれる人が近くにいなかったんです。ご両親は海外、事務所の人は親身になってはくれても、あくまで仕事としてです。パニック障害で辛くなった時に、手を差し伸べたのが馬場さんだったということです。

彩奈は、馬場さんが離婚して自分と結婚してくれることになっている、とはっきり言ってました。それはもう決まった事実みたいな感じで、1年か2年、しっかり休んでから、海外で2人で暮らしたい、とも言っていました。どうせ不倫とかいろいろ言われるんだから、うるさい人のいないところでのんびりしたいって。自分の好感度が下がって、CMなんかにも影響が出ることは分かってたんですね。だから、言葉は悪いけど、ほとぼりが冷めるのを待つ……それぐらいは冷静でした。冷静っていうことは、本気だったんだと思います。夢中になり過ぎて、前後の状況が分からなくなっていたら、あんな風には言えなかったと思います。

馬場さんは……心配になって、彩奈から話を聞いた後で、馬場さんにも思い切って聞いてみたんです。そうしたら馬場さん、黙っちゃって……本気で困ってました。最後は『真面目に考えてる』って短く言いましたけど、表情は苦しそうでした。本当に、真面目に考えているけど結論は出ていないっていう感じで。たぶん、彩奈の方が夢中になって馬場さんを頼っていたと思うんです。馬場さんは本気だったかもしれないけど、家庭を壊すほどの決心は……苦しんでいたと思います。心中するほどに？　それはどうでしょう——2人に会ってから1ヶ月ぐらいであんなことがあって……たった1ヶ月ぐらいの間に、何か大きな変化があったのかもしれません。もうちょっと話しておけばよかったです」

宮本「おふたりに非常に近い関係者の方に話していただきました。2人の関係がかなり深かったということが分かる証言でした――坂東さん」
坂東「はい……この証言だけでも、少なくとも馬場さんが追いこまれていた感じは分かります。温度差と言いますか……恋愛においてはよくあることなんですが、2人の間に温度差があると、遅かれ早かれそれが関係に悪影響を及ぼすようになります。おふたりの場合は、それが心中という最悪の結果につながった可能性もありますね」
井沢「このインタビューを見て、また馬場さんを叩く人がいると思うんですけど。それはちょっと待ちましょうよ。2人がどんな話し合いをして、何を決めたかは結局分かっていないわけですから。欠席裁判のような形で、亡くなった人を叩くのは、やはりよくない。我々テレビの人間が言うのもおかしいかもしれませんけど、テレビの人間も、常にそういうことは考えているんですよ。最近、こういうことを言うと偽善者って馬鹿にされるんですけどね」
宮本「いえいえ、自分の行動が正しいかどうか、常に確かめていくことは大事だと思います。さて、もう1本インタビューがあります。こちらも上杉さんと親しかった業界関係者の男性です。完全匿名を条件に、電話でインタビューに応じていただきましたので、お聞き下さい」
男性「彩奈とは、3年ぐらい前までよく仕事で一緒になりました。いつも疲れている感じでしたね」
ディレクター「それはパニック障害という感じで？」
男性「パニック障害の症状がどんな感じかは知りませんけど、とにかく疲れていました。一緒に食事していて、途中で寝てしまうこともあったし」
ディレクター「何か薬を常用していたということは……」
男性「それはないです――いえ、24時間365日一緒にいたわけじゃないから断定はできないけど、僕と一緒の時は、薬は服んでないです。そもそも薬を嫌ってましたし、どうしてもという時は、病院で処方された薬しか服まない……偏頭痛がひどくて悩んでたんですけど、市販薬は服まないということで、結構大変でした」
ディレクター「偏頭痛以外に、何か苦しんでいたり悩んでいたりということはありましたか」
男性「仕事はいつも、ぎりぎりだったと思います。『私はそんなに器用じゃないから』っていうのが口癖で、常にぎりぎりの状態で現場に入っていたのは間違いないです。仕事は好きで、現場にいる時は楽しいだけだって言ってたけど……たぶん、キャパオーバーだったんじゃないかな。だからパニック障害だっていう報道が流れた時も、納得したっていうか。今考えると、あの頃がもうパニック障害の始まりだったのかもしれません。コロナの最初の頃は、1人で家にいて、結構穏やかな暮らしを送っていたみたいなんですけど、撮影が再開されて、たくさんの人に会うようになったら、調子がおかしくなったんじゃないでしょうか。パニック障害で休むという話を聞いた時に、後悔しました。もっと相談に乗っておくべきだったんじゃないかなって」
ディレクター「上杉さんは、繊細なところがある女性だったんですね」
男性「繊細だし、真面目だったんです。自分はアイドルの世界から芸能活動を始めて、まだ全然、演技に自信がない。だから共演者やスタッフに迷惑をかけているんじゃないかって、いつも心配してました。そんなことないよって言っても、ずっと不安な感じでいて。自己肯定感が低いというか、自信がないのはずっと変わらなかったです」

ディレクター「あれだけの女優さんにしては意外ですね」

男性「完全主義でした。自分の中では完成品のイメージがあるけど、そこになかなか近づけない、みたいな。だからいつも悩んでいたんですね」

ディレクター「亡くなった話を聞いた時は……」

男性「ショックでしたよ。ショックというか、脱力でした。彩奈は、痛いのが本当に嫌いな人だったんで、自殺なんて……自殺かどうかも分かりませんけど、とにかく彩奈らしくない感じがしました。その後、彩奈のマンションに花を持って行ったんですけど、結局手向けないで帰りました」

宮本「上杉さんと仕事でつき合いのあった男性のコメントをいただきました。またこの事件は、真相が分からなくなってきますね」

井沢「正直、分からないですよね。それこそ、本人たちでないと説明できないことです。1ヶ月前には普通に話をしていたのに、それからの1ヶ月で心中するまでに追いこまれていった……あまりにも短期間に、極端な方向へ走ってしまった感じですよね」

宮本「2人の間に何があったのか、動機の解明も重大になってきます」

坂東「それとやはり、第三者が介在していたかどうかがポイントでしょうね。その際、気になる報道があるんですが……東日新聞ですね。上杉さんが自室の前に防犯カメラを設置したのに、亡くなる2日前に撤去していたという話――これも謎ですね。いかにも上杉さんが、記録されては困るような人を自宅に入れるための準備、という感じです」

井沢「覚悟の上で準備していた感じは確かにあるんですよね。ただ、気になるのは、医療用麻薬――鎮痛剤が使われていたという話ですよね？　医療関係者以外に、点滴などが扱えるかどうかは疑問です。医療関係者がこの件に絡んでいたとしたら、問題はさらに深刻です」

宮本「その辺、捜査がどう進んでいるか、警視庁クラブの坂下さんに聞いてみます。坂下さん？」

坂下「警視庁クラブです。亡くなった上杉さんと馬場さんに鎮痛剤が投与されていたことについてですが、警察ではなお慎重に調べています。2人に投与されていたのは病院などで一般的に使われている鎮痛剤で、医療関係者なら比較的容易に入手できるものだと分かりました。ただし、投与は点滴が基本で、そのためには点滴を扱う技術と器具が必要になります。警察では、病院などから鎮痛剤が違法に持ち出されていた形跡がないか、調べています」

宮本「坂下さん、第三者の介在はまだはっきりしていませんが、上杉さんの自宅に出入りしていた人の分析はどうなっているんでしょうか」

坂下「はい……これははっきり言って、完全にチェックはできないと思います。当該のマンションは、全ての公共スペースを防犯カメラでチェックしているわけではありませんし、死角はあるわけです。例えば裏口から出入りしたら、記録は残りません。しかも裏口からは、インタフォンで訪ねる部屋を呼んで解錠してもらえれば、簡単に入れます。今のところ、上杉さんの自宅に第三者が入ったかどうか、警察ではまったく把握していません。捜査にはまだ時間がかかりそうです」

宮本「はい、坂下さん、ありがとうございます……この問題は、引き続きワイドアフタヌーンで取材を続けていきたいと思います」

ブログ「夜の光」

なるほど、第三者が家にいたっぽいわけね。それなら筋が通るわ。

とすると問題は、この第三者は誰かってことだ。

一番怪しいのは、上杉彩奈が通っていた病院の関係者だけど、これは外していいと思う。第三者が介在していたことが分かった瞬間、警察は徹底して事情聴取したはずだよ。アリバイも調べたと思う。素人さんだったら、警察にガン詰めされた時点でもう吐いてると思う。馬場の方の関係者も同じじゃないかな。

だとしたら、可能性があるのは闇医者だ。馬鹿でかい繁華街には、今も闇医者が結構いるんだよ。不法滞在の外国人とか、何かあったらこういう医者のお世話になる。意外にニーズがあるんだよな。しかしこういう医者は結構な数がいるし、警察が突っこんで調べても簡単には口を割らないだろうから、捜査は難航すると思う。

動機はやっぱり、将来を悲観してだろうね。どうも馬場の方に、奥さんと別れてまで上杉彩奈と結婚する気はなかったみたいだな。そこで彩奈とは気持ちの温度差があって、こういう極端な感じに突っ走ってしまったとか。別れればいいんだろうけど、それができないってことはあるでしょう。理屈でどうにもできないのが、恋愛ってやつだし。

話を戻すけど、俺、この闇医者には心当たりがあるんだよね。麻酔を使って、簡単な外科手術とかを得意にしてる人。要請があれば外で治療することもあるから、器具を持って彩奈の家まで行くことも可能だと思う。ただ、接点がな……でも芸能人なんて、「これをやりたい」「あの人に会いたい」って言ったら、周りが何でもやってくれるだろう。闇医者は、ネットで簡単に見つかるようなものじゃないから、伝で探してもらうしかない。

今のところ、事務所は何も言ってないけど、絶対一枚嚙んでると思うな。目的が分かってたかどうかはともかく、彩奈に闇医者を紹介したのは事務所か、知り合いの芸能人だと思う。ま、警察も当然、その辺は調べてるだろうけど。

ちなみにこの闇医者は東京の人間じゃなくて、神戸のK。ちなみに、検索しても無駄。こういう連中は、検索に引っかからないように、いろいろ手を尽くしているから。

SNSから

Bad パパ @badpapa
神戸のK。確かに検索しても、それっぽいのは引っかかってこないわ。ただし、結構リアルな話だな。単純に嘘とは思えない。

モアイin渋谷 @shibuyamoai
確かに本当っぽい。ということは「夜の光」の人もそっちの住人なんだろうか。闇医者とか、あるいは暴力団とかのそっち系？

Bad パパ @badpapa
これまでもやばそうな発言、結構多かった。この人、正体がいまいち分からないのが怖いんだよな。それこそ裏の人かもしれない。感想つきのまとめサイトかと思うと、妙に真相を突いたような内容もある。

脳波ダメージ @brain_damage98
この人のことは、調べてみる価値があるかもしれない。もしかしたら事件そのものと関わってる可能性、あるかも。

Bad パパ @badpapa
いや、さすがにそれはないのでは。犯人が自分でまとめブログ的な感じをやる？ そこで犯行を自供するわけないし、そもそも何が目的なんだろう。下手すると、ネタがバレて逮捕される恐れもあるわけだし。

ブログ「夜の光」
また飛び火してるか。困ったもんだ。
仮に俺が何かやらかしたとして、それを考察するようなブログ、書くわけないよね。下手なこと書いたら、それが手がかりになって捕まる可能性もあるわけだから。

これはあくまで、たまたま面白いネタがあったから、まとめて感想を書き綴ってるだけのブログ。だいたい、他の人もそうでしょう？　有名俳優同士の心中なんて滅多にないネタだから、飛びつくのが普通だよね。何かと刺激の少ない昨今、いや、ちょっとした刺激には慣れてしまった昨今、こういうネタがあれば徹底してしゃぶり尽くすでしょう。俺はそれをやってるだけ。別に何か知ってるわけじゃないし、あの2人に直接関係あるわけでもない。単なる推測と感想を書いてるだけだから。

俺を犯人扱いするのは勝手だけど、ちゃんとチェックしてるから。垢を消して逃亡するなら今のうちだよ。

自分のことを言っておくと、医療関係者と言えないこともない。薬学部を出てるし……ただ、より正確に言えば患者ね。ちょっと病気の治療が長引いて、心中事件が起きた時には入院中、今は自宅療養してる。動き回るのは難儀だけど、頭ははっきりしてるし、手は動くから、どうしても一言言いたくなって、このブログを始めただけ。そんなに深い意味はないから。

俺を攻撃する声がなくなったら、コメント欄を開放してもいいかな。ここを、上杉馬場問題の主戦場にしてもいいと思う。

12月7日㈭

東テレ「ワイドモーニング」

下条花香「おはようございます、今日もワイドモーニングから始まる1日、よろしくお願いします。

まず、最初のニュースです。俳優の上杉彩奈さん、馬場直斗さんの心中事件で、このところ新たな情報が次々に出ていますが、今日は、馬場さんと仕事で関係があった男性が、ワイドモーニングのインタビューに答えて、2人の関係について話してくれました」

男性「馬場さんは、明らかに嘘をついていた。奥さんの美穂さんとは離婚する決意を固めていたんです。馬場さんは家にいたという話ですけど、嘘です。馬場さんは上杉さんの家やホテルを転々として、次第に追い詰められていったんです」

ディレクター「この男性は、仕事で馬場さんと10年以上のつき合いがあり、プライベートでも頻繁に会っていた関係です。異変に気づいたのは、2人が亡くなる1ヶ月ほど前でした」

男性「馬場さんと食事していて、突然不倫の事実を打ち明けられました。馬場さんは……まあ、家族思いの俳優さんということで世間には知られているんですけど、実際には女性問題はいろいろありました。ただし美穂さんが、馬場さんの俳優としてのキャリアを重視して、ずっと見て見ぬ振りをしていたんです。馬場さんもそれは分かっていて、奥さんに申し訳ないと思いながら、女性との関係を断ち切ることができなかった。ただしそれはすべて遊びでした——上杉さんと会うまでは。上杉さんとはかなり前からの顔見知りでしたが、本格的に交際に発展したのは、映画の舞台挨拶で各地を回った時でした。上杉さんが心身の調子を崩していたのに気づいて、何かと世話を焼いているうちに交際に発展したようです。ただし馬場さんとしては、2人の関係をどうするか、決めかねていたようです。それまでの遊びとは違うにしても、本気で交際するわけにもいかない。でも上杉さんは本気で、馬場さんに離婚を迫っていました。自分は病気のせいで脆《もろ》い存在になってしまった。馬場さんがいないと壊れてしまうと泣きついたそうです。馬場さんは何度もそう言われて、離婚して上杉さんと結婚することを決意したんです。納得はしていない様子でしたが、上杉さんを傷つけるわけにはいかないと」

ディレクター「馬場さんは……仕方なく離婚を決心した感じですか？」

男性「馬場さんが奥さんやお子さんを大切にしていたのは間違いありません。浮気は褒められたことではないですが、最終的には家族の元へ帰るということは、馬場さんにも奥さんにも暗黙の了解だったんだと思います。だから奥さんも、度重なる浮気を大目に見て見逃していたんです。ただ今回は……馬場さんにとって、上杉さんは家族とは違う特別な存在になっていたんだと思います」

ディレクター「特別というのは、どんな風に？」

男性「役者の同志、みたいな感じでしょうか。奥さんも元女優さんで、馬場さんの仕事への理解も深いんですけど、やはり女優さんというより奥さんです。でも上杉さんは同じ俳優仲間で、自分が抱えている苦しみや問題をよりリアルに分かち合えるんだと思います。そういう意味での同志……でも今回は、馬場さんの方が重く、上杉さんの苦しみを背負ったんだと思います」
ディレクター「2人が心中という選択をしたことは、どうお考えですか」
男性「それは今でも信じられない……上杉さんは少しデリケートなところがありましたけど、馬場さんは大抵のことなら受け流せる心の広さがありました。不倫、離婚は、簡単には済まされないと思いますけど、馬場さんなら乗り越えられたはずです。だから……最近第三者が関与していた可能性が指摘されていますけど、それもあり得るかもしれないと思っています」
ディレクター「おふたりは殺されたと？」
男性「そんなことは言っていません。ただ、馬場さんは何があっても自殺を選ぶような人じゃないということは言えます。それを言えば上杉さんも、なんですけど……パニック障害で仕事をセーブしている最中に会ったんですけど、『絶対に死にたくない』『病気で死ぬなんて絶対に嫌だ』って、生きることに執念を燃やしていました。病気のせいもあったと思うけど……とにかくしっかり生きたい、良い芝居がしたいっていう子だったから、自分から死を選ぶなんて考えられないんです。パニック障害の方も落ち着いてきて、復帰作の撮影も始まったばかりなんですから、ますます死ぬ意味なんて……」
下条「はい……馬場さんと親交が深かった男性のインタビューをお送りしました。馬場さんと上杉さんの関係が明らかになってきましたが、それでも心中とは考えられない、という話でした。田口《たぐち》さん、いかがですか」

田口亮平《りょうへい》（俳優）「今のインタビューを受けていた人、かなり馬場君と近い立場の人だよね」

下条「名前は明かせませんが、そのように聞いています」

田口「馬場君のことをよく分かってる人ですな。馬場君は確かに心が広いというか、鈍感というか、普通の人なら許せないことでも、『いいよ、いいよ』と笑って済ませられる人なんです。現場で共演者やスタッフがつまらないミスをしても、全然怒らない。演技中は血管がブチ切れそうなぐらい怒るけど、それは本当に演技で、実生活では怒ったことがないんじゃないかってぐらい、穏やかな男です。だからこそ僕は、最初から——馬場君が亡くなった時から、あり得ない話だって言い続けてきたんですよ。自分から死を選ぶような人間とは考えられないんです。それは今でも変わっていません」

下条「上杉さんについてはどうですか」

田口「上杉さんはね、残念ながら共演したことがないので、どういう人かは存じてないんです。ただ、あれだけ若くして、毎クール、ドラマの主演を務めてきた人ですから、当然演技が評価されていて、実力もあるんですよ。単なる人気だけでは使ってもらえない。それで、俳優の仕事っていうのは、慣れないんですね。毎回違う役をやるから、常にゼロから役を作りあげなくてはいけない。それが役者の醍醐味でもありますが、休みもなしに続いていくと、ダメージは確実に蓄積します。周りは笑顔に騙されて——騙されて、は悪い言葉かもしれませんが——本音に気づかないということもあるでしょう。これはね、個別の役者さんの事情もあるけど、業界全体の問題だと思うね。芸能界っていうのは、日本で一番働き方改革が遅れてるんじゃないだろうか。それを言ったら、こういうワイドショーもそうだけどね。私は、スタッフがいつも疲れて血眼《ちまなこ》になっているのを見てますよ（笑）。可哀想にねえ」

下条「はい、お気遣いありがとうございます。これでも10年前に比べると、だいぶ余裕を持って番組作りをしているんですが……羽田《はねだ》さん、いかがですか」

羽田真紀子《まきこ》（弁護士）「このところ、第三者の介入があったという臆測が流れています。警察はそういう線で捜査しているかもしれませんが、あまりその噂に乗っかって無責任に話していると、誤った情報を広めてしまうことにもなりかねません。ネットでの発言は慎重に、ということですね」

田口「ネットは、見ない、やらないのが一番だろうね。なくても別に困らない。私も、断捨離《だんしやり》でスマートフォンをいつ手放すか、真剣に考えてますよ」

羽田「田口さんはネットに厳しいですからねえ」

田口「74歳だからねえ。人生の後半になってからネットが入ってきた世代ですから、最初から今までずっと馴染めない（笑）」

羽田「もちろん、マナーを守って正しく使えば、こんなに便利なものはないですけどね」

田口「その使い方を覚えるのが面倒くさいのよ（笑）」

馬場直斗応援掲示板「直斗マニア」

2023/12/7（木）08:12:44 ID:6y8fg?9

また馬場さん叩き始まったよ。この事件、定期的に馬場さん叩きが起きてない？　何のムーブ？

2023/12/7(木) 08:15:23 ID:trgo8j9

いや、叩く一方じゃないよ。今は擁護派の方が多いんじゃないかな。要するに馬場さんも被害者じゃね？　優しいから、相手に感情移入し過ぎて、最後はつき合いで……みたいな。

2023/12/7(木) 08:16:58 ID:hgs86tt

そもそもこの2人が不倫関係になったのも、彩奈きっかけなんじゃない？　パニック障害になって、周りに頼れる人がいない時に、年上の馬場さんを思い出してつい声をかけた、みたいな感じじゃないかな。馬場さんって、鷹揚《おうよう》というか、ぼうっとしてるところがあるじゃない。相手が何度失敗しても「いいよ〜」なんて言って笑ってる感じ。メンタル的にきつい人には、あの緩い感じが癒《いや》しになるんじゃないかな。にゃ〜っていうか、へた〜っていうか、脱力系。

2023/12/7(木) 08:18:12 ID:lyal9dj

あんまり馬場さんアゲしてると、また彩奈掲示板から殴り込みくるよ笑

2023/12/7(木) 08:20:23 ID:ythi_98

じゃあ、馬場さんの「作品アゲ」を久々にやるか。これなら文句こないよね。この掲示板の本来の目的だしね。はい、じゃあ今日の一番は「刑事の掟《おきて》」のアフロヘアの刑事・皆川《みながわ》役。あれ、地毛だったんだよね。全然似合ってなくて、ネットでも散々叩かれてた。馬場さんの提案だっていうことで、当時はファッションセンスを疑う声まで出てたよね。そして番組終わって、馬

場さんがいきなり坊主にした時の衝撃よ。ネットでいじめられたんで坊主にしましたってコメント、笑っていいかどうか分からなかったね。あれはマジだったのか、丸坊主まで含めてネタだったのか。

2023/12/7(木) 08:24:36 ID:175ygr6

じゃあ、2時間ドラマの「事件の後先」の時の検察事務官役は？　何か喋ろうとすると必ず誰かの妨害が入って喋れないで、出ずっぱりなのに最後の最後での一言しかセリフがなかったやつ。あれも、馬場さんのアイディアだったんだよね。元々セリフは少なくて、「目で演技して下さい」が注文だったんで、思い切ってセリフなしにしたっていう話。脚本家の人に土下座してお願いして書き直してもらったって言うけど、それも馬場さんらしいよね。それで、喋らないのに出ずっぱりだから、かえって注目の的になっちゃって。しかも馬場さんの表情の変化が、話の変わり目のキーポイントになっていて、目立つこと、目立つこと。最後のセリフが「カツ丼でお願いします」もすごくね？

2023/12/7(木) 08:26:28 ID:tf8i986

あまり話題にならないんだけど、初の民放連ドラ出演作の「キングと呼ばれた男」は？　今観ると、チンピラの役をすごく神妙に演じてるんだよね。要所要所では馬場さんらしいフックの効いた動きや台詞回しがあるんだけど、まだ板についていない感じだった。そういう初々《ういうい》しさがまたよかったんだけど。あれからここまで、長い道のりだったよねえ。思えば我々、アイドルの追っかけみたいな感じで馬場さんを見てたんじゃないかな。作品ごとの成長を楽しんで、

「立派になったねえ」なんてうなずきあってさ。

2023/12/7(木) 08:28:48 ID:175ygr6

いいおっさんをアイドル扱いでね笑

2023/12/7(木) 08:32:25 ID:pujg47g

いや、40過ぎてもアイドルやってます、みたいな人もいるわけだし、別にいいけど、馬場さんのルックスは絶対アイドルではない笑

上杉彩奈応援サイト「彩奈LOVE」掲示板

2023/12/7(木) 08:25:22 ID:qty89yt

何だか、根本的な原因を彩奈に押しつけようとする空気、出てるよね。メンタルやられて実質休業の人の責任にするなんて、やばい風潮じゃない。死人に口なし的な感じで攻撃されたら彩奈が可哀想だよ。

2023/12/7(木) 08:31:12 ID:tyan76g

馬場掲示板のところで、馬場さん擁護の大合唱やってるんだけど、あれ、どうなの? 何も分からないけど、心中だったらやっぱり男の方に責任あるんじゃない? 向こうが死のうって言い出したなら最悪だけど、彼女の方が死にたいって言っても止めるぐらいの気持ちがないと。

2023/12/7(木) 08:34:36 ID:qty89yt

>彼女の方が死にたいって言っても止めるぐらいの気持ちがないと。

いや、それを言うと、全部男のせいにするのかとか、女は弱いっていうイメージで語るなとか、攻撃を受けるんだよ。だからどっちの責任かっていう議論は、この掲示板では避けないと。彩奈パパも、このサイトで声明を出してるじゃない。念のため貼りつけ。

彩奈の突然のお別れを悼んでいただいているファンの皆様、いつもありがとうございます。お気持ちはありがたい限りで、彩奈の想い出を語っていただいているのが、私たちにとっても慰めになります。彩奈がこんな風に愛されていたのかと思うと、女優としての活動には意味があったと確信できて、ありがたい限りです。

残念なのは、彩奈、さらには馬場直斗さんに対する誹謗中傷が後を絶たないことです。彩奈も馬場さんも亡くなっています。その死に不自然なところがあるにしても、真相解明については警察の捜査に任せておくべきことであり、根拠のない発言が死者や残された遺族を傷つけることがあると、ご理解いただきたいと思います。

また、私どもが言うことではないかもしれませんが、お互いのファンがネット上で罵り合うような事態が起きていることには、心を痛めています。私どももそうですが、一体何があったのか分からないことで不安になり、いろいろ考えてしまうことは確かにあると思います。しかしその不安を誰かにぶつけたり、根拠のない噂で誰かを非難したりするのは、彩奈も望んでいないことだと思います。

どうか今は冷静に、彩奈の死を悼んでいただければ幸いです。

2023/12/7(木) 08:38:45 ID:qty89yt
彩奈パパの言い分、もっともなんだよね。娘さんが亡くなって、ファンがそれを誰かのせいにして叩く——醜《みにく》いっちゃ醜い。でもこっちは、真相を知りたいんだ。それに馬場さんを攻撃してるんじゃなくて、馬場さんのファンのやり方が気に食わないだけだから。

やわらチャンネル(元女性お笑い芸人の前山柔《まえやまやわら》)
やわら「はい、どうも、やわらです。今日はね、やわら司会で、オールde議論的な感じでやっていきたいと思います。やわらね、最近心を痛めていることがあるんですよ。それは上杉彩奈ちゃんと馬場直斗さんの事件で、2人の事件自体も残念な話なんだけど、最近ファン同士の罵り合いがひどくなってるのね。心中って、どっちがどっちみたいなところがあって、警察の捜査も進んでいないみたいだから、怒りの持っていきようがないファンの気持ちも分かるんだけど、マナー的にも問題になってる。でも、普通のメディアはこういう問題を取り上げないから、今日はやわらチャンネルを開放しました。それぞれのファン代表の人に話を聞いていくので、皆さん、コメントもよろしくお願いしますね。
じゃあ、まずは彩奈ちゃんファンのいしきさん。いしきさん、ファン歴は長いんですか」
いしき「あー、グラビアアイドル時代からだから長いです。もう10年ですね。女の子受けがいいアイドルだったけど、今では国民的女優になって……妹の成長を見守るみたいに応援してました」

やわら「今回の件、ショックだったですよね。私も彩奈ちゃんファンだったから、しばらく体に力が入りませんでした」

いしき「本当に……一番嫌なのが、何が起きたのか、まだ分かっていないことです。彩奈はしばらく休んでいて、ようやく復帰することになって、張り切っていたと思います。彩奈はサービス精神が豊かな子なんで、どうしても連ドラの主演となると張り切ってしまうんですよね。そこで何があったのか……知りたいです。でも、勝手なことを言う人がいて、彩奈が全部悪いみたいな話になっていて、それは許せません」

やわら「2人とも亡くなっているから、どうしても本当のところは分からないよね。馬場さんファンのkitte《きって》さんはいかがですか」

kitte「ショックなのは我々も同じで、何が起きたか知りたいのは上杉さんのファンと同じです。でも、警察のきちんとした発表もないし、噂ばかりが流れて、疑心暗鬼になっているんです。だから、一部のファンが、上杉さんの責任だということを言い出しているのは事実です」

やわら「パニクっている感じかな」

kitte「それに近いです。焦ってる感じもあるかな。とにかく早く真相を知りたいということです。警察が逐一捜査状況を公表してくれたら、こんな風にならないかもしれないけど」

やわら「彩奈ちゃんのファンの中でも、馬場さんを攻撃する声はあるよね。やっぱり焦りみたいな感じ？」

いしき「それもあるし、正直、彩奈よりも年上の馬場さんがいるのに、どうしてあんなことになったのか……止められなかったのかっていう疑問の声はありますよ。彩奈はメンタルにダメージを受けていたわけで、馬場さんは彼女が極端なことを言い出しても、ちゃんと諌《いさ》めるとか止めるとか、そういう大人の対応をして欲しかったという気持ちはあります。ただ、今回の件はどっちが言い出したのか……馬場さんが切り出した可能性もありますよね」
kitte「いや、それはないでしょう。彩奈ファンの人って、彩奈だけが弱者で犠牲者みたいな言い方をするけど、巻きこまれたのは馬場さんだよ？　どう考えても、馬場さんが殺された感じじゃない」
いしき「それは言い過ぎじゃないですか？　どっちのファンも、『真相が分からない』って言いながら相手の責任にするのは、無責任でしょう」
kitte「それは理解してるわけだ」
いしき「お互い様でしょう」
やわら「まあまあ、ちょっと抑えていきましょうよ。今日はお互いの言い分が聞きたいだけだから。いしきさん、彩奈さんは、亡くなる1ヶ月前は元気だったという証言が出てますよね？　2ヶ月前には番組収録でアメリカにも行ってる。番組は私も観ましたけど、リラックスして、すごく元気に見えました。それからすぐにあんなことが起きたわけじゃない？　どういう風に考えているんですか」
いしき「それこそ謎です。全然分からない。でも、馬場さんと本当に不倫していたら、絶対悪影響があったんですよね」
kitte「だから、男だから、年上だからっていう理由で馬場さんに責任を押しつけるなんて、今時流行《はや》らないでしょう。コンプラ的にも問題ある発言ですよ。彩奈ファンって、基本的に依頼心が強いっていうか、誰かのせいにしないと不安でしょうがないんじゃないの」
いしき「でも、馬場さんが精神的に不安定な彩奈に近づいて——」
kitte「そんなことがあったかどうか、誰も分からないじゃない。誰か2人の近くにいて観察してたの？　本人から話を聞いたの？　臆測で物を言ったら駄目でしょう。不倫だって心中だって、男主導で……とは限らないんだから。彩奈さんが馬場さんを引っ張った可能性だってあるよ」
いしき「彩奈はそういう子じゃないから！」
kitte「そういうのは思いこみ。俺たちは、芸能人の実態なんて全然知らないんだから」
いしき「だったら、馬場さんのことも分からないでしょう」
kitte「馬場さんはあちこちでちゃんと語ってるからね。インタビュー記事、自分で書いたもの、どれも家族思いの人っていう素顔が見える」
いしき「家族思いの人が不倫なんかしますかね。そもそも家族思いの演技をしていただけでは？　馬場さんぐらいの演技派なら、ずっとそういう仮面を被り続けることもできるでしょう」
kitte「ほら、そういうのが彩奈ファンの思いこみ、心が狭いところなんだよ。だいたい、トラブってる時って、馬場さん掲示板にそっちが乱入してきて……っていうパターンじゃない。こっちで暴れないで、そっちの内輪で大人しくしていてくれないかな」
いしき「馬場さん掲示板だって、彩奈に対する罵詈雑言《ばりぞうごん》だらけじゃないですか。彩奈が誘って不倫が始まって、心中も彩奈が主導したみたいな。無責任な噂で、彩奈をどれだけ傷つけているか、分かってるんですか」
kitte「そうやって被害者面する——」
やわら「まあまあ……お互いの言い分はだいたい分かりました。どっちも傷ついてるんだよね。それなのに何も分からない……だから責任の押しつけ合いになって、心にもない悪口をぶつけるだけでしょう？　どちらのファンも被害者みたいなものなんだから——」
kitte「あのさ、ここで和解させたいわけ？　冗談じゃないよ。何で芸人上がりのユーチューバーが裁判官みたいなことしてるわけ？」
いしき「私も不愉快です。私たちをアクセス数稼ぎの材料にしてるだけなんでしょう？　抜けますよ」
kitte「同じく。ファンの気持ちを金儲けの材料にしないで欲しいな」
やわら「あ、ちょっと——はい。残念な結果になってしまいました。えーと……私は裁判官でも何でもないし、これでアクセス数稼ぎをしようとも思ってないけど、そんな風に取る人がいたら残念です。観ていてくれた皆さん、ごめんなさいね」

やわらチャンネル・チャット欄
やわら2：あーあ、怒らせちゃった。
シミタン：やわらの腕じゃ、揉めてる2人にまともな会話させるなんて無理だよ。
ジャガー：企画倒れ。アクセス数狙いって言われてもしょうがない。確かにガンガン伸びてるけど笑
LOU：これに味を占めて、ファン同士の対決とかやらせる馬鹿チューバー、出てくるだろうな。
やわら2：やわらもネタ切れなんだよ。ここもそろそろおしまいだね。
市村：やわらもこのところ、登録者数減り気味だから焦ってるんだろうね。
彼方：はい終了、的な感じで。やわら、今までお疲れ様でした。

「日本新報」ウエブ版
上杉さん馬場さん心中　男性から事情聴取
俳優の上杉彩奈さん、馬場直斗さんの心中事件で、警視庁渋谷中央署は7日、「自分が2人に薬物を投与した」と話す男性（37）から事情聴取を始めた。この男性は医療機関で働いていたことがあり、薬物の取り扱いなどに詳しいと見られている。
供述の内容に矛盾はないものの、警察は慎重に調べている。

「東日新聞」夕刊

上杉さん心中事件 元医療関係者を逮捕

「頼まれて鎮痛剤を投与」

俳優の上杉彩奈さん、馬場直斗さんの心中事件で、警視庁渋谷中央署は7日、住所不定、無職・寒川新太《さむかわあらた》容疑者（37）を自殺幇助の疑いで逮捕した。

調べによると寒川容疑者は、10月2日朝、東京都渋谷区内の上杉さんの自宅マンションで、上杉さんと馬場さんに医療用の鎮痛剤を投与して意識不明にさせた疑い。寒川容疑者は「大量のヒプノフェン（アメリカで販売されている鎮痛剤）を服ませるために、別の鎮痛剤で意識を混濁させる必要があった」と供述。「頼まれてやった」と話しているが、誰に頼まれたかについては供述を拒否しているという。

SNSから

Bad パパ @badpapa

逮捕キター！　特定班、早く正体暴いて！

mita_mita @mita2mita

頼まれたっていうのがホントなら、こいつは黒幕じゃないわけだよね。黒幕は別にいて、こいつは実行犯ってことになると、闇が深いわ。

hipshotmari @hipshot_m

こいつ、やばい人間だった。以下、当時の新聞記事から貼りつけ。←

2019年2月8日 10:15:21配信

警視庁新宿中央署は8日、病院職員寒川新太容疑者（32）を窃盗の疑いで逮捕した。調べによると寒川容疑者は、勤務先の病院のロッカールームで、同僚の財布から16万7千円を盗んだ疑い。同病院では、ロッカールームから頻繁に金品がなくなっており、警察に相談していた。

寒川容疑者は、同病院で看護師として働いていた。

Bad パパ @badpapa

盗人野郎か。病院を叩き出されて金に困ってるところを、誰かに声をかけられてやっちまった感じかな。

幸の火 @sachi_fire

病院の件、被害額も大したことないし、初犯だったら執行猶予もつくはずだけど、仕事はなくなるだろうね。こういう輩《やから》を雇う病院はないはずだし。だから、金に困ってたのは間違いない。

hipshotmari @hipshot_m

面白情報ゲット。こいつ、ドラフトにかかりそうな野球選手だったんだよ。甲子園に2回出てる。だけど怪我して、野球は断念、回り道して看護師へ……らしい。その記事も見つけた。←

2012年6月8日 14:15:15配信

人生の曲がり角

元野球選手・寒川新太さん（25）

「はい、大丈夫ですよ。ちょっとだけ我慢して下さい。ああ、いいですね。頑張りました！」

よく響く声が、患者を元気づける。しかし寒川は「時々、声が大き過ぎるって怒られる」と苦笑いする。

都内の総合病院。この春から看護師として勤務し始めた寒川の声が大きいのには理由がある。寒川は春夏合わせて甲子園に17回出場している栃木の野球名門校・栃木学院高出身で、自身も2回、甲子園の土を踏んでいる。ポジションはキャッチャー。守備の要《かなめ》として内外野に指示を飛ばし、ベンチからは味方バッターに応援を送っているうちに、チームで誰よりも声が大きくなった。

高校野球ファンなら、甲子園での寒川の活躍を知っているだろう。特に3年夏の大会では、チームを引っ張る強打者として打ちまくり、栃木学院高は優勝候補にも挙げられていた。

しかし、準々決勝で悲劇が見舞う。

ここまで打率4割超えでチームを引っ張った寒川は、この試合でも第1打席にホームラン、第2打席でもツーベースヒットを放つなど当たっていた。しかし5回、相手打者のファウルボールを追って味方ダグアウトに突っこんで転倒、右肘骨折の重傷を負い、この時点で試合から退いた。

これが寒川の不運の始まりだった。

既にプロから注目されていた寒川だが、怪我の影響もあり、プロ野球志望届を出さずに大学に進学した。東都大でさらなるレベルアップを狙っていたが、故障が続き、右膝靭帯断裂では、1年近く野球から離れざるを得なかった。満足のいく成績は残せず、プロからの指名もなかった寒川は、ここでまったく違う「夢」を追い始める。

「靭帯の怪我でリハビリしていた時、看護師さんや理学療法士の人たちにお世話になった。泣き言を言った時は慰められ、時に怒られ、人はこんなに優しく、そして強くなれるのかと感動した。自分は怪我で野球ができないだけだが、命に関わる怪我を負って、そこから何とか普通の人生を取り戻そうとする人がいて、それを応援する人がいる——そうやって人を応援したり励ましたりするのが自分の性に合っていると感じた」

そこで寒川は、大学を卒業後に専門学校に入り、看護師としての道を歩み始めた。何より痛感したのは、体力の大事さ。単に力が強いだけでは済まされず、徹夜になっても患者に笑顔で対応できるタフさも必要だと知った。そしてここでも多くの出会いがあり、時に挫折しそうな寒川を支えてくれた。

「看護師の仕事もチームワーク。いつか自分は、その扇の要のような存在になりたい」

そして、晴れて看護師の道を歩み始めた寒川がこれから取り組んでいきたいのが、スポーツに取り組む若い選手たちのケアだという。

「自分もたくさんの人に世話になって、何とか怪我を乗り越えられた。そういう経験を伝えてあげたいし、たくさんの怪我を経験した人間だからこそできる看護を目指したい。怪我で、夢を諦めて欲しくない」

そう語る寒川の目は、グラウンド全体を見渡すキャッチャーのように、「次」を見据えているようだった。

Bad パパ @badpapa

この純真な青年が、あっという間に転落するわけね。しかし、医療用の鎮痛剤なんて簡単に手に入るんだろうか。現役の医療関係者が裏にいる可能性大だな。

mita_mita @mita2mita

彩奈か馬場に直接頼まれたとしたら、接点がよく分からない。闇サイト？「自殺の手助けします」なんてこと、あるのかね。

服部たいすけ @taisuke_hattori

さすがに闇サイトにも自殺幇助はないと思うけど、何らかの形で「やばいことの手助けして下さい」なんていう感じはあるかもしれない。情報はいろいろな形で流せるだろうし。

Bad パパ @badpapa

怪しいのは、彩奈のパニック障害を治療していた病院じゃないかな。実は治療が上手くいってなくて、彩奈が全部ぶん投げたくなったから手を貸したとか。

月まで飛ぶ @fly_to_moon

病院が絡んでいる話はありそう。私立の病院なんて金儲けしか考えてないわけで、金さえもらえば裏の商売してるヤバい奴を紹介するんじゃないかな。あまり表に出てないけど、麻布総合クリニックにそういう噂、あるよね。

三上の父 @mikami_father

麻布総合クリニックか。最近、芸能人とかスポーツ選手がメンタルやられた時によく行く病院だよね。だから秘密厳守は徹底していると思うけど、そういう闇商売みたいなところとつながってるんだろうか。

Bad パパ @badpapa

基本、金持ちが金出せば何でもできるのが今の日本だから。「楽に死にたいけど上手い手は？」って聞かれて金を積まれれば、専門家が「ご提案させていただきます」って感じじゃないかね。

三上の父 @mikami_father

麻布総合クリニック、電凸《でんとつ》してみるか。間違いだったら訴えられそうだけど笑

「麻生総合クリニック」オフィシャルサイトより

当クリニックに対する、目に余る誹謗中傷がネット上で流れていることが分かったので、注意喚起させていただきます。

亡くなった俳優の上杉彩奈さん、馬場直斗さんに関して、当クリニックがその死に関与しているという無責任な情報が流れていますが、全て根拠のない噂です。おふたりの死に当病院が関わっているということは一切ありません。

また、上杉さんが当クリニックでパニック障害の治療を受けていたという情報もネット上で流れていますが、否定も肯定もしません。当クリニックでは、どのような方が治療を受けているか、あるいはいないかについて、一切情報を公表していません。どのような病気であっても、患者様のプライバシーが守られるのが第一と考えて、これまで病院を運営してきました。この方針は今後も変わりません。今回のネットでも無責任な噂に対しては、職員一同、それに患者様もショックを受けており、一部医療行為に悪影響が出ています。悪質な営業妨害として警察に相談すると同時に、民事訴訟の準備も始めています。

無責任な発言などで、医療行為を妨害するようなことは避けていただきたく、ここで強くお願い申し上げます。

「日本新報」ウエブ版
寒川容疑者　自ら出頭

俳優の上杉彩奈さん（28）、馬場直斗さん（37）に鎮痛剤を投与したとして、自殺幇助の疑いで逮捕された寒川新太容疑者（37）は、自ら渋谷中央署に出頭していたことが分かった。

渋谷中央署では、2人の腕に注射痕があり、体内から鎮痛剤として使われる医療用麻薬の成分が検出されていたことから、何者かが2人に医療用麻薬を投与したと見て調べていた。

寒川容疑者は看護師として病院での勤務経験があり、鎮痛剤の投与については「胃カメラや大腸内視鏡の検査などの時に投与するのを何度も手伝っていた」と供述していて、自身の知識を利用して鎮痛剤の投与を行った疑いが持たれている。
寒川容疑者はさらに、「これまでにも、頼まれて注射などの医療行為を行っていた」と供述しており、他の事件にも関わっていた可能性があるとして、警察では慎重に調べている。
ただし、今回の件を誰に依頼されたかについては「言いたくない」として供述を拒否している。

東テレ「ワイドアフタヌーン」

宮本光一「さあ、今日も上杉彩奈さん・馬場直斗さんの心中問題についてお届けします。急展開で、2人に薬物を投与した寒川新太容疑者が逮捕されました。寒川容疑者は看護師として病院勤務の経験があることから、医療関係者の倫理観が問われると同時に、誰が寒川容疑者に依頼したかがポイントになっています。まず、警視庁クラブの坂下さんに、現在の捜査の様子を聞きます。坂下さん、警察の調べはどこまで進んでいるのでしょうか」

坂下「警視庁クラブです。寒川容疑者は、この事件を捜査する渋谷中央署に自ら出頭し、鎮痛剤になる医療用麻薬を点滴で2人に投与した、と自供しました。そのため、警察では寒川容疑者を逮捕しましたが、肝心の『誰に頼まれてやったか』という質問に関しては、黙秘を貫いているようです。しかし、この他にも注射や点滴などの医療行為を個人で勝手にやっていたことは認めており、渋谷中央署では慎重に調べを進めています。また、都内の寒川容疑者の自宅を家宅捜索したところ、注射器や注射針、点滴に使う用具などの医療機器が多数発見されたということで、寒川容疑者が個人で医療行為を行っていたことが明らかになっています」
宮本「闇治療という言葉も出ているようですが」
坂下「そうですね。病院などではなく、しかも医師免許を持たない人間が勝手に薬物などを投与して治療行為をした場合、薬事法など様々な法律に違反する可能性があります」
宮本「坂下さん、今回の件で一番気になるのが、一体誰が依頼したかということですよね。自殺幇助の容疑で逮捕されたのですが、2人の自殺を手助けすることを誰に頼まれたのかが分かっていての逮捕ではないのですか」
坂下「この容疑について警察は、あくまで鎮痛剤を投与したという行為自体を問題視していて、詳細については今後の捜査で詰めていく方針です。亡くなった2人が直接寒川容疑者に頼んだのか、誰か仲介する人間がいたのか、警察では慎重に調べを進めています」
宮本「はい、坂下さん、ありがとうございます。さて、下倉《しもくら》先生、事態は意外な方向へ動き始めました」
下倉茉希《まき》（整形外科医）「予想もしていなかった展開で、医療関係者としては極めて残念なことです。仮にも、一度でも医療行為に関わっていた人間が、自殺に手を貸すというのは、あってはならないことです。普通の人が自殺に関わるよりも、専門知識がある分、むしろ罪は重いと思います。自分が持っている専門知識で、人が自殺するのを手助けしたわけですから」
宮本「この寒川容疑者ですが、以前勤めていた病院で、同僚の財布などを盗んだとして逮捕、解雇されています。この病院で話を聞くことができました」

看護師「はい、仕事は真面目にやっていました。体が大きくて、力仕事が得意で、スタッフも患者さんも頼りにしていたんですが、金遣いは荒いという噂があって――はい、ええ、パチンコみたいですね。勤務時間以外は、だいたいパチンコ屋に入り浸っていたようで、懐《ふところ》具合はかなり苦しかったようです。更衣室で財布がなくなる事件が何件か続いて、それで……はい。真面目な子だと思ってたんですけど、残念です。その後ですか？　分かりません。こういうことで逮捕されたので、病院などで勤務するのは難しくなっていたと思います」

宮本「パチンコで懐具合が苦しくなって、同僚の財布に手を出したということですね……この寒川容疑者、甲子園に2度出場した高校球児でもありました。将来を期待されていましたが、度重なる怪我でプロ入りは叶わず、自分と同じように怪我で苦しむ人を助けようと、大学卒業後に看護師の専門学校に入り直した苦労人です。それがこういう事件に……やはり以前逮捕されたことが、契機になってしまったんでしょうか」

下倉「残念ながら、医療関係者がプライベートでも常に優等生というわけではありません。問題を起こす人は昔からいました。別に、パチンコをやってもいいんですが、そこは節度を保たないと、こういうことになるんですかね」

宮本「こういう、闇の医療行為みたいなことは一般的なのでしょうか」

下倉「残念ながら、繁華街などでは稀《まれ》に見られます。ニーズがあってのことなのでしょうが、やはり危険なので、体調が悪い時には病院へ行くようにして下さい」

宮本「医療関係者――元関係者というべきでしょうか、そういう人が自殺に手を貸すという事件は、過去にもあったのでしょうか」
下倉「私は知りませんし、さすがに自殺を幇助するような事件はなかったと思いますが……これまでの話を総合すると、自殺幇助の一段階前まで手助けしていた感じです。2人が服用していたのはヒプノフェンという薬だということは判明していますが、ヒプノフェンは非常に服みにくく、大量に服用することが難しいんです。あらかじめ鎮痛剤を投与することで苦しさがなくなり、大量服用が可能になったのだと思いますが、医療用の麻薬を投与するとほぼ意識がなくなるので、自分の意思でヒプノフェンを大量服用することは難しいと思います。だから、誰かがいて指示したと思うのですが……」
宮本「医療用麻薬で意識がない時に、誰かの指示に従えるものでしょうか」
下倉「例えば、歯の治療をする時にも、このような鎮痛剤を使う時があります。インプラントの手術などの場合ですね。鎮痛剤が効いている時でも相手の声は聞こえて体を動かすことはできます。そうしないと『口を開けて下さい』『右を向いて下さい』という指示に従えませんよね。ただし、鎮痛剤の投与をやめて意識が戻っても、効いていた時のことは覚えていないんですね」
宮本「寒川容疑者は、自分がヒプノフェンを投与したかどうかについては供述していません。ということは、さらに別人がいて、ヒプノフェンを使った可能性も出てくるわけですね。堂場《どうば》さん、いかがですか」
堂場瞬一《しゅんいち》（作家）「この事件、私見ですが、どんどん事態が複雑になっています。当初は2人が心中を企てて、1人だけが生き残っていたという、心中では珍しくないケースだったんですが、2人が鎮痛剤を投与されていたことが明らかになってから、事件の真相はまったく分からなくなっていますね。しかし、寒川容疑者の調べは進んでいないので、真相の解明はこれからです」

宮本「その場に、さらに別の人がいたという可能性は……」

堂場「否定はしませんけど、そもそも事件っていうのは、案外単純なものなんですけどねえ。複雑なのは、小説の中だけですよ。可能性としては、寒川容疑者は鎮痛剤を投与して2人を眠らせただけで、もう1人の人物がヒプノフェンを服用するよう指示したということもありますが、どうかな。あくまで可能性の話だけで、そこまで複雑な事態が進行していたとは思えません」

宮本「だったら、最初から最後まで寒川容疑者がやったと……」

堂場「それも可能性の一つですが、この時点では、あまり推測でものは言いたくないですね。実態は、おそらく単純なはずです。でも、警察の調べを待つしかありません。寒川容疑者の行動もかなりおかしいというか矛盾がありますが……自ら出頭して犯行を半分だけ自供したようなものでしょう？　やったことが怖くなって出頭するのは分からないでもないですが、誰かを庇っているような感じもするんですよね」

宮本「それが、ヒプノフェンを投与したもう1人の人物……」

堂場「あくまで可能性の話です。これ以上は余計なことは言わない方がいいですね」

宮本「はい、ではまた新しい情報が入りましたらお届けします。続いては、もう年の瀬の話題が入ってきています」

ブログ「夜の光」

展開が早過ぎて追いかけられない皆さんのために、この事件の構図を分かっているところでまとめよう。分からないところは「●」、推測の部分は「?」にしてあるから、あとはこの穴を埋めるだけで真相が分かるんじゃないかな。ただし、あくまで管理人の考えです。

?上杉彩奈、馬場直斗が何らかの理由で心中を決意→ヒプノフェンを使って死ぬことにした→?試してみたら大量に呑めない→?2人は胃カメラなどで鎮痛剤を経験していて、それを使えば何とかなるのではと思った→●誰かに鎮痛剤を投与してくれるよう依頼→看護師の経験がある寒川が2人に鎮痛剤を点滴で投与→誰かが指示してヒプノフェンを呑ませた→上杉彩奈は遺体で発見される

「?」と「●」だらけだな。この穴を埋めるのは、我々には無理だろう。警察の奮起に期待する。

一つ言えることとは、別の第三者がいたんじゃないかっていうこと。調べたんだけど、寒川は自分でこういうやばい商売を展開していたわけじゃない。別に誰か窓口がいた感じで、そいつが最終的にヒプノフェンを与えて2人を殺したんじゃないかな。

そういう人間を炙《あぶ》り出すのは、そんなに難しくないと思う。闇サイトなんかで依頼を募集し

てそうだけど、それはないかな。闇サイトは表に出てこないって言われてるけど、警察は絶対チェックしてるから。それこそ、表に出ない闇の関係があるんだよ。ネットだけが、やばい商売を上手くやる方法というわけじゃないし。

例えば、元医者が絡んでることも考えられるんじゃないかな。何らかの形で医者を廃業する人もいるわけで、そういう人がかつての医療知識を活かして闇医療をすることは考えられる。意外なジイさんとかね。ただ、そういうジイさんに動いてもらうためには、やっぱり窓口みたいな存在が必要だと思う。

窓口、ハブになる身軽な人間がどこかにいるはずなんだ。そういう人間は簡単には捕まらないように防御しているはずだけど、ここは警察との勝負かな。意外な形で、闇の大病院みたいなものが姿を現すかもしれないね。

まあ、このブログでも「?」や「●」の部分を埋めていけるように情報収集します。この件では、いい加減な情報が流れ過ぎて、ネット民のおもちゃになったからね。たまたま起きた事件を暇潰しの材料にするのはあまりいい趣味じゃないから、早く真相が分かった方がいいと思うんだ。真相が分かれば、案外つまらなくて皆離れるだろうから。ぎりぎり追い詰められて死んだ2人に罪はないよ。静かに眠ってもらうために、ここでもちょっと手助けできるといいと思います。

12月8日㊎

神尾誠（起業家・インフルエンサー）の生配信　ゲストは同じく起業家の浅倉真子

神尾「はい、今日もお届けします。神尾です。ゲストは今日も浅倉さんに来てもらいました。真子ちゃん、よろしくお願いします」

浅倉「よろしくお願いします。神尾さん、今日はテンション高くない？」

神尾「上杉馬場問題、急展開じゃん？　これまでも、配信で何回か取り上げてきて、うち、この件のエキスパートみたいになってるでしょう」

浅倉「エキスパートって（笑）」

神尾「それで、実はね、今日は爆弾的なネタを用意してます」

浅倉「また、アクセス数稼ぎで」

神尾「それは否定しないんだけど（笑）、このネタが本当なら、事件は一気に解決かもしれないよ」

浅倉「じゃあ、しっかり聞きましょう」

神尾「上杉さんと馬場さんに鎮痛剤を投与したということで逮捕された奴、いたじゃん？　寒川だっけ？　こいつがどうやってあの2人と接触したかが謎になってたわけですよ。寒川って、勤めていた病院で同僚の財布を盗んで馘《くび》になって、それから働いてもいなかったんだよね。だから、金に困って闇商売に手を出してもおかしくないんだけど、うちのスタッフが、その連絡先らしきものを見つけ出したのよ」

浅倉「やだ、怖い」

神尾「いや、怖くはないけど、そんなものが実際にあるなんて驚きだよね。こんなの、携帯があれば個人でも商売できるだろうと思ってたけど、ちゃんと事務所があるみたいなのね。たぶん、携帯を使うと足がつきやすいとかの事情があるんじゃないかな。闇医者というか闇病院というか、無許可で治療をする人間に対する連絡役みたいな人を見つけたわけです。それでね、うちのスタッフは探偵仕事が大好きなんで、近所の聞き込みをやったんですよ。そうしたら、その部屋に馬場直斗さんが出入りしていたことが分かった」

浅倉「ええ？　本当に？　怖いんですけど」

神尾「電話もない、メールも受けないってなったら、直接そこを訪ねて頼むしかないわけよ。証拠が残らない形でね。電話もメールも、やり取りの証拠が残るから、何らかの形で知って、直接訪ねていくしかないわけ。馬場さんがそこに何度か行っていた――うちのスタッフは、ここを闇の事務所と呼ぶことにしました。闇の医療関係者に紹介する闇の事務所ね」

浅倉「そんなこと、本当にあるんだ……」

神尾「俺も信じられなかったけど、あるんだねえ。それでうちとしては、近々ここに直撃しようと思ってます。闇の事務所から生配信しちゃおうかなって」

浅倉「それ、やばくない？　殺されちゃうかもしれないよ」

神尾「うちの事務所には、力自慢が多いんでね。ガードマンとして5人ぐらい引き連れて、行っちゃおうかなって」
浅倉「でもそれって、神尾さんの仕事じゃないでしょう？　そんなことに手を出して、本業の方、大丈夫なの？」
神尾「全然平気。今はこういう配信が本業みたいなものだしね。リアルのビジネスは、優秀なスタッフに任せて安泰だから。あのさ、殺されたユーチューバー、いるじゃない」
浅倉「hossy？」
神尾「あの人さ、ひどいヘマもしたけど志は尊敬できるんだよ。既存メディアが取材しない、書かないようなことに果敢に突っこんでいったわけだから。ただし、やり方が下手なんだよね。1人でやることには、どうしても限界があると思う。何人かで行けば、相手もプレッシャーを感じて変な手出しはできなくなる。取材の情報を共有することで、何かあってもそのネタは埋もれないで世に出るからね」
浅倉「何か企んでない？　生配信がって言ってるけど、これってそんなにお金になるわけじゃないでしょう」
神尾「あ、バレてる？」
浅倉「バレバレだよ」
神尾「実は、新しいメディアを作ろうと思ってるんだ。今回、上杉馬場問題で色々やって、世間の動きを見て考えたんだよね。例えば、ここに出てもらったことがあるけど、インチキネタを出して炎上した365ニュースってあったでしょう」

浅倉「今もあるよ」

神尾「いや、もう死んだも同然じゃない。あれって、オールドメディア出身の人間がやってる、オールドメディアスタイルのウエブメディアなわけよ。新聞やテレビで流してればいい情報を、何故かネットで流すっていう。それって、ネットじゃなくてもいいわけで、とにかく考えが古いんだよ。インターネットが普及してから四半世紀も経つのに、ネットの特性を活かしたニュースメディアって、まだ存在してないわけよ。色々な人が色々なことをやったけど、全然跳ねないか、長続きしないか。この辺で、まったく新しいニュースメディアができてもいいと思うんだ。収益性も含めて、私が生み出しますよ。そのための第一弾が、闇の事務所の調査です。どうぞ、お待ち下さい！」

ネットニュースサイト「365ニュース」コラム 24/365

当サイトを揶揄《やゆ》する声は以前からあった。インタラクティブなネットの舞台で何かやる以上、攻撃を受けることは覚悟している。しかし時にはその攻撃の度が過ぎることもあるし、攻撃してきた本人が馬脚を現すこともある。

様々なベンチャー企業を立ち上げては潰してきた起業家の神尾誠氏が、8日行った生配信で、新しいニュースサイトの立ち上げを宣言した。まだ具体的ではないものの、これまでにないネット上のメディアを作ると宣言している。

その志については批判するものではないが、神尾氏は365ニュースについて誤解して語っていたので、このコラムで訂正しておきたい。

神尾氏は、365ニュースを「オールドメディア出身の人間がやってる」と説明したが、正確には「オールドメディア出身の人間もいる」である。創業者の編集長・島谷幸太郎は日本新報経済部の出身だが、他の多くのスタッフは、新聞以外の業界から来ている。また今は、365ニュース立ち上げ以降に新卒採用した記者たちが主力になっており、このことからも「オールドメディア出身の人間がやってる」というのは事実誤認だ。

また「オールドメディアスタイルのウエブメディア」という揶揄も、現状に合わないものだ。365ニュースではサービス開始当初から、インタラクティブなシステムを採用している。ユーザーが感想を書きこむような仕組みだけではなく、ユーザーからの情報提供で、1つのニュースを作り上げることも珍しくない。特に災害などでは、現地から送ってもらった画像・映像と情報を基に、365ニュースのスタッフが信頼性の高いニュースに作り上げる。ユーザーとスタッフが協調してニュースを提供する、まったく新しいスタイルのニュースサイトなのだ。

また「ネットじゃなくてもいい」ニュースという言葉があったが、ネットだろうが新聞だろうがテレビだろうが、伝える必要のあるニュースはあると弊社は考える。もちろん独自ニュースこそメディアが追うべきものだが、横並びになろうが、絶対提供する必要のあるニュースというものもある。例えば内閣総辞職をニュースにしないメディアに意味があるだろうか。災害を無視できるだろうか。人は様々なメディアに触れる。多くのメディアが同じニュースを掲載することで「抜け」がなくなるわけで、複数のメディアが同じニュースを掲載する意味はあるのだ。

神尾誠(起業家・インフルエンサー)の生配信

神尾「はい、神尾です。ちょっと緊急で言いたいことがあるんでね、1人でお届けしますね。

昼に真子ちゃんとやった生配信で、365ニュースのことを喋ったら、突然向こうが必死で反論のコラムを書いてきました。何か、笑っちゃうよね。さもメディアの使命は！　みたいな感じで書いてるんだけど、無様な自己弁護って感じです。

だいたい365ニュース、独自ニュースがどうこう言ってたけど、その独自ニュースとやらがいい加減だったわけじゃない。俺、正直あの時点で、365ニュースを見限ってたんだよね。

あそこってさ、記者がわざわざ、会社の発表文とかを記事に書き直してるわけでしょう？　そんなことに人手をかけて、バカらしくないのかね。どうせ企業の発表文を、ちょっとスタイル変えて記事にするだけなんだから、AIで十分じゃない。人件費をかけて、出てくるニュースはAIが生成したものに劣るんだから、何をか言わんやだよね。そういうのがオールドメディアチックだっていうの。あそこって、絶対利益出てないだろうけど、どこかスポンサーいるのかね。いないとしたら、潰れるのも時間の問題でしょう。志だけ一丁前で、金はない、出てくる記事はどこかで見たようなものだけ……編集長の島ちゃん——島谷幸太郎は日本新報出身か。潰れそうな新聞を飛び出してきたと思ったら、潰れそうな新聞のネット版を作ってるだけっていう、皮肉な話ね。
　そうだ、島ちゃん、金ないなら、貸しましょうか？　今、まったく新しいメディアを作ろうとしてるから、おたくのガワだけもらってうちが作り変えてもいいな。島ちゃんが健筆を振るう余地ぐらいは残しておくから、もう経営は諦めて手放しませんか？　うちはいつでも大歓迎だから」

SNSから

Bad パパ @badpapa
いやいや、変な場外乱闘始まっちゃったよ。神尾誠と３６５ニュースって、異種格闘技戦みたいな感じ。だけど神尾って最近、余計なことに口出し過ぎだよね。ニュースで切り取りされて炎上するのを待ってる感じ。
雅の朝 @miyabi_morning
まあ、神尾って名前にはまだニュースバリューがあるから、マスコミも切り取りのコタツ記事を出すんだろうけど、正直、賞味期限切れ間近だよね。起業家って、新しい会社を立ち上げなくなったら存在価値ないじゃん。
246_246 @246_246
神尾が３６５ニュースを買収したら、共倒れだよね。一時でも話題になってマネタイズにつながればいいっていう考え方かも。実際には、すぐに手放して、３６５ニュースはおしまいでしょう。

Bad パパ @badpapa

神尾が365ニュースを古いって言ってるんだけど、神尾の煽《あお》り方も古いんだよね。YouTube初期とか、生配信が始まった頃に、よくあいう輩がいた。5秒で人を怒らせるテクニックは大したもんだけど、そんなの、アクセス数稼ぎにもつながらない。

神尾ファン @kamio_fan

このアカウント変えようかなってぐらいダサイ。神尾ウォッチングをずっと続けてたけど、正直、最近ワンパターンになってきたんだよね。神尾って、もう48だし、ネタ切れになってるんだよ。プログラマーは30歳までだし、お笑いの世界でも50になって面白い人ってほんの一握りでしょう。神尾は、楽して金儲けできるって知ってから、駄目になったと思う。

神の涙 @godtears21

365ニュースもジリ貧《ひん》らしいし、沈没していく船同士の争いか。正直、ネタだとしても面白くないし、放っておくのが一番かな。

ブログ「夜の光」

上杉馬場問題って、あちこちに飛び火しがちだよね。今度は駄目メディアの365ニュースと、起業家兼インフルエンサー（笑）神尾誠のバトルが始まった。これまでも上杉ファン対馬場ファンのバトルとかがあったけど、今回はちょっと色合いが違うかな。直接関係ない連中同士が勝手に喧嘩を始めたわけで、世の中的にはどうでもいいことだ。

ただし、ことの始まりが上杉馬場問題ということは忘れずに、しっかり分析しておく必要があると思う。

この問題が異常に人目を引くのは、2人が有名な俳優だったせいもあるけど、穴が多過ぎるからだと思う。だから自分なりにあれこれ推理して一言言いたくなる——そうすると意見が違う人が出てきて、正面から衝突してしまう。こんなことの繰り返しだったと思う。

心理学的・社会学的に検証すべき事案になってしまったわけで、そろそろこの件を真面目に論文にするようなセンセイが出てきてもおかしくない。

このサイトで真面目な検証をやろうかと思っていたけど、つい面白くなって、「?・」や「●」が大量に入ったフローチャートを作ってるぐらいだから、そんなことをする権利はないよね。どなたか、この件を興味本位でなく、社会学的に真面目に研究して、記録を残して下さい。

さて、365ニュースと神尾だけど、結果から言えばこれはヤラセだと思う。365ニュースは発足当初からほとんど話題にならずに会員数も増えていないみたいだし、神尾は金が尽きたのか、情熱を無くしたのか(あるいは両方か)、最近は新しいビジネスを始める気配がない。今は、配信が主な仕事みたいになっている。

この2人の負け犬が裏で手を組んで、最初は友好的に一緒に配信→その後突然互いに罵り合い→しかし早いタイミングで手打ちして、何か共同でやる→それをきっかけに神尾が365ニュースを買収→金を手にした島谷は海外逃亡→神尾は365ニュースを適当にいじってあとはポイ捨て、という流れになるだろう。

この神尾と、365ニュースの編集長・島谷幸太郎っていうのは、本人たちも言ってたけど、学生時代からの知り合い。島谷は神尾の生配信に登場した時に、誤報の言い訳をしてた。その時の様子は、いいオッサン同士がじゃれてる感じなわけよ。2人とももうすぐ50ですよ。50に手が届こうというオッサン2人が喧嘩の真似事《まねごと》をして、アクセス数稼ぎに汲々《きゅうきゅう》としてるっていうね。

2人が裏で組んでいる証拠は握っているけど、それはここでは言わないでおく。一つだけ言っておきたいのは、2人のうちどちらかの内部から出てきた情報ということです。神尾も島谷も、大したスタッフを飼ってないわけですね。簡単に内部の秘密を漏らしてしまうようなスタッフは排除しないといけないけど、誰に聞いたかは教えない。2人には疑心暗鬼でいてもらいましょう。

東テレ「イブニングゴー」

木宮佳奈子「こんにちは。1日のニュースをまとめてお送りするイブニングゴーです。今日はまず、速報です。

俳優の上杉彩奈さん、馬場直斗さんの心中問題で、自殺幇助容疑で逮捕された寒川新太容疑者が、『自分は2人と直接話していない。会ったのは、鎮痛剤を投与した時が初めて』と供述していることが分かりました。寒川容疑者の供述は曖昧ですが、警察では誰か仲介役がいたと仄めかしていると見て、さらに厳しく追及しています。このニュースは、後ほど詳しくお届けします。

はい、ここからは特集です。上杉彩奈さん、馬場直斗さんの心中問題で、2人に鎮痛剤を投与したとして逮捕された容疑者の存在がクローズアップされましたが、イブニングゴーでは、病院などではなく個人で闇治療を行っている人物との接触に成功しました。その模様をご覧下さい」

記者「今私は、都内でも有数の繁華街に来ています。ここで、無許可で『病院』を経営している人物がいるという情報を得て、やってまいりました。こちらのビルです。普通の飲食店ビルで、1階から7階まで様々なお店が入っていますが……この3階に『病院』があるということなので、これから訪ねてみたいと思います。看板はないですね」

医師（首から下しか映っていない。声は変換している）「ここ？　2年ぐらいになるかな。そろそろ引っ越します。いや、この街の中でね。ここにはうちを頼りにしてくれる人も多いから、この街にはいる」

記者「ここは病院、ということではないんですよね」

医師「正規の診察はしていません。保険証も見ないし、常に現金扱い」

記者「どんな方が来るんですか」

医師「基本的には、この街で働いている人たち。繁華街だから、いろいろなことがあるんですよ。はめを外し過ぎて急性アルコール中毒になる人もいるし、喧嘩で怪我する人もいる。もちろん、急に体調を崩す人もいて、皆ここへ駆けこんでくるんです。夜の街だから、ここも午前2時まで開けてます」

記者「こういう形で仕事を始められたのはいつからですか」

医師「もう10年になるかな」

記者「その前は？」

医師「普通に病院に勤務してたけど、同じことの繰り返しで何だか虚しくなってね。別の方向へ行こうと思った時に、先輩からこういう商売を紹介されて」

記者「違法だという認識はあるんですよね？」

医師「それは分かってます。だから、こういう取材を受けるのも本当はまずい。でも、こういう繁華街にはいろいろな事情を持った人が集まってて、そういう人たちを助ける仕事にも意味はあると思う。最近は、外国人の患者さんが増えたね。お互いに言葉が通じない中、何とかやり取りして治療ができた時はほっとする。後で、そういう人がお礼に来たりすると、こういう商売をやっているのは悪くないなとつくづく思いますね」

記者「違法な仕事ということは、いつかはできなくなる可能性が高いですね」

医師「そうなったらなったで、しょうがないね」

記者「電話機もないということですが……」

医師「基本的には、何かあったら来てもらう感じです。そこはいろいろ事情があるので、患者さんは分かってくれているし」

記者「他にも、こういう『病院』はあるのでしょうか」
医師「あるでしょうね」
記者「俳優の上杉さん――」
医師「ああ、あれで逮捕された奴？　直接は知らないけど、ああいう医療行為をやっている人間もいますよ。その存在意義は、否定も肯定もしないけど」
記者「どうやってそういう人に辿りつくんですか？」
医師「私は縁がないけど、紹介業務を取り仕切っている業者がいる。この業界では『事務所』とか呼ばれてるけど、私はそういうところとはつき合いがない」
木宮「現場からのリポートでした。金曜コメンテーターの倉田《くらた》さん、いかがですか」
倉田紗綾《さや》（精神科医）「私のように、病院勤務で医療業務をやっている人間にすれば信じられないことなんですが、実際に繁華街などでこういう闇医者……闇医者というのは言葉が悪いんですけど、無許可で診察をしている人がいる、という話は聞いたことがあります。普通に病院などで治療を受けられない人を対象に、診察するわけですね」
木宮「外国人とか」
倉田「何らかの事情で保険証を持っていない人とか。病院に身元がばれるとまずい事情がある人もいます。ただ、こういう行為は決して褒められたものではないですからね。違法ですし、摘発される可能性もあるわけで、その結果、患者さんに迷惑がかかる恐れもあります」
木宮「上杉さん、馬場さんの心中にも、このように闇の医療行為を行っていたとされる寒川容疑者のような人物が絡んでいたわけですが……先ほどのインタビューで出てきた『事務所』の存在が気になりますね。倉田さん、こういう『事務所』について聞いたことはありますか？」
倉田「要するに仲介業者、みたいな感じでしょうか。私は聞いたことがないですけど、あってもおかしくないですね。緊急ではない医療行為を受けたい人が、自分の希望にマッチする医者を探したい――この場合の医者は、先ほどの方のように闇営業されている方のことです――けど、当然闇営業の病院は、どこで調べても連絡先が分からないんですね。所在や連絡方法を取りまとめている人がいてもおかしくないと思います」
木宮「私たちも普段、病院のお世話になっているんですが、こういう世界もあるということなんですね」
倉田「日本は皆保険制度で、誰でも医療の恩恵を受けているイメージがあるんですが、実際にはそうでもないんです。ただし、こういう裏の医療行為の場合、きちんとした医療器具や薬剤などが揃っていないことも想定されますから、しっかりした治療が受けられるとは限りません。気をつけていただきたいと思います」
木宮「はい、この『事務所』については、イブニングゴーで取材を続けて行きたいと思います。寒川容疑者が犯行に走った背後に何があったのか、それを調べていきます」

「東日新聞」夕刊
「仲介業者」介在か　上杉さん、馬場さん心中俳優の上杉彩奈さん、馬場直斗さんの心中問題で、2人に鎮痛剤を投与したと自供している寒川新太容疑者（37）が「知らない人間に頼まれてやった」と供述していることが、捜査関係者への8日までの取材で明らかになった。

寒川容疑者はこれまでも、知り合いに簡単な治療を施《ほどこ》して金を受け取っていたが、今回、まったく知らない人物から突然、「自殺の手助けを頼みたい」と連絡が入ったという。報酬は100万円で、自殺の前段階として、医療用麻薬を点滴することを求められたという。

ただし寒川容疑者は、医療用麻薬を投与したことは認めているものの、2人の心中には直接手を貸していないと供述している。第三者が関与していたことを仄めかしており、寒川容疑者は、2人に麻薬を投与した後で、点滴の道具を片づけて部屋を出た、と証言している。

このため警察では、自殺幇助を仲介するような人物が他にもいたと見て、上杉さん、馬場さんの電話などの記録を解析して調べている。


「夕刊サン」
事務所関係者が関与か　上杉・馬場心中問題

俳優の上杉彩奈さん（28）、馬場直斗さん（37）の心中問題で、2人の事務所関係者が事件に関与していた可能性が浮上した。

2人に対しては、自殺幇助容疑で逮捕された寒川新太容疑者が「頼まれてやった」と供述しているものの、依頼してきた相手は「知らない人間だった」としている。

捜査関係者によると、違法な医療関係者を紹介する業者がいて、寒川容疑者はこの業者から仕事を依頼されたものと見られている。

心中した2人から相談を受けてこの業者を探し出したのは、2人の事務所関係者と見られている。警察が、関係者の携帯の通話記録などの解析から辿りついた。

事務所関係者が2人からどのような相談を受けていたかは不明だが、仮に自殺・心中を打ち明けられていたとすると、事務所側にも自殺幇助の容疑がかかってくる。事件は異例の展開になりそうだ。

劇団すばる座、エーズ・ワンによる共同声明

馬場直斗（劇団すばる座所属）、上杉彩奈（エーズ・ワン所属）の両俳優に関して、「夕刊サン」が根拠のない報道を行ったことについて、すばる座、エーズ・ワンは共同で反論する。

夕刊サンは、あたかも事務所関係者が、2人に違法な医療関係者を紹介したような記事を掲載したが、これは事実無根である。両事務所とも、警察の捜査には協力しており、関係者の携帯の通話記録などを警察が調べたのは事実だが、これまで今回の事件に関する情報が出たという事実はない。

夕刊サンは、興味本位で記事をでっち上げて掲載したもので、両事務所とも強く抗議し、訂正記事の掲載を求める。これが受け入れられない場合、直ちに法的な措置を検討する。

上杉彩奈応援サイト「彩奈LOVE」掲示板

2023/12/8(金) 22:45:13 ID:76ayh4?

変なところへ飛び火しちゃったよ。でも、夕刊サンの記事は明らかに飛ばしだよね。あそこも、売れればいいっていう昭和のスタンスだから、いつも通りの感覚で記事にしてるんだろうけど、ちょっと考えればあり得ない話だって分かるでしょう。

2023/12/8(金) 22:48:36 ID:9kjhy9s

「自殺したいんだけど」ってタレントに言われて、闇医者を紹介するような事務所、あるわけがない。何でこういう発想になるのか分からないけど、夕刊サンはいい加減にしろって感じだよね。どうせなら訂正しないで、裁判になればいいと思う。こういうイエロージャーナリズムは、法的に断罪されて然るべきじゃないかな。

2023/12/8(金) 22:51:45 ID:qli8_Xk

だいたい、エーズ・ワンにとって、彩奈は稼ぎ頭でしょう。せっかくパニック障害も快方に向かってきて、これからっていう時に、わざわざ足を引っ張るような真似、するかな。面白そうな構図だから、夕刊サンがでっち上げたんじゃない？　それにしても下手だけど。フィクションとして楽しむべきかもしれないけど、レベル低いから面白くないんだよね。

2023/12/8(金) 22:53:45 ID:47lkjhd

でも、両方の事務所がいきなり共同で声明って、ちょっとびっくりした。いつものインチキ記事なら、無視すればいいのに、ちょっと動きが早過ぎない？　これまで、表立って協力なんかしてこなかったのに、いきなりって……それだけ本当っぽかったっていうことにならないかな。

2023/12/8(金) 22:55:36 ID:76ayh4?
>それだけ本当っぽかったっていうこと
さすがにそれはないと思う。ただ、すばる座がこんなにはっきりコメントを出すのがちょっと不思議。並びもすばる座の方が先っていうのは、何か意味ありそうなんだよね。すばる座主導でやった感じがする。

2023/12/8(金) 22:58:15 ID:ynhj_98
もしも夕刊サンの記事が本当だったとしたら、打ち消したいのはすばる座の方。結局、馬場が主導して彩奈を道連れにしたんじゃないかな。この応援掲示板では、ずっとそんな意見が出てたけど、検討すべき事柄だと思うよ。

2023/12/8(金) 23:07:25 ID:72-ouy8
何か隠してるとすれば、絶対すばる座でしょう。あそこ、基本的に芸能事務所じゃなくて劇団だから、所属の俳優さんのコントロールとか、上手くいってないんじゃない? 荒ぶってるのが俳優、みたいな昔っぽい感覚もあるみたいだし。とにかく、誰にも騙されないようにしないと。

2023/12/8(金) 23:10:45 ID:t67sou6
10日の集会で、馬場ファン糾弾でもやるか。ネットで怒鳴りあっていても何にもならないから、あそこで参加者が署名して、馬場ファンに物理的にきちんと届けるとか。同じ署名でも、ネットでやるのとリアルでやるのとでは重さが違うからさ。
2023/12/8(金) 23:10:47 ID:a98edk_j
>参加者が署名して
同意。馬場ファンなんて単純だから、こっちが一致団結して厳しい内容の署名を送れば、満足するよ。

馬場直斗応援掲示板「直斗マニア」
2023/12/8(金) 23:08:12 ID:09-ki?k
彩奈応援サイトの方で、またうちにいちゃもんつけてるよ。あそこに生息する連中って、基本的に被害妄想ひどくないか? 馬場さんが彩奈を誘って心中した、みたいな話になってるし。
2023/12/8(金) 23:11:18 ID:58iuy87
あそこに生息してる連中は、自信がないんだろうね。しかも今は、精神的に不安定になってるだろうし。だからといって、責任を他人に押しつけるのは、人としてどうかね。推しを庇う気持ちは分かるけど、そのために誰かを傷つけるっていうのは筋が違う。
2023/12/8(金) 23:11:55 ID:ty7tytr
そんなこと言ってると、そろそろ向こうの掲示板から乱入してくるよ。皆分かってると思うけど、常に向こうから来るだけだから。来ても相手にしないという、いつもの方針で。

2023/12/8(金) 23:24:45 ID:8dit67K
彩奈を殺したのは馬場!
2023/12/8(金) 23:24:58 ID:8dit67K
彩奈を殺したのは馬場!
2023/12/8(金) 23:25:47 ID:8dit67K
彩奈を殺したのは馬場!
2023/12/8(金) 23:26:25 ID:8dit67K
彩奈を殺したのは馬場!
2023/12/8(金) 23:28:13 ID:776usyy
うわ、予想通り来た。しかも連投。変な団体みたいだな。どうする?
2023/12/8(金) 23:30:36 ID:ty7tytr
ここの掲示板もそろそろ終わりにしようか。放置して、どこか別に新しく作るとか。今時掲示板をやってるのもすごいけどね。とっくに廃《すた》れてるのに。
2023/12/8(金) 23:32:45 ID:tt_98jh
馬場ファンの年齢の高さの証明だよね。SNSとか流行り始める前に、ネットで生息してた人、ここにはいっぱいいるんじゃない?
2023/12/8(金) 23:39:34 ID:876sj%7
上杉ファンが、10日に集会を予定してるんだよね。そこへ乱入して、堂々と絶縁宣言するとかどうだろう。向こうもうんざりしてるだろうから、ちょうどいい機会じゃない。

2023/12/8(金) 23:43:25 ID:yy8_gt6

>そこへ乱入して

あ、賛成。向こうの掲示板で場所も時間も公表してるから、やってやるか。ただ、紳士的にね(笑)。スーツにネクタイ着用で。向こうは男女半々かな？　こっちは分別のあるオッサンが多いだろうから、何も起きない？　起きないかな？

12月10日(日)

「夕刊サン」ウエブ版
ファン同士が場外乱闘

上杉彩奈さん・馬場直斗さんの心中事件で、両者のファンの「場外乱闘」が激しくなっている。今回のきっかけは、8日付の夕刊サンの記事と見られている。

8日、夕刊サンでは、2人の事務所関係者が、闇医療を行う医者を紹介する仲介業者を2人に紹介した可能性を伝えた。これが引き金になり、上杉ファンが「馬場が彩奈を殺した」と主張して、馬場直斗応援掲示板に乱入。罵詈雑言のぶつけ合いになっている。

また、上杉ファンが、上杉さんを追悼するオフ会を開催することを決定。ここで馬場ファンとの衝突が起きないかと懸念されている。
なお、夕刊サンの8日付記事に関して、劇団すばる座、エーズ・ワンが内容を否定する共同声明を発表しているが、夕刊サンでは記事内容に自信を持っており、訂正に応じる予定はない。

東テレ「オールde議論」

石田昭雄「俳優の上杉彩奈さん、馬場直斗さんの心中問題、今週も新しい動きがありました。2人の心中を手助けしたとして、元看護師の男性が自殺幇助の疑いで逮捕されています。今回は、この問題を中心に、皆さんに語っていただきたいと思います。まず、穴水、現在新しく判明している情報をお願いします」
穴水真衣「はい、お伝えします。自殺幇助容疑で逮捕された寒川新太容疑者ですが、頼まれて2人の心中に手を貸したと供述しています。しかし知らない人に頼まれたということで、違法な医療行為を斡旋《あっせん》する業者がいるのではないかという情報が流れており、警察ではこの仲介業者についても調べています。一方、場外乱闘とでもいうべき動きが出てきています。『夕刊サン』が、上杉さん、馬場さんいずれかの所属事務所が、この違法医療行為を仲介する業者を2人に紹介した可能性があると伝えたことを、両事務所とも強く否定、異例の共同声明で『夕刊サン』を非難しています。さらに、上杉さん、馬場さんのファン同士がネット上で罵り合うなど、事態は混迷の一途を辿っています」
石田「このように、事態は収束の兆しが見えないまま混迷するばかりなんですが、上村《かみむら》さん、捜査の行方はどうなるでしょうか」

上村聡《さとし》（元埼玉県警刑事、犯罪ジャーナリスト）「本来この事件の捜査は非常に難しいもので、警察が慎重に動いているのは間違いありません。心中事件で、双方が亡くなり、遺書なども残っていない場合、関係者への聞き取り調査などで動機を探っていくしかないのですが、おふたりが周りに悩みを打ち明けていたとは限りません。それに加えて、今も話に出ましたが、闇の医療行為、その仲介業者の存在は極めて重要です。警察では、このような医療行為を看過するわけにはいきませんから、こちらにも大人数を投入して捜査しているはずです。いずれにせよ、真相解明までにはまだ時間がかかりそうです」

石田「こういう違法医療行為というのは、よくある事件なのでしょうか」

上村「いえ、それほど多くはありません。私が知る限り、5年ほど前に佐賀県で、違法な美容手術を行っていた医師が摘発されたケースがあるぐらいです。それと、これは少し意味が違いますが、愛知県の病院で、看護師が患者の点滴にわざと間違った薬物を混入させて死亡させたケースがありました。後者はまだ裁判中で、動機もよく分かっていないんですけどね」

石田「ということは、今回の件はレアケースという風に理解してもいいんですかね」

上村「いえ……捜査関係者の間では、以前からこういう違法な医療行為に関する情報が共有されていました。特に、日本に違法滞在する外国人相手に診察と治療をしている闇医者は、相当な数がいるのでは、と噂されています」

石田「しかし、摘発例は少ないと……」

上村「かなり用心していると思います。通信記録を辿られないように、電話やメールも使っていないというケースがほとんどのようですから。連絡は直《じか》に、つまり直接病院に行かないとできない、という用心深さです」

石田「なるほど……医療関係者のモラルが問われる事件にもなってきていますが、今井《いまい》さん、ファン同士の場外乱戦も気にかかりますね。本来は、2人が合意して心中した、ある意味2人とも加害者であり被害者であるということなんですけどね」

今井未央《みお》（心理学者）「そうですね、真相が早くに明るみに出ていたら、互いのファンも納得して、それぞれ悼む、という構図になっていたかもしれません。しかし今回の一件は予想できない要素が多過ぎて、ファンの方たちも気持ちを整理できていないと思います。まず第一に、このおふたりが亡くなって、突然不倫問題が浮上したわけです。馬場さんは既婚者として、家族思いで知られていた。上杉さんはパニック障害からの復帰を目指していたところですし、これまで恋愛関係で浮いた噂は一切なかったわけですね。おふたりは映画で共演されていますが、その共演が大きな話題になったわけでもない。つまりファンの方たちにとっては、まさに青天《せいてん》の霹靂《へきれき》だったんです。例えば、まったく噂のなかった芸能人同士が急に結婚を発表することがありますよね？　そういう時の心理状態を、私は『不意打ち』と呼んでいます。心の準備ができていない状態で、予想もしていなかった大きな出来事が起きる――例えば少しでも噂になっている人同士だったら、心のどこかで『この2人は結婚するかもしれない』というシミュレーションをしていて、驚きはそこまで大きくなりません。不意打ちというのは、予想もしていない災害に見舞われた時の、心の揺れにも似ていると言えます」
石田「それが今に至るまで尾を引いている、と」
今井「そうです。特に上杉さんのファンは、男性も女性も、親代わりのような目線で応援しているとよく言われていますます。上杉さんのデビューは17歳の時で、当時はグラビアアイドルとして活動していました。小柄で童顔ということで、年上の人たちから見れば娘、同年代の人から見ても妹のような感覚だったと思います。しかしその上杉さんが20歳を過ぎて、映画で堂々と主役を演じるようになり、数々の賞を獲得して、国民的女優とまで言われるようになった。自分がそっと見守ってきた娘が、世に認められた、成功を収めたという誇りのようなものがあると思います」
石田「逆に、馬場さんファンの気質はどうなんでしょうか」
今井「馬場さんファンに関しては、『分かる人にだけ分かればいい』というマニアックな意識があるとよく言われています。元々馬場さんは舞台出身で、ニッチな役を、マニアックな演技でこなすことで、演劇ファンの間でカルト的な人気を得ていました。多くの方が馬場さんを認識したのは、テレビドラマに出るようになってから、特に大河ドラマで真田昌幸を演じてからだと思いますが、そういう人の間でも、『どれだけ早く認識していたか』という競争のような感覚があると聞いています。つまり、通だけが知っている存在のはずなのに、実際には多くの人に慕われているという、実像のずれみたいなものが、馬場さんにはあるんです。そのせいか、ファンの方には、馬場さんの演技を細かく見て、それを批評し合うという楽しみがあるようですね。私、今回調べてみて驚いたんですが、馬場さんのNGを検証するまとめサイトまであるんですね。馬場さんの場合、演技なのか地なのか分からない演技が魅力とも言われていて、本人的にはNGでも、監督がその場のダイナミックな雰囲気を買ってOKにしてしまうことがある。そういう『実際はNG』がどれだけあるか、議論して検証するというサイトです」

石田「上杉さんも馬場さんも、今は俳優として広く活動されていますが、ここに至るまでの経歴はかなり違うわけですよね。ですからファンのメンタリティもまったく異なる。それが心中という大事件で突然ぶつかって、正面から衝突し合っている、という感じなんでしょうかね」

今井「そう考えていいと思います」

澤木圭太郎《さわきけいたろう》（スタイリスト）「その違いは分かるんだけど、相手のファンを攻撃するのは、全然筋が違う感じだよね。だって、攻撃しても、もうどうしようもないでしょう。それはちょっと考えれば分かることなのに、どうして無駄なことをするのかね」

松本拓巳《まつもとたくみ》（ITジャーナリスト）「ネットの世界では、取り敢えず決めつけるということが昔から行われていました。結論を早く出すというか、話が早いのがネットでは正義、という感覚があるんです。だから正しいかどうかではなく、何となく納得できるような答えが出ればそれでいい。でも今回の心中事件については、多くの人が納得できる答えも出ていないし、本当はどうなのか、未だに結論が出ていません。双方のファンともにストレスが溜まっていて、鬱憤《うっぷん》をぶつける相手として、相手のファンを選んでしまったんだと思います。双方の言い合いは、ちゃんと読んでみると単に感情的なもので、根拠はないことが分かります。残念ですが、ネット上ではこれまで何度も繰り返されてきたことです」
石田「まったく無駄な、エネルギーの浪費だと」
松本「そういうことです。悲しみを癒すために、怒りをぶつける相手が必要なのは理解できますが……」
澤木「そんなに怒りのエネルギーが有り余ってるなら、殴り合いでもすればいいのにね。スマホでぽちぽちやってたって、ストレスが解消できるわけじゃないし」
松本「実はですね、上杉さんのファングループが、追悼集会を計画しています。そこへ馬場さんファンが乱入するという話があって、警察の方では追悼集会を中止して欲しいと申し入れしているんです」
澤木「あらら、それは確かに荒れそうだ。でも、クローズドな場にして、そこで殴り合いでも何でもやらせれば、ストレス解消できて、お互い認め合って、ファンクラブの活動も一緒にやれるかもしれない。上村さん、そういうのってやっぱり犯罪になるわけ？」
上村「うーん、殴り合いで怪我人が出たりすれば、警察としては無視するわけにはいかないでしょうね。しかもたくさんの人が絡んでいて、捜査は大変になるので、そういうことは……」
澤木「じゃあ、代表を選んでボクシングの試合をさせるとか。合法に、しかし暴力的な方法で決着がつけば、ストレスも解消できるでしょう」
石田「問題は、誰がそのイベントを主催して、ボクシングの試合を仕切るか、ですね……それはともかく、今井さん、双方のストレスのガス抜きのために、何か上手い方法はないんでしょうか」

今井「代表同士で会って話をするという方法はありますが、前にどなたかの生配信で双方のファンを呼んで、衝突してしまったことがありました」

石田「そういうことなら、私が司会してもいいですよ。司会なら慣れていますから、ノートラブルでお互いに本音を言ってもらえる自信はあります。ちょっと、今日の終わりにプロデューサーと相談しますね（笑）。いやいや、笑ってますけど、オールde議論ではこれまでも、識者の方だけではなく、一般の方にも議論に参加していただいたことがありました。今回もそういうパターンでね……はい、この件は検討課題にします」

今井「ガス抜きにはなるかもしれませんが、今はしっかりした塊……要するにファンクラブ同士のトラブルということではないので、抜本的な解決にはなりませんよ。ふわっとした意味でのファン同士が喧嘩しているというだけなので。まあ、視聴率的にはいいかもしれませんが（笑）」

石田「深夜番組ですから、視聴率の話は気にしないでいいですよ（笑）。こんな時間の番組でも、少しは社会貢献できればいいかなと思っています。これは真面目な話ですよ。私も、この番組の司会は30年になります。とにかく対立構図を煽って、視聴率が取れればいいという時代もありました。ただしもう、テレビは変わったんです。視聴率だけで番組の価値を測るような時代ではありません。今はもっと、社会的な意味を見出していかなくてはいけないんですよ」

澤木「石田さん、毒が抜けたよね。昔は司会が一番毒を吐いて、この番組を毒々しくしていたのに」

石田「私ももう、67歳でございます。血圧の心配をしないで、毒を吐けるような年齢ではございません」

「週刊ジャパン」ウエブ版

上杉彩奈さん追悼集会を計画 警察は中止要請

上杉彩奈さん・馬場直斗さん心中事件で、上杉さんのファン有志が、追悼集会を計画していることが分かった。一方で馬場さんファンからは「この集会に乱入する」「潰す」という過激な声が出ており、警察が集会の中止を要請する事態になっている。

問題の集会は「上杉彩奈を送る会」で、上杉さんファンの有志が企画。馬場さんファンが、この集会への乱入を予告している。今のところは本気なのかどうか分からないが、上杉さんのファンは警戒を強めており、開催するか見送るか、ぎりぎりまで検討するとしている。

馬場さんファンの間には「集団で何かしようという話は一切出ていない。上杉さんのファンのイベントはあくまで向こうの話」との声が多いが、警察は事件の重大性に鑑み、主催者に集会を中止するように要請している。

東テレ「ワイドサンデー」

濱中有菜《はまなかありな》（東テレアナウンサー）「はい、私は今、亡くなった上杉彩奈さんのファン有志による追悼集会に来ています。東京・恵比寿にあるライブハウスなんですが、入り口にはこのように、上杉さんの大きな写真が掲げられ、たくさんの花が捧げられています。既に開始時間になっていて、ファンの方が続々と会場へ入って行きます。では、私も入ってみましょう……はい、中はもう、人で一杯です。やはり若い女性のファンが多いようですね。今、ステージ上では――あ、これは上杉さんのアイドル時代のPVですね。若い頃の上杉さんの姿が、スクリーン上で躍動しています。主催者の方たちが、アイドル時代のPVからドラマの名場面などを独自編集した映像をループして流し続け、上杉さんを悼むことになっています」

小松美玲《こまつみれい》（司会、東テレアナウンサー）「濱中さん、会場はどんな雰囲気ですか？　かなり賑《にぎ》わっている感じですが」

濱中「追悼集会ということもあって、大勢の方が来ているのですが、静かな雰囲気です。参加されている方たちも、上杉さんの想い出を静かに語り合っていて、落ち着いた感じで進行しています。この後主催者代表の方の挨拶があり、ファン有志が上杉さんへの想いを語る予定になっています。ただし、会場近くでは制服警官がパトロールしていて、やや物々しい雰囲気になっています」

小松「馬場さんファンの方から、追悼集会に乱入する、という話が出ていたんですね。今のところはどうでしょうか」

濱中「はい、そういう乱入者が来る気配もなく、静かに集会が始まっています。また後ほど、こちらからお伝えします」

小松「濱中さん、ありがとうございました……多くの方が参加されて、上杉さんのファンの多さがよく分かる追悼集会になっていますね。後ほど、現場からまた様子をお届けします。北山《きたやま》さん、ファンの方の強い思いが伝わってくるような集会ですね」

北山泰樹《やすき》（東テレ解説委員）「ファンの皆さんは、事件発生から2ヶ月、ずっと中途半端な思いに苦しめられていたのではないでしょうか。警察が慎重に捜査を進めているために、心中事件の真相が分からず、どこへ怒りをぶつけていいのかはっきりしないままに、もやもやしていたと思います。こういう集会を開催することで、一つの区切りにしたいということでしょうか」

小松「一方、ネット上では上杉さんのファンと馬場直斗さんのファンの小競り合いが起こっていて、今日の集会にも馬場さんのファンが乱入するのでは、という情報が流れて、現場付近では警察が警戒する騒ぎになっています」

北山「人の死という重い事態を目の前にして、どうしても関係者の思いも強くなります。感情的になることもあるでしょう。しかし、騒動が起きるのは、上杉さんも馬場さんも望まないはずで、冷静な対応が望まれますね」

小松「はい、ここで——恵比寿の現場からなんですが、濱中さん？」

濱中「火事です！　たった今、会場の入り口付近で火災が発生しました。会場内はパニックになっています。煙が流れこんでいて——落ち着いて下さい！　危ない！——」

小松「濱中さんは無事ですか？　危険なようでしたら、一度そこを離れて下さい」

濱中「煙が……煙が会場内に充満しつつあります……」

小松「濱中さん、そこを一時離れて下さい！」

「東日新聞」ウエブ版

上杉さん追悼集会で火事　濱中アナが死亡　放火容疑で男を逮捕

10日午後、俳優の上杉彩奈さん（28）のファンが企画した追悼集会で火災が発生し、1人が死亡、20人が重軽傷を負った。

集会が開かれたのは東京・恵比寿のライブハウスで、会場入り口の献花に油がまかれ、火が点けられた。会場内に煙が充満し、外へ逃げ出そうとした東日テレビアナウンサー・濱中有菜さん（24）が出口へ殺到する参加者に押し潰され、病院に搬送されたが死亡が確認された。他に、20人が病院に搬送され、5人が骨折などの重傷、15人が軽傷を負った。

この火災で、警視庁は現場に火を点けた東京都渋谷区、会社員木俣貴志《きまたたかし》容疑者（37）を、現住建造物等放火の現行犯で逮捕した。

東日テレビによると、濱中さんは追悼集会の取材のために、このライブハウスを訪れていた。「ワイドサンデー」でリポート中に火災が発生し、逃げようとする参加者に巻きこまれたらしい。

濱中さんは2022年入社。「ワイドサンデー」のリポーターなどを務めていた。

この日の集会は、上杉さんのファン有志が主催。しかし上杉さんファンと、心中した馬場直斗さんのファンは、責任の押しつけ合いのような形でネット上で揉めており、この日は馬場さんファンが「乱入」を予告していて、警察は会場周辺を警戒していた。

12月11日㊊

東テレ「ワイドモーニング」

下条花香「おはようございます、今日もワイドモーニングから始まる1日、よろしくお願いします。残念ながら今日は、悲しいニュースをお届けしなければなりません。
　明るい笑顔と心地よい声で、多くの番組で活躍した弊社アナウンサー、濱中有菜が不慮の事故で命を落としました。ご存じの方も多いかと思いますが、昨日の午後、上杉彩奈さんの追悼集会を取材していて、放火事件に巻きこまれたものです。謹んでご冥福をお祈りするとともに、今日はこの事件についてもお伝えしていきます……斉藤さん」

斉藤大介「私も昨夜このニュースを聞いて……絶句しました。報道の方が、こんな事故に巻きこまれて亡くなるなんていうことがあるんですね。非常に残念です。濱中さんとは、去年ワイドスポーツで何度もご一緒させていただいたんですが、いるだけでその場がぱっと明るくなるような、サッカーで言えば決定力を持ったストライカーのような存在でした。それがこんな事故で……残念でしかありません」

下条「植田さん」

植田優子「私はお会いしたことはないんですけど、いつもテレビの画面で拝見して、斉藤さんが仰るように、本当に太陽のような方で……出てくるだけで画面が明るくなる感じでしたよね。そんな方が……と考えると本当に辛いです」

下条「はい、この事件なんですが、現場に放火した容疑者は既に逮捕されています。会場の出入り口には、上杉さんのために献花があったのですが、逮捕された木俣貴志容疑者は、ここに油をまいて火を点けました。火はすぐに建物内に回って、外へ脱出しようとした参加者の方が一斉に倒れて、大きな事故になりました。一種の群集事故だったわけです。濱中アナは、出入り口付近にいてすぐに脱出しようとしたんですが、出ようとした人たちに後ろから押されて倒れてしまい、事故に巻きこまれたものと見られています。

この集会については、馬場直斗さんのファンが乱入予告をしていたこともあり、警察が周辺を警戒していて、木俣容疑者が放火した直後に制圧したんですが、この木俣容疑者、実は馬場さんファンではないということです。詳細はまだ分かりませんが、警察の調べに対し『馬場ファンでも上杉ファンでもない。むしゃくしゃしていて、綺麗な花にむかついて、やってやろうと思った』と供述しているということです。特に放火の準備をしていたわけではなく、たまたまライターのオイルを購入して持っていて、それを使ったということのようです。警察では木俣容疑者の供述を調べていますが、今のところ、木俣容疑者が馬場さん、あるいは上杉さんのファンだという積極的な材料は見つかっていないようです」

斉藤「それじゃ、通り魔みたいな感じじゃないですか」

植田「むしゃくしゃしていて放火……という話はたまに聞きますけど、人がたくさん集まっている場所で火を点ければどうなるか、想像ができなかったとは思えません」

斉藤「これは厳しく捜査して、厳罰に処してもらいたいですね。現場から逃げ出そうとした人の恐怖を考えれば……」

植田「そうですね、放火殺人と言ってもいいんじゃないですか。それにしても、取材中のマスコミ関係者が犠牲になるようなこともあるんですよね」

下条「雲仙《うんぜん》・普賢岳《ふげんだけ》の噴火では、多くのマスコミ関係者が犠牲になっています。日本ではあまりありませんが、海外では戦争取材で犠牲になる記者もいます。ただし、街中でこういう集会を取材していて、こんな火災に遭遇するというのは……私の記憶にはないですね」

斉藤「我々、いつもここに座って記者さんやアナウンサーさんのリポートを見てあれこれ言っていますが、現場ではこういう危険と背中合わせということもあるんですね」

下条「東テレの取材マニュアルでは、警戒しなければならないことを学びます。その第1条には『絶対に怪我してはいけない。逃げることも大事だ。無事に現場から伝えることが、ジャーナリストの最大の役割である』と書いてあります。濱中アナも当然、この取材マニュアルを読んでいて、まず自分の安全を確保することが一番というのは理解していたはずです。無事で、現場から伝えることこそ我々の仕事ですから……そういう意味で、今回の事故は本当に残念です。濱中の死を無駄にしないよう、東テレのスタッフ一同、安全に気をつけながら、そして大胆に今後も取材を続けていきたいと思います。

そして……濱中、私はアナウンス部の先輩として、残念でなりません。あなたが私たちの仲間に加わった時、どれだけ嬉しかったか。報道、バラエティ、クイズ番組。あなたが関わった多くの番組で、『今度はうちへ』と引っ張りだこになっていたのも当然だと思います。だから今は辛く、悔しい。この気持ちをあなたに伝える方法がないのが悲しくて仕方ありません――それでも私たちは前に進みます。今日も1日、ワイドにいきましょう」

SNSから

Bad パパ @badpapa
アリたん、まさかこんな死に方するなんて……群集事故だから避けるのは難しかったかもしれないけど、最悪の死に方じゃないか。

落ちた果実 @fallin_fruit
怖かったと思うよ。こういう群集事故って時々起きるけど、避けようがないよな。昨日の集会も、警察が警戒していたのは馬場ファンの乱入で、まさか放火する人間がいるとは思ってもいなかっただろうし。

蒼き風 @bluewind2020
犯人が馬場ファンじゃないっていうのが、また衝撃。ストレス解消のためって、こいつ、普段から何かやらかそうとしてチャンスを狙ってたんじゃないの？　たまたまライターオイルを持ってたっていうけど、今時オイルを使うようなライターを持ってる人って少数派でしょう。超ヤバい奴じゃね？
ジャック01 @jack01
とんでもねえ話だよ。でも、犯人は馬場ファンの回し者って可能性はないかね？　自分たちでやるとヤバいから、金で雇ってやらせたとか。
Bad パパ @badpapa
さすがに誰かにやらせた――はないと思うけどね。馬場ファンって、集会に乱入するにしても、そこで文句を言いたいだけだろうから。馬場ファンは、中年以降のオッサンが多いイメージだから、若い女の子が多い上杉ファンと触れ合いたかっただけじゃね（笑）。喧嘩のふりしてじゃれ合い。
流氷 @ice_ice090
おじさんが若い子に構ってほしいって話ね。そのためなら、喧嘩でも何でもいいわけだ。でもオッサンって、実際には現場に行かないんだよね。ネット上で騒いでいるオッサンは、そこから出ないで、口喧嘩でストレス解消してるだけだから。でも、アリたんは本当に残念。R.I.P.
サムの弟 @sam'sbros
アリたんって、男の噂あったじゃん。大学の同級生？　去年写真誌に撮られてたけど、あれってまだ続いてたのかな。
Bad パパ @badpapa
アリたん彼氏か。その彼氏が「アリたん」って呼んでて、一般にも「アリたん」が定着したんだと思うけど、彼氏さん、今もつき合ってたらショックだろうね。アナウンサーなんて、ネットで叩かれるぐらいで物理的な危険はないと思ってたけど。

かなた @kana78986

こんな死に方なんて、誰も想像しないよね。そう言えばさ、韓国の梨泰院《イテウオン》の事故の時に、アリたんが夜のニュースで泣いてたのを思い出した。あの時、「プロじゃない」なんて叩かれたんだけど、アリたんって学生時代に韓国へ短期留学してて、思い入れがあったんだよね。それがさ、本人が同じような群集事故で……何なんだよ、これ。

Bad パパ @badpapa

因果は巡る、なんて言えないけど、何だか考えちゃうよな。この件、もういい加減にしたいわ。いい加減にしたいって思うんだけど、その都度何か起きて、燃料投下されるっていうね。近年稀に見るネタだよ。これだけ長く、しかもどんどん局面が変わって楽しませてくれたネタはないね。

「東日新聞」ウエブ版

集会放火事件「どこかでやる気だった」容疑者供述

10日開かれた女優の上杉彩奈さん(28)の追悼集会で、会場のライブハウスが放火され、東日テレビアナウンサーの濱中有菜さん(24)が死亡、20人が重軽傷を負った事件で、現住建造物等放火の現行犯で逮捕された木俣貴志容疑者(37)は「会社の人間関係でストレスが溜まっていた。会社に放火しようと思って向かっていたが、途中、賑やかな集会をやっているのを見て、急に憎しみが湧いてきた」と供述、最初から放火目的でライター用のオイルなどを持ち歩いていたと供述した。

広がる不安の声　事務所は非難

満員のライブハウスが放火された事件で、不安の声が広がっている。ライブハウス近くでイタリア料理店を営む男性（45）は「大勢の人が血を流しながら逃げ出してきて、地獄のようだった。うちの店でも、お客さんも含めて救護活動にあたったが、あんなことが起きるとは信じられない」と当時の様子を振り返る。

都内で複数のライブハウスを経営する会社の社長（51）は「会場は密になりがちなので、火災などが起きた時に、お客さんをどう誘導するかはきちんとマニュアル化している。しかし外側から火を点けられることは想定していないし、今回放火されたライブハウスも同じだったのではないか。非常口から外へ出すしかないが、非常口はメーンの出入り口よりかなり小さく、満員の客を安全に速やかに脱出させるのは難しい」と、避難誘導の難しさを強調した。

この犯行に関して、上杉さんが所属していた芸能事務所「エーズ・ワン」は「上杉を悼むファンの皆さんが集まった場所に放火するなど、絶対に許されない凶行です。亡くなった濱中有菜さんにはお悔やみを、怪我された方々にはお見舞いを申し上げます」とコメントしている。

神尾誠（起業家・インフルエンサー）の生配信　ゲストはお笑いタレントのさとこ

神尾「ひどい話になっちゃった。今日は、上杉彩奈さんの追悼集会で起きた放火事件についてお話しするんですけど、何で神尾がこんな事件について話すのか、皆さん、謎だと思います。思いますよね？　あとでバレるのが嫌だから最初に言ってしまうと、逮捕された木俣貴志っていうのは、アリノ・カンパニーの社員です。私はもうアリノの経営からは手を引いていますが、社長と相談した上で、ここで公表させていただくことにしました。まことに申し訳ございません」

さとこ「びっくりしちゃった。いつもの生配信のつもりできたら、打ち合わせで急に聞かされて」

神尾「ごめんね。さとこを驚かせるつもりじゃなかったんだけど、どうしても……本当は、社長の永野《ながの》が謝罪に出てくるべきなんだけど、永野は顔出ししたくないタイプなので、ご容赦下さい」

さとこ「私、あの時、あのライブハウスの近くで打ち合わせしていて」

神尾「マジか」

さとこ「騒ぎになったから、打ち合わせしていたカフェから外へ出てみたら、道路が救急車や消防車で埋め尽くされていて。血まみれになった人を、近所の店の人が助けたりして……私、足が動かなくて何もできなかった」

神尾「それはひどい目に遭ったたね。本当に申し訳ない」

さとこ「いえ、神尾さんのせいじゃないですし」
神尾「ただねえ、木俣は俺が採った社員なのよ。アリノ・カンパニーがまだ小さい頃で、創設3年目か4年目だったかな。俺が直接面接して、異常に真面目な感じが印象に残ったわけ。前職でも経理で数字に強いのは間違いなかったし、会社のバックヤードを確実に任せられる人間だと判断したわけよ」
さとこ「それから10年ぐらい？」
神尾「そうだね」
さとこ「人間関係のストレスって聞いたけど……」
神尾「一般論になっちゃうけど、会社員の悩みの9割は人間関係だよね。木俣もそこにハマったのかもしれない」
さとこ「でも神尾さん、いくつも会社持ってるから、社員一人一人の様子までは把握してないでしょう？」
神尾「社員のメンタルについては、ちゃんと報告を受けてるのよ。どこの社にも、社員のメンタルケアには力を入れるように指示してる」
さとこ「その人についても、報告入ってたんですか」
神尾「入ってた。ただねえ、5段階で、危険度は下から2番目……緊急で何とかしなければならない感じではなかったけど、そこは見誤ったかな。反省してます。亡くなった方、怪我された方々には、本当に申し訳なかったと思っています」

さとこ「でも、会社が放火されていたかもしれないんですよね」
神尾「何も起きないのがベストだったけど、とにかく今回のことは参りました。会社を始めて、一番のショックだったかもしれない。ごめんなさい、今日は暗い話題になっちゃって。さとこ、お得意のギャグ、一発お願いできない？」
さとこ「いや、無理無理。さすがにこの話題の後で、さとこネタは無理だから。普段からコンプラぎりぎりって言われてるしさ」
神尾「セーフかアウトかで言えば……」
さとこ「ライン上」
神尾「木俣の行為は完全にアウト側だね。それを止められなかった会社側もアウト。なので、今回の放火事件で被害に遭われた方々に関しては、会社からお見舞いをさせていただくつもりです」

SNSから
ジャック01 @jack01
神尾って、何かおかしな方向へ走ってない？　放火事件の被害者に補償しますって、訴えられるのを見越して、先手を打ったのかな？　そうじゃなくて、心からのお見舞いでもいいけど、それを自分の生配信で言う必要、ある？
ムラトシオ @mura_toshi56

売名でしょう。この人、最近露出が減ってるよね。一時はマスコミが切り取りで発言を使って、毎日みたいにニュースになってたけど、最近それもないし。いいことでも悪いことでも、ネタになればいいんでしょう。でも、この補償の話はいいことなのか悪いことなのか。

Bad パパ @badpapa

神尾って、倫理観が人とずれてるから、本音が読みにくいところはあるよね。今回の件も、本人は大真面目かもしれないけど、常識ではいくら何でもちょっと早い感じがする。裁判を起こされて多額の賠償金を取られないように、早めに払ってしまえって感じもしないでもない。

サリー080 @sally080

被害者に補償金を渡す時に、生配信とかやりそうだよね。とにかく話題になればいい感じで。そこで、相手がブチ切れて、神尾がマジでぶん殴られたら最高に面白いけど。神尾みたいなタイプって、これまでに一度も殴られたことがないと思う。殴られて、それを生配信されたら、人生が完全に変わると思うんだ。あんな人間は、変わってもろくな方にいかないかもしれないけど。

ブラウンアイズ @mire7655

神尾の話は、こういうところで話題にしない方がいいかもね。あんな人間の売名行為に乗っかっちゃうと思うと気分悪いわ。

ネットニュースサイト「365ニュース」

放火事件　神尾誠氏が「補償」を宣言

女優の上杉彩奈さんのファン有志による「上杉彩奈を送る会」の会場が放火され、東日テレビアナウンサーの濱中有菜さん（24）が死亡、20人が負傷した事件で、逮捕された木俣貴志容疑者（37）が勤務していた会社の創立者である起業家の神尾誠さん（48）が、「被害を受けた方には会社として補償する」と宣言した。11日、自身の生配信で明らかにした。

木俣容疑者はIT系企業「アリノ・カンパニー」に勤務していたが、人間関係のストレスから、会社に放火しようと決心し、会社に向かっていた途中、ライブハウスで行われていた「送る会」に遭遇。華やかな雰囲気を見て「ここに火を点けよう」と軽い気持ちで、ライブハウスの外で行われていた献花にライター用オイルをふりかけて放火した、と供述している。逃げようとした参加者が出入り口に殺到し、集会を取材に来ていた濱中さんが群集雪崩《なだれ》で圧死した他、20人が骨折などの重軽傷を負った。

神尾さんは生配信の中で「止められなかった会社側もアウト」として、被害者に補償していくと宣言した。神尾さんは、365ニュースの取材に対して「裁判などで損害賠償請求があるかもしれないが、それとは別に、会社として誠意を見せたい。社員がストレスで追い詰められていたのを見抜けなかったのは会社の責任だ」と話している。

ネットニュースサイト「365ニュース」コラム 24/365

「補償発言」に波紋

女優の上杉彩奈さんを送る会で発生した放火事件。容疑者が勤務していた会社の創業者である起業家の神尾誠氏が、いち早く被害者に「補償」すると打ち出したことで、波紋が広がっている。

大きな事件・事故が起きた場合、責任のある企業などが、被害者に「お見舞い」の形で一時金を出すことはある。しかし神尾氏は、「額はまだ決まっていないが、お見舞いという額ではなく、生活の補償なども含めた金額になると思う」としており、かなり高額になると見られている。

このような行為に、ネット上では「売名行為だ」「単なる裁判対策」などとネガティブな声も聞かれるが、経営者としていち早く対応を公表したのは、非難されるべきことではない。怪我の影響などで働けなくなり、経済的に問題を抱えることになる被害者もいるわけで、そこに手を差し伸べようとすることは、プラスに評価すべきだろう。

神尾氏は、自らが関わる企業に関しては、社員のメンタルケアを重視。定期的に全社員の精神状態をリポートさせて、メンタルチェックを行っているという。

何かと毀誉褒貶《きよほうへん》の多い神尾氏だが、今回の対策については評価されるべきだ。これだけ重大な事件では、関係者も動きが取れなくなってしまうことがあるが、神尾氏は、その壁を破った。

ブログ「夜の光」

また事態が変な方へ捻《ねじ》れてきた。上杉馬場事件、どこまで影響が広がっていくのか、不安にもなる。

今回は、上杉彩奈を送る会が狙われた。しかも犯人は、上杉ファンでも馬場ファンでもなく、単にストレスを抱えた会社員。自分の会社に火を点けようとして、途中で考えを変えて、たまたま見かけた「送る会」の会場に放火したという最悪の事件だ。

犯人は逮捕されているし、このブログでずっと追ってきた上杉馬場事件とは直接関係ないから詳しくは触れないけど、気になったのは神尾誠の反応。神尾誠というか、神尾誠周辺というか。

犯人が、神尾が創業した会社の社員だったということで、被害者に補償金を出すという話になった。いくらなんでも早過ぎるとは思うけど、それは置いておいて、365ニュースの動きが妙だ。

365ニュースが、誤報というか裏の取れないインチキ情報を飛ばしたことに対して神尾が嚙みついて、両者はバトル状態になってたんだけど、いつの間にか復縁している様子だ。今回、365ニュースは神尾の補償発言をプラスの方向性で伝えた上、その日のうちに神尾ヨイショのコラムまで掲載した。

これ、絶対に裏で何か動きがある。神尾の365買収説も、突飛なものとは思えなくなってきた。

しかし上杉馬場事件、終わりそうにないな。この10年で、ここまでネット民を長く楽しませてくれた事件、ないんじゃないかな。普通、犯人が逮捕されれば、騒動も下火になるのに。そうか、この件では黒幕というか、闇の事務所がまだ見つかってないわけか。闇の事務所が割り出せても、そこに頼んだのが誰かは、簡単には分からないだろうな。闇の事務所なんて、口が堅いことだけが売りなんだから。顧客情報なんて漏らしたら、仕事がなくなるだけじゃなくて、消される可能性もある。

そう言えば、東テレのイブニングゴーで闇医者の取材してたけど、あの闇医者、飛ぶことにしたみたいだよ。飛ぶっていうのは、海外へ逃げるって意味ね。顔出しも名前出しもしてないけど、関係者にはすぐにバレて、相当追いこまれたみたい。そりゃそうだよね。ああいう闇の商売は、1人がバレると他の人間にも次々に影響が出るから。何でも行き先はシンガポールらしいけど、向こうでも闇医者をやるのかね。海外だとまた、日本とは事情が違うだろうけど。

こういう裏情報を知っているのは、管理人が裏の人間だから——じゃない。ちゃんと取材して、情報を集めてるだけだから、ご心配なく。

上杉彩奈応援サイト「彩奈LOVE」掲示板

2023/12/11(月) 11:42:13 ID:y7ihjsl9

あー、気が重い。警察にずっと話を聴かれて、今日もこれから行ってくる。だけど私だって、煙吸って頭痛いし、喉も痛いし、話すのきつい。まさか、あんなところで火事があるなんて、思わないじゃない。マスクでもしてけば、少しは防げたかもしれないけど、マスクして彩奈に会うなんて失礼だよね。あ、アリたん、本当に残念。私、会場でアリたんにインタビュー受けたんだよ。マジ可愛くてしっかりしてて、あんな妹いたらお姉さん一生自慢できるって感じ。でもね……何で逃げられなかったんだろ。

2023/12/11(月) 11:48:36 ID:ty789k?

>今日もこれから行ってくる

お疲れです。大変だろうけど、皆のためだから頑張って。それにしても、あの犯人、信じられない。ストレス解消で放火って……彩奈は何も関係ないじゃない。病んで何かするのは勝手だけど、人がいない山奥とかでやってほしい。神尾が補償するって言ってるけど、この件、そんなに簡単には終わらないよね。

2023/12/11(月) 11:58:45 ID:65trh_k

皆さん、覚えてますか？　前にここに何度かきたもえかです。実は私も昨日、送る会にいました。逃げる時に巻きこまれて、左足を骨折して入院してます。怪我は何とか大丈夫だけど、ちょっとメンタルのショックが大きくて……病院では話せる人がいないから、久しぶりにこの掲示板にきちゃいました。

2023/12/11(月) 11:59:36 ID:liu9ygn

もえか？　久しぶり！　怪我大丈夫？　痛い？　でも、すぐ治るから、大丈夫だよ。心配しないで治療に専念して！

2023/12/11(月) 12:01:54 ID:67tgsyk
もえか、もちろん覚えてるよ。大変だったね。でも、わざわざ送る会に行ってくれたんだね。私は地方民なんで行けなかったから、ありがとう。彩奈も喜んでくれたと思う。今はゆっくり休んで。応援してる。
2023/12/11(月) 12:03:23 ID:5ryw=87
災難だったね、もえかさん。私も昨日行こうと思ったんだけど、体調が悪くてぎりぎりで回避。行ってたら、同じように怪我してたかもしれない。あなたには何の責任もないんだから、とにかく気を楽にして。
2023/12/11(月) 12:08:23 ID:65trh_k
もえかです。皆さん、ありがとう。ちょっと元気が出ました。今日午後から手術の予定ですけど、その前に警察と話をしなくちゃいけないんです。話すべきかどうか、迷ってることがあって……誰でも見てるここでははっきり書けないけど、結構やばい話かも。現場で変な人を見て……でも、私の勘違いかもしれないし、話すかどうか迷う。勘違いで警察に迷惑かけたくないし。もしかしたら事件の重要なポイントかもしれないけど……。
2023/12/11(月) 12:10:45 ID:ty67k?l
もえか、それ話した方がいいって。捜査はこれからだよ。素人考えだけど、警察は今はどんな情報でも欲しいんじゃないかな。間違っててもいいよ。情報が正しいか間違ってるかを調べるのも警察の仕事なんだから。

2023/12/11(月) 12:11:45 ID:6qoi7uy
そうだよ。何でも話した方がいいよ。彩奈を送る会が滅茶苦茶になったんだから、私たちも真相を知りたい。もえかはちょっと勇気を出すだけでいい。勘違いでも間違っててもいい。話して！

2023/12/11(月) 12:13:28 ID:yt67=iu
手術なんだから、事前に少しでも気を楽にしておいた方がよろし。気になることは話しておけば、精神的に楽になるって。もえかのためにも、絶対話して。後で、ここで吐き出してもらっていいから。何があっても、皆でもえかを支えるよ。

2023/12/11(月) 12:18:23 ID:65trh_k
皆さん、ありがとう。正直足は痛いし、精神状態も安定してないんだけど、気になることを残して手術は受けたくないから、警察に話してみます。あ、今ちょうど来たかも……また愚痴を言うかもしれないけど、ごめんなさい。

東テレ「ワイドアフタヌーン」

宮本光一「ずっとお伝えしてきた上杉彩奈さんと馬場直斗さんの心中事件ですが、また一つ悲劇が起きてしまいました。弊社の濱中有菜アナウンサーが、上杉彩奈さんを送る会の取材中、放火事件に巻きこまれて亡くなりました。まだ24歳でした。私たちも、大事な仲間を失った悲しみに何とか耐えています。今回は、この事件を中心に伝えていきたいと思います。まず警視庁クラブの坂下さん、現在の捜査状況を教えて下さい」

坂下「警視庁クラブです。逮捕された木俣貴志容疑者ですが、供述内容を頻繁に変えており、警察では厳しく追及しています。木俣容疑者は当初、自分の会社に放火するつもりでいたが、途中で気が変わって上杉さんを送る会が行われていたライブハウスに放火した、と供述していました。しかしその後、『頼まれてやった』と供述を変えています。ただし、誰に頼まれたかについては話していません。警察では慎重に調べていますが、供述の内容に信頼性がないとして、精神鑑定も検討しています」

宮本「状況はそんなに簡単ではないということですね」

坂下「事件が起きた状況については、現場を警戒していた警察官が目撃していたので、事実関係についてはほぼ確定しています。しかし、一番肝心の動機について曖昧な部分があり、警察も頭を悩ませている、というところです」

宮本「誰かに頼まれたという供述は、どこまで信頼できるんでしょうか」

坂下「具体的に誰に、という話が出ていないので何とも言えません。責任逃れのためという話もありますが、今のところは裏が取れていない状況です」

宮本「はい、ありがとうございました。また何か新しい情報が入りましたら、よろしくお願いします……今日も火曜コメンテーターの常松明子さんに特別に来ていただいています。常松さん」

常松「はい、犯行の動機はともあれ、亡くなった方を送る会の会場に放火というのは、許される行為ではありません。例えば一般の方の葬儀の最中に、いきなり誰かが乱入してきて、放火するようなな事件を想像してみて下さい。あり得ませんよね？　今回の事件は、まさにそういうことなんです。無礼にもほどがあるというか、いくらストレスが溜まっていたとしても、許されないことです。ただし、誰かに頼まれてやったというのは……それも分かりません。自分の責任逃れのために適当なことを言っている可能性もありますよね」
宮本「これに関しては、木俣容疑者が勤務していた会社の創業者で、起業家である神尾誠さんが被害者に補償する、と宣言しています。異例の対応ですね」
常松「お見舞い金とかなら過去にも例があると思うのですが、補償ということになると、一歩踏みこんだ感じですよね。英断だと思います。売名行為という声もあるんですが、売名というか、一種の防御策じゃないでしょうか。この容疑者の勤務先は公表されていないはずですが、いずれ割り出されて、責任を問う声が出てくるでしょう。そうやって攻撃される前に、自分から明かして責任を取るという、積極的な防衛策です。企業人としては、思い切った対策だと思います」
宮本「常松さんは、プラス評価ですか」
常松「いえ、評価するようなことではないと思います……どんな補償をされても、亡くなった人は戻ってきません。濱中さんは本当に残念でした」
宮本「常松さんは、濱中アナと仕事をしたことがあったんですよね」
常松「この春に、東テレで放映した連ドラのナレーターをやってもらいました」

宮本「『なごや物語』ですね。濱中アナは名古屋出身ということで、常松さんが白羽の矢を立てられたとか」

常松「お願いした、ということです。ナレーターなので、そんなに名古屋弁を使うわけではないんですが、ナチュラルに、時にユーモラスに登場人物に突っこむという難しい役割を、完璧に果たしてくれました。ゴールデン帯のドラマで、局アナの方にナレーションをやっていただくことはあまりないのですが、濱中さんの起用は大成功でした。表に出るリポーターやMCの仕事以外でも、才能のある人だと実感していたんです。脚本家として、どこかでまたご一緒したいと感じる人でした。本当に残念です」

宮本「はい、ここで、濱中アナの過去の映像をご覧いただきたいと思います。今は見るのが辛い映像でもあるのですが、濱中アナを愛していただいた皆さんに、最後の姿をお届けしたいと思います」

濱中「皆さん、こんにちは。東テレ新人アナウンサーの濱中有菜です。今日がテレビ初登場ということで、人生で一番緊張していますが、よろしくお願いします。それでは全国のお天気です」

「夕刊サン」ウエブ版

放火事件に「指示役」関与か

女優の上杉彩奈さんを送る会の会場が放火され、東テレアナウンサーの濱中有菜さん（24）が死亡、20人が重軽傷を負った事件で、逮捕された木俣貴志容疑者（37）が、「指示を受けてやった」と供述していることが、警察関係者への取材で明らかになった。木俣容疑者は「金も受け取った」と話しているが、誰が指示したかについては明らかにしていない。

また、放火事件直後に、警察の事情聴取を拒否して、慌てた様子で現場を立ち去った男性がいることが明らかになった。警察では「逃げた」と判断しており、木俣容疑者の言う「指示役」だった可能性もあると見て、現場付近の防犯カメラなどのチェックを進めている。

ブログ「夜の光」

上杉馬場事件、またおかしな方向に話がぶれてきた。

逮捕された木俣貴志が、「指示された」と供述しているようだけど、これで責任を逃れられるわけがない。誰かに指示されてやっても、自分の意思でやっても、そんなに責任に差は出ないと思う。指示されて金をもらってやったとしたら、むしろ悪質。

この件で、指示役の犯人捜しが始まるだろうけど、無駄だと思うよ。警察も疑ってかかってるし、警察内部の情報を一般の人間が知ることはできないから。

ただし管理人には独自のルートがあります。

木俣という人間に指示したのは、アリノ・カンパニーの関係者。動機は分からないけど、木俣に金を渡して、ライブハウスに火を点けさせた。それははっきりしてるんだけど、動機が分からないから、名前を晒すのはやめておきましょう。

それで、アリノ・カンパニーの創業者である神尾誠が、急に「補償します」なんて言い出した理由も分かるよね。要するに会社ぐるみの犯罪と見られないために、いち早く予防線を張ったわけだ。神尾が何かしたわけじゃないだろうけど、最初に「金を払います」と言っておけばイメージが悪くないわけで。

ただし、アリノ・カンパニーの関係者が放火に関係していたとしたら、イメージもクソもない。謝るなら、さっさと警察に指示役を突き出して、土下座でもするしかないな。後でバレて頭を丸めても、ネタにしかならないから。これは、ネットの中だけの笑い話で終わることじゃない。

神尾、というかアリノ・カンパニーの闇はしっかり調べるべきだね。

アリノ・カンパニーって、あまり知られていないと思うけど、一時すばる座と取り引きがあった。ホームページの運営、チケット販売システムの構築なんかで5年間ぐらい、契約関係にあった。元々関係があったわけで、何か裏があると考えてもおかしくない。アリノ・カンパニーの社員——木俣とか——が、馬場直斗と個人的なつながりがあったりしてね。

馬場直斗はもう死んでるけど、すばる座から見たら、上杉彩奈は微妙な存在と言える。自分の劇団のドル箱俳優を死に追いやった存在なわけだから。

もちろんこれは仮定の話。誰かが何かやったと断定しているわけじゃない。

では、たった1つ、はっきりしている話をここで公開します。

前に365ニュースが、上杉彩奈のお腹の子の父親が馬場直斗だと書いた誤報があったよね。あれは完全に誤報です。365ニュースがどういうネタ元から話を聞いたかは分からないけど、そのネタ元が間違っていたんだと思う。あるいは故意に365ニュースを騙そうとしたか。父親は当然、今も元気で活動している方。活動っていうのは、芸能人としての活動なのか、一般の社会人としての活動なのかは言わないけど。ただ、名前を聞けば分かる人は分かる、とだけ言っておきます。

まあ、もちろん名前は明かせない。365ニュースみたいに、無責任にネタをばらまくわけにはいかないから。あんなことしてると信用なくすからね。

馬場直斗応援掲示板「直斗マニア」

2023/12/11(月) 15:12:27 ID:7ytuhxl

「夜の光」がまた匂わせやってる。あのブログ、最近匂わせが多いよね。彩奈の子どもの父親、有名人だって言いたい感じだけど、これは信じていいんだろうか。

2023/12/11(月) 15:20:12 ID:rt7-lju

「夜の光」の管理人は正体不明なんだけど、妙に業界事情とかに詳しいのは確かだ。業界の中の人……いや、それだったら、こんな匂わせしないんじゃないかな。やってることがバレたら、業界で総スカンを食うんじゃないだろうか。

2023/12/11(月) 15:25:45 ID:7tty_j8y

しかし、ぶっちゃけ言って、彩奈の子の父親が誰かは気になる。これまで、365ニュースの誤報（笑）の通り、馬場さん＝子どもの父親みたいに考えてた人がほとんどだと思うけど、そうじゃなければ話が変わってくる。子どもの父親の問題を巡って揉めていたとしたら、馬場さんは完全に被害者じゃん。

2023/12/11（月）15:27:36 ID:tpo9ujh
馬場さんを被害者にしてると、また彩奈掲示板から刺客がくるよ。例の木俣貴志だって、こっちの住人じゃないかってすごいクレーム入れてきてたし。この話題、これぐらいにしない？
それより、見つけにくい場所に掲示板引っ越す話、どうしたっけ？

「夕刊サン」ウエブ版
父親は誰だ？ 再燃する疑念

心中で亡くなった女優の上杉彩奈さん（28）。死亡時に妊娠していたことが分かって衝撃を与えたが、子どもの父親が誰かという疑問が、このところ再燃している。

この問題については、ネットニュース「365ニュース」が、「お腹の子の父親は馬場直斗さん」と伝えたものの、警察・関係者とも否定して誤報だと判明したことがあった。

このところ話題になっているのは、上杉さんと馬場さんの心中問題について、初期からまとめを行ってきたブログ「夜の光」。ここで、誰もが知っている有名人が父親、という説を紹介している。これまでの内容から、この説に信憑《しんぴょう》性があると信じる人も多いためか、拡散している。ただし、具体的なヒントはない。
夕刊サンでは、このブログの管理人に真偽を確かめるべくメッセージを送ったが、11日午後5時現在、返答はない。

12月12日㈫

「東日新聞」朝刊・解説面

不幸を弄ぶネット時代の倫理観

女優の上杉彩奈さん（28）と俳優の馬場直斗さん（37）の心中事件。捜査が進められる中、様々な波紋が広まっている。その中心にあるのは「人の不幸もネタに過ぎない」という、ネット特有の感覚ではないだろうか。（メディア部長・小松泰人《こまつやすと》）

2人は10月2日、上杉さんの自宅で倒れているのが見つかり、上杉さんはすぐに死亡が確認され、馬場さんも意識不明の状態が続いた後に死亡した。

この事件に関しては、当初からネットが沸騰。2人の関係、心中の動機などについて根拠のない噂話が飛び交い、のちに2人の所属事務所が異例の共同声明を発表したほどだった。

ネット社会では、何か衝撃的な事件が起きるたびに無責任な噂話が流れ、関係者の名誉を毀損したり、傷つけたりして、訴訟になることも珍しくなかった。

ネット環境に詳しい城東大文学部の佐原圭介《さはらけいすけ》教授（メディア論）は、このような状況を指して「社会の総娯楽化」と称している。現実社会がストレスで溢れている中、現代人はストレスからの解放を求めて、常に楽しめる材料を探している。さらに、移動や待ち時間の「暇潰し」が携帯電話やスマートフォンになったために、ネットでいかにシンプルで面白い材料が出るかが重視されるようになってきた。

佐原教授は「あらゆることが娯楽になる。特に芸能人やスポーツ選手ら有名人の場合、一挙手一投足が注目され、いいことでも悪いことでも話題になりやすい」と話す。さらに「ちょっとしたことに気づいて情報提供したり、他の人とは違う解釈を提供したりして拡散した人は、ネット上では英雄扱いされる。手軽に人に褒められる手段として、ネットが利用されている」と分析する。

ただし、最初に話題になった有名人の話は後に忘れられ、まったく別の話題に移行していくこともある。佐原教授は、これを「ネタの中心の空洞化」あるいは「ネタの遷移《せんい》」と呼んでいるが、今回の上杉さんと馬場さんの問題については、「2人は何故心中したか」という問題が常に中心にある、珍しいケースになっているという。

ネット文化に詳しいITジャーナリストの木村コウタさん（38）は「これだけ同じ話題がネット上で続くケースは珍しい。海外ではアメリカ大統領選挙、戦争などがずっと話題の中心に居座ることはあるが、芸能人の話題がこれほど続くケースは稀だ」と説明する。

SNSなどでの情報拡散を解析しているネットブランク社によると、歌手の清田正樹被告が警察官に発砲して逮捕されるという衝撃的な事件が、一時芸能関係の話題の7割を占めていたというが、いつの間にか上杉さん、馬場さんの事件が話題の中心に戻っていた。
　木村さんによると「話題が薄れそうになると新しい話題が出てきて、いわゆる〝燃料投下〟が続いている状態。まるで、誰かがこの話題を長続きさせようと、わざと何かを起こしているような感じさえある」という。

東テレ「ワイドモーニング」

下条花香「おはようございます、今日もワイドモーニングから始まる1日、よろしくお願いします。今日はまず、インタビューからお届けします。
　起業家の神尾誠さん、最近はインフルエンサーとしても活動していますが、この神尾さんにお話を伺うことができました。上杉彩奈さんの追悼集会場が放火された事件で、逮捕された容疑者が、神尾さんの創設したアリノ・カンパニーの社員だったということで、事件の被害者に対して補償を行うといち早く発表しました。この事件では、東日テレビの濱中有菜アナウンサーが亡くなっています。それでは、神尾さんのインタビューです」
ディレクター「今回、放火事件が起きた直後という非常に早い段階で補償を提案されました。理由を教えて下さい」
神尾「会社としての責任です。弊社の社員がメンタル的に非常に厳しい状況に追いこまれたことが原因で、今回の事件が起きた可能性が高いと聞いています。ですので、間接的に弊社にも責任があると考えました」

ディレクター「こういう事件や事故の場合、裁判などで損害額が確定して、それに準じて賠償金の形で支払われるのが普通かと思います。発生直後なら、取り敢えずのお見舞いのような形が一般的ではないでしょうか」

神尾「実際に怪我されて仕事などを休まざるを得なくなった方もいらっしゃいますし、精神的にショックを受けた方もいらっしゃいます。そういう方に対しては、少額の見舞い金ではなく、できるだけ多くの額を補償することで、少しでもお役に立てればと考えています」

ディレクター「ネット上では、売名行為ではないかという批判の声も出ていますが」

神尾「売名になるとかならないとか、別に何とも思いません。実際に苦痛を受けている方のために、少しでも役に立つ金の使い方を考えただけです。ネットといえば、まるで弊社の人間が事件を指図したような噂が流れているようですが、冗談ではありません。弊社では、上杉さんのファンを傷つけても何の利益もありません。話題になればいいと思って適当な情報を流す人がいたということでしょう。気にしていたらきりがありませんので無視しますが、あまりにもいい加減な情報を流すような人がいたら、その時は対応を考えます」

ディレクター「補償の具体的な手続きは、どのようになりますか」

神尾「アリノ・カンパニーに相談窓口を作ります。弁護士に常駐していただいて、補償額については相談させていただく格好になりますので、後ほど窓口を公表します」

下条「はい。神尾さんのインタビューをお聞きいただきました。斉藤さん、あまり聞かないやり方ですが、英断ですね」

斉藤大介「そうですね。神尾さんは、私、お話しさせていただいたことがあるんですけど、非常に頭の回転が速い人なんですね。決断も速い。こっちがついていけなくなるぐらい、どんどんアイディアを出す方で、だからこそ、今回もいち早く救済策を発表されたんじゃないでしょうか」

下条「植田さんはどうお考えですか」

植田優子「異例の対策であることは間違いありません。そして、心配でもありますね。事件が起きたばかりの現段階では、まだ怪我の状態がはっきりしない方もいらっしゃると思います。早い段階で補償金を支払って、後になって働けない期間が予想外に長かったからさらに補償金の上積みを……となったら、手続き的に大変になると思います。ですから本来は、ある程度損害の状況が確定してからお金の話をする方がいいと思うんですが……そもそも、容疑者の在籍した会社が被害者に補償金を払うという話も、あまり聞いたことがないですね」

下条「インタビューでは、売名行為ではないかという質問も出ていましたが」

斉藤「それはどうですかね。神尾さんが、今更名前を売る意味はないと思います。そんなことしなくても、有名人ですから」

下条「それと、この件について、一つ気になる情報があります。アリノ・カンパニーがかつて、劇団すばる座とアドバイザリー契約を交わしていたという情報です。確認したところ、すばる座のホームページの運営やチケット販売のシステムなどについて、実際にアリノ・カンパニーが担当していたことが分かりました。ネット上では、これですばる座とアリノ・カンパニーに特別な関係ができて、今回の放火事件を仕組んだ……という説が流れていますが、すばる座はこの件に関して昨日、全面否定する声明を発表しています。紹介しますね。

『ネット上で、すばる座とアリノ・カンパニーが結託し、上杉彩奈さんを送る会の会場に放火させたという無責任な噂が流れているが、事実無根です。この噂の出所であるブログは特定しています。拡散した人も含め、劇団として法的措置も検討しています』

以上ですが、正直言って、あまりにも突拍子もない考えのように思えます」

斉藤「そうですね。あの会場に放火して、一体誰が得するのか、さっぱり分かりません。これは、面白がって流している情報じゃないかな。それこそ、アクセス数稼ぎとかのために」

植田「面白ければいいという風潮が、ここまで広がっているという感じですよね。リアルの世界で、しかも閉ざされた場所なら、どんな話をしてもその人の自由です。しかしネットの世界では、友だち同士で気楽に話しているように思えても、世界中の人に見られてしまいますし、さらにそれを拡散する人もいます。こんなことは、インターネットが普及し始めてからずっと言われていたことなのですが、未だに理解されていないようです。ＩＴリテラシー教育について、教育の現場ではもっと真剣に考えていくべきです」

下条「上杉さんと馬場さんの事件、奇妙な広がりを見せる一方ですが、ワイドモーニングでは今後も追跡していきたいと思います。あ……はい、今入ったニュースです。早朝ですが、アリノ・カンパニーが声明を発表しました。ご紹介します。

『ネット上で、すばる座とアリノ・カンパニーが結託し、上杉彩奈さんを送る会の会場に放火させたという無責任な噂が流れています。先にすばる座が全面否定しましたが、アリノ・カンパニーとしてもすばる座の声明を全面的に支持します。このような無責任な情報を流した人に対する法的措置を取る際には、アリノ・カンパニーも協力していきます。今回の件に関しては、あまりにも無責任な、根拠のない噂が流れており、看過できない情報も少なくありません。上杉彩奈さんが亡くなった後に、様々な人が誹謗中傷の被害に遭い、まさに二次被害、三次被害が拡大していることは、過去に例を見ないネットの悪行です。すばる座とアリノ・カンパニーは、今後もこのようなネットの動きに対して、厳しく対処していく所存です』

以上のような内容で、アリノ・カンパニーが非常に危機感を持って対処していこうとしていることが分かります」

斉藤「5秒ルールってありますよね。拡散しようと思っても、5秒だけ待とうって。5秒経つと、少しだけ冷静になれます。拡散していい情報かどうか、判断できるようになりますよね。必要ないと思えば、あるいは危ないと思えば拡散しない、それが大事です」

植田「あと、ネットで流れていることが何でもかんでも本当だと思ったらいけませんよね。画像や動画がついている場合、何となく本当に見えてしまうんですけど、その情報の出所がどこか、精査してみる必要はあります。例えば公式な発表ならば信用していいと思いますが、最初にどこから出た話なのかを確認する必要があります」

下条「はい、おふたりが仰った通りですね。指先一つで、影響の大きい情報が世の中に拡散されてしまうというネットの特性を、もう一度考えてみて下さい。私たちも、情報を扱う立場として、今回のような問題については、丁寧に扱っていきたいと思います。

はい、ここで次のニュースが入ってきました。北海道で多重追突事故が起きて、怪我人が多数出ているようです。繰り返します。北海道函館市の国道でトラックなどが絡んだ交通事故が起きて、多数の怪我人が出ている様子です。この事故に関しては、詳しい情報が入り次第、お届けします。ではワイドモーニング、今日も朝の情報を幅広くお届けしていきます。今日も1日、ワイドにいきましょう」

12月13日㊌

「週刊TOKYOニュース」ウエブ版

放火共犯者か　警察が特定

女優の上杉彩奈さんを送る会の会場が放火された事件で、警察は現場から立ち去った人間を12日までに特定し、行方を追っている。

この事件で警察では、負傷した被害者から、ライブハウスが燃える様子を観察していた男性がいる、との目撃証言を得ていた。警察では事件に関係ある可能性があるとして、現場付近の防犯カメラの映像をチェックしたところ、慌てて逃走する男性を見つけ、防犯カメラによる追跡で男性の身元を確認、自宅を割り出したが、男性は所在不明。現在、警察で行方を追っている。
この男性は、現住建造物等放火の現行犯で逮捕された木俣貴志容疑者（37）が勤務していたＩＴ系企業、アリノ・カンパニーの幹部社員と見られており、警察では事件との関係を追及していく方針。

「日本新報」ウエブ版
ＩＴ企業を捜索　上杉さん送る会放火
女優の上杉彩奈さんを送る会の会場のライブハウスが放火された事件で、警視庁目黒中央署の捜査本部では、13日朝から、ＩＴ系企業アリノ・カンパニー（東京都港区）の家宅捜索を開始する。
この放火事件では、同社社員の木俣貴志容疑者（37）が逮捕されており、さらに現場から立ち去った不審者が同社の幹部社員（42）であることが判明している。このため、目黒中央署では会社の家宅捜索が必要と判断した。今後の捜査は、会社として事件に関与していなかったかどうかが焦点になる。

SNSから
Bad パパ @badpapa

キター！　これ、神尾の会社自体が放火事件に関与していたこと確定じゃね？　あのおっさんが、話題作りでライブハウスに放火させたとか？　だったらこれ、相当の重罪だぜ。俺らのアリたんを返せって話だよ。

北村匠 @taku_kitamura

アリノ・カンパニーもＩＴコンサルの中ではでかい会社だけど、所詮は神尾のおもちゃみたいなものじゃない。奴が命令すれば、人殺しでもやるような人間が集まってるんじゃないかね？　放火なんて、普通はできない……神尾に洗脳されてるんじゃないかな。

sugi9098 @sugi9098

神尾も薄っぺらい正体が見えた感じじゃね？　最近生配信もYouTubeチャンネルも不調で、アクセス数伸びてないじゃない。ああいう人間は、話題にならなくなったらおしまいだから。悪名は無名に勝るとかいって、悪いことしてでも目立てば勝ちだと思ってる。だけど、人間として間違ってるんだよ。ああいう奴には、誰かががつんと言ってやるべきじゃないか。言うだけじゃなくて、一発かましてやるべきだよ。あんな奴リンチにしても、別に問題ないだろう。

Bad パパ @badpapa

リンチもいいけど、そうすると神尾と同じレベルに落ちるから。ここは冷静にいきましょうぜ。

友の知恵 @chie786

しかし、何でこの件に関しては、こんなにしょっちゅう燃料が投下されるのかね。永遠に遊べそうじゃね？　まあ、人が死んでるのにその周りで遊んでる俺たちはどうかって話だけどさ。

ted_boss @ted_boss21
いやはや、神尾もこれで詰みだろうね。でもあのおっさん、アクセス数稼げればいいと思ってるから、警察の家宅捜索の様子をライブ配信しそうだけどな。

神尾誠（起業家・インフルエンサー）の生配信

神尾「はい、神尾です。今日は1人でお送りしています。ええとね、今朝からオールドクソメディアが、うちの会社を家宅捜索なんていうニュースを流していますけど、今のところ、警察からは何の連絡もありません。誤報だと思うけど、万が一本当だったらとんでもないことなので、私、アリノ・カンパニーの本社で張ってます。今、朝8時。寒いです。しかも徹夜明けです。まあ、私も色々あって、この年になってもまだ徹夜で頑張ることだってあるわけです。徹夜してたら、このニュースを知って、慌てて飛び出してきました。というわけで髭《ひげ》も剃《そ》ってないけど、ご容赦下さい。

さて、一部オールドクソメディアの報道によりますと——この言い方、笑っちゃうよね——上杉彩奈さんのお別れの会の放火事件に、アリノ・カンパニーの幹部社員が関与していたということですね。年齢も42歳って出ちゃって、これだとあっという間に特定されちゃう。オールドクソメディアの連中の人権感覚、どうなってるのかね（笑）。

さて、この時間だとさすがに、このビルに出入りする人はあまりいませんね。昔はアリノ・カンパニーでも徹夜は当たり前だったけど、最近は定時出勤、定時退社を徹底しています。フレキシブル勤務を試したことがあったんだけど、そうなると、人はかえってずっと会社にいるんだよね。それが馬鹿らしくて、結局勤務時間をはっきり決めて、残業禁止にしました。

お、総務部長、三上君《みかみ》が出勤してきました。ちょっと話を聞いてみましょう。三上君！」

三上「社長……何ですか」

神尾「もう社長じゃないよ。今、生配信中。随分早いね。総務部長が早朝出勤はどうかと思うよ」

三上「今日は特別ですよ……こんな時にライブ配信ですか（溜息）」

神尾「こんな重要な時だからこそ、ライブ配信だよ。警察が本当に家宅捜索するのか、やるなら本音を聞いてみたい。あんたら、無駄な捜査をやってるんじゃない？　冤罪《えんざい》ってこういう形で生まれるんじゃないかって」

三上「今日はやめておきましょう。これはエンタメじゃないんですよ。我が社の命運がかかっているんです」

神尾「そんなわけないじゃん。うちは何も悪くないんだから、家宅捜索を受ける理由なんかないんだよ」

三上「警察には警察の考えがあるんですから……行きますよ」

神尾「よろしく頼むよ、総務部長！　はい。三上総務部長でした。あんなに深刻にならなくてもいいのにねえ。さて、ここで少し待機になりますが、私は徹夜明けですので、コーヒーをいただきたいと思います。飲むのはもちろん、こちらの会社の近くにある『千早《ちはや》珈琲店』のモーニングブレンド。あ、今また宣伝だって思ったでしょう？　そうです、宣伝です。純喫茶大好きな神尾がプロデュースした、21世紀スタイルの純喫茶、千早珈琲店。喫茶店でモーニングを、という文化を定着させるために、各店舗とも午前7時から営業しています。今日は徹夜明けで食欲がないのでコーヒーだけですが、千早珈琲店では、5種類のモーニングセットを用意して皆さんをお待ちしております。ブレンドコーヒーは、朝用、昼用、夕方用で豆のブレンドを変えて、その時間帯に合う味を作り上げています。いや、やっぱり朝はこのブレンドに限るね。酸味も苦味も抑えたスッキリ系なんだけど、しっかり目が覚めるっていう、奇跡のブレンドですよ……あ、今、警察官らしき人たちが入ってきました。4人……5人……7人もいますね。結構な人数です。あ、本当に段ボール箱を持ってくるんだ。貴重な仕事の材料を持っていかれると困るんだけどなあ。さあ、それではこれから、我が古巣に捜索に入る警察官にインタビューしてみたいと思います。

すみません、アリノ・カンパニー創業者の神尾です。今日の家宅捜索について、ちょっと話を――うわ！」

SNSから

Bad パパ @badpapa

神尾、リアルでこんな馬鹿だと思わなかったわ。自分の作った会社にガサかける警察官に直撃って、何考えてるのかね。ただし、あの配信のアクセス数はすごかったらしいけど。

極みの匠 @takumi_kiwami

未確認情報だけど、神尾、逮捕されたって。公務執行妨害とかかな？　自爆じゃん。いくらアクセス数を稼いでも、逮捕されたらその後が続かない。

ジャック01 @jack01

何をか言わんや。神尾も馬鹿がバレた感じだよね。会社を作っては手を引いて、また新しい会社を作って。結局こいつって、何も生み出してないじゃん。クリエイターの振りっていうか、●●や××の真似っこに過ぎないのね。そういう人間、とっくに絶滅してたはずなのに、未だにいるなんて驚きですな。神尾がオールドタイプの起業家だってよく分かる。っていうか、これからは犯罪者ってことだよね。

Bad パパ @badpapa

神尾、逮捕か。ここから立ち直れるどうか、注目ですな。しかし、あれだけ上杉馬場問題をしゃぶり尽くしてアクセス数を稼いできた人間が、今度は自分がしゃぶられる番になったわけで、この先どうなることやらね。情けないとしか言いようがない。インフルエンサー（笑）としてはもう終わりだな。あとは喫茶店のプロデュース（笑）でやってくしかないでしょうな。っていうか、コーヒーの淹れ方でも勉強して、大人しく地道に喫茶店のマスターでもやってればいい。

「東日新聞」夕刊・社会面

起業家を逮捕　警察の捜索妨害

警視庁目黒中央署は13日、起業家の神尾誠容疑者（48）を公務執行妨害の現行犯で逮捕した。

調べによると神尾容疑者は、家宅捜索に入ろうとする同署員たちにカメラを向け、ライブ配信のためにインタビューを試み、業務を妨害した疑い。

同署では、女優の上杉彩奈さん（28）を送る会で発生した放火事件の関係で、逮捕した木俣貴志容疑者（37）の勤務先であった「アリノ・カンパニー」（東京都港区）の捜索を行うために、同社の入るオフィスビルに入った際に、神尾容疑者の〝突撃取材〟を受けた。神尾容疑者は「自分が作った会社が捜索を受けるところを記録して、配信したかった」と供述している。

神尾容疑者は東京都出身。東京大学在学中にＩＴ企業「アット10」を創業したのを手始めに、様々な企業の立ち上げに参加。ＩＴコンサルタント業のアリノ・カンパニーも、神尾容疑者が15年前に創業した。最近ではネットのライブ配信などで、インフルエンサーとしての活動が目立っていた。

ブログ「夜の光」

また逮捕者か。この件に絡んでいる人間は、逮捕されてでも話を引き延ばそうとしているのだろうか。そういうシナリオを、裏で誰かが書いていたりして。

神尾誠がハッタリ野郎なのは、世間の人は皆知ってるだろうけど、馬鹿だというのはここで初めて明らかになったのではないだろうか。警察が家宅捜索する時に、その様子を生配信するっていうのはどういう発想だろう。

当ブログでは、アリノ・カンパニーの関係者が木俣に指示したと指摘したけど、それに関連しての捜索だったのは間違いない。実際、警察は事件発生の翌日、既にアリノ・カンパニーの家宅捜索を行っている。立て続けに捜索っていうのは異例で、新しいターゲットが生まれた証拠だろう。当ブログが指摘した関係者への捜査が迫っている。

神尾は、相当焦ってるんだろうね。会社を作っては手放して、利益が上がっているところの方が少ない。インフルエンサーとしての活動も頭打ちで、どこへ向かうのか本人も分かってない感じだと思う。それで焦って、アクセス数稼ぎのために警察突撃を考えたんだろうけど、本人が逮捕されたらどうしようもないよね。これで、今後は起業家、インフルエンサーとしての活動も制限されるんじゃないだろうか。要するに自爆。

神尾はこのブログなんか見てない（今は留置場だからそもそも見られないか）と思うけど、オカルト的な忠告をします。この事件に関して逮捕された人間は、不幸になるよ。神尾がこの件で騒ぎ始める前にあちこちに突撃していたhossyが逮捕されて、釈放された直後にまた突撃して殺されたでしょう。神尾も、調子に乗って、余計なことしてると命が危ないんじゃないかな。

ずっとこの事件をウォッチしていた人間として忠告します。

東テレ「イブニングゴー」

木宮佳奈子「こんにちは。1日のニュースをまとめてお送りするイブニングゴーの時間です。今日はまず、起業家の神尾誠容疑者逮捕のニュースです。警視庁クラブの坂下さん、お願いします」

坂下「はい、警視庁クラブです。起業家の神尾誠容疑者が逮捕されたニュースです。神尾容疑者は今日午前9時過ぎ、自身が創業したアリノ・カンパニーに警視庁目黒中央署の署員が家宅捜索に入ろうとした際、生配信のためと称して話を聞こうとして、警察の業務を妨害し、公務執行妨害の現行犯で逮捕されました。アリノ・カンパニーには、上杉彩奈さんを送る会で、会場に放火したとして現行犯逮捕された木俣貴志容疑者が勤務しており、警察はこの捜査の関係で家宅捜索を行おうとしていました」

木宮「坂下さん、神尾容疑者は容疑を認めているんですか？」

坂下「はい。生配信のために警察官に直接話を聞きたかったたと供述しています。ただし、業務を妨害する意図はなかったと言っています」

木宮「それではスタジオで話を伺います。やはりインフルエンサーとして活躍され、IT系企業の経営者でもある佐藤隆明《さとうりゅうめい》さん、このニュースを聞かれて、いかがですか」

佐藤「神尾さんは、起業家として私にとっては大先輩で、目標にしている人でもありました。インフルエンサーとしても、経験と人脈を生かして、多くの人と共演されて、人の魅力を引き出すのが得意な人です。ただ……普段から、好奇心が旺盛過ぎるところがある人ではあります」

木宮「今回の件も、好奇心からということなんでしょうか」

佐藤「今回は、ちょっと違いますかね。自分の会社が捜査対象になったことで、怒りもあったんだと思います。起業家にとって、自分が立ち上げた会社っていうのは、子どもみたいなものなんです。子どもが調べられると思ったら、頭に血が昇りますよ。しかも自分が全然知らないことだったら……頭を殴られたような感じになって、冷静な判断ができなくなっても、おかしくないと思います」

木宮「神尾さんは、一連の事件――アリノ・カンパニーの社員が逮捕されたことについて、事情を把握していなかったということですか？」

佐藤「全社員の動向を把握しているような経営者はいません。ましてや神尾さんにとって、アリノ・カンパニーは既に経営権を手放してしまっている会社です。大株主ではありますけど、自分の会社――自分が全てを掌握している会社だという意識はそれほど高くないと思います。言ってみれば、養子に出した子どもがトラブルに巻きこまれたような感覚ではないでしょうか」

木宮「最近、配信を行う人のトラブルが増えている印象があります。佐藤さんは、どのようなことに気をつけているんですか」

佐藤「線引きです。この先はやらない、という……例えば人を呼ぶ時は、よく知っている人に限定します。よく、1、2回会っただけの人を、さも昔からの知り合いのように呼ぶ人もいますけど、相手の本音や考え方、呼吸が分かっていないと、変な事故が起きることがあります。初対面の相手でも、予想外の化学反応が起きて盛り上がることもありますけど、レアケースですよね。
それと、現場から生配信する時には、前の日に、翌日配信を始めるのと同じ時間に現場に行って、様子を見ておくようにしています。事前にある程度様子が分かっていれば、トラブル予防になります。それと本番では、できるだけ多くのスタッフを動員することですね。人がたくさんいれば、何か起きた時にも誰かが気づいて対処できる確率が高くなりますから」
木宮「テレビのロケと同じ感じになりますね」
佐藤「そうですね。テレビのロケに参加させてもらうこともありますが、本当にスタッフさん、多いですよね。私の配信や収録ではそこまで多くのスタッフが参加する必要はないんですけど、できるだけ大人数でやるように注意はしています」
木宮「神尾容疑者は、逮捕された時に1人だったようですね」
佐藤「まあ、神尾さんの場合は、誰かが忠告しても止まらないと思いますけどね（笑）。僕はスタッフが『注意』って言ったら、すぐにカメラを止めちゃいます」

ネットニュースサイト「365ニュース」

神尾氏逮捕　警察官直撃に疑問の声

起業家の神尾誠氏（48）が、公務執行妨害の現行犯で逮捕された事件。家宅捜索を始めようとした警察官に「突撃」するという前代未聞の事件に、非難の声が集中している。

神尾氏は最近は、ネットの生配信を「主戦場」にしており、かなり過激な企画にも取り組んできた。広い人脈を生かしたトークも人気だが、このところ「マンネリ」「企画が緩い」などの批判も出ており、実際、アクセス数も落ちていた。

さらに、神尾氏が創業したアリノ・カンパニーの社員が、上杉彩奈さんを送る会の会場に放火したことで、怒りとストレスが溜まっていたと見られる。神尾氏は、別の社員が関与していたとする報道に対して「オールドクソメディア」などと罵倒し、アリノ・カンパニーに家宅捜索に入る警察官を待ち伏せしながら生配信を行っていた。

公務員に限らず、業務中の人には迷惑をかけないようにするのが、配信者の基本的なマナーである。神尾氏はこの基本マナーを頭から破っていたわけで、批判が集中するのも当然だ。

神尾氏に対する警察の処分は不透明だが、今後のインフルエンサー、起業家としての活動に大きな影響が出るのは間違いない。


ネットニュースサイト「365ニュース」解説生配信

島谷幸太郎（365ニュース編集長）「こんにちは、島谷幸太郎です。記事でも紹介しましたが、今日は神尾誠氏の逮捕について解説していきたいと思います。

私、この配信の前に警察に取材してきました。神尾氏が逮捕されたのは事実ですが、配信中に警察の業務を邪魔したので逮捕というのは、極めて珍しいことらしいですね。正直、警察の方も呆れていました。神尾氏はテレビなどの出演もあり、一般的に広く名前と顔を知られた方なので、そんな人が……ということで衝撃も大きかったようです。

　これは、我々のようにネットを表現の場として利用している人間にとって、大きな教訓になる問題です。

　一般に我々にとって、仕事の評価の基準になるのがアクセス数、会員制サイトなら会員数です。要するに、人を集めないと仕事にならないわけですが、そのために過激な企画に走ってしまうこともよくあります。

　さらに、カメラを回している時には全能感のような感覚があります。カメラを向ければ、どんな相手でも口を開いてくれると思いこんでいるんです。そこで想定外のコメントが出てくれば最高――ぐらいに考えているわけです。

　ただし、カメラを向けられると困る人はいます。警察官などはその最右翼です。警察官は、極秘の捜査に従事することもあるので、世間に顔が知られていると不都合なこともあるわけです。そんなことは、少し考えればすぐに分かるはずなんですが、変な万能感に駆られてつい突っこんでしまったのが、今回の神尾氏の失敗だったと思います。

　神尾氏には、アクセス数を稼いでインフルエンサーとしての影響力をキープしないといけないという焦りもあったでしょう。それはネットで活動する多くの人間に共通する課題です。

　神尾氏がやったことは許されませんが、それでも行動力、企画力は否定されるものではありません。そこで365ニュースでは、神尾さんに提案したいと思います。この事件では、神尾さんはそれほど長くない先に釈放されると思います。警察も忙しいので、微罪である公務執行妨害で逮捕された人をいつまでも留置場に留めておく余裕はないはずです。出てきたら、うちと組んでやりませんか？　今まで色々あったことは事実ですが、我々はフレキシブルにやるべきだと思います。互いに、世間に知らせたいことは同じで、ノウハウも持っている。ここは組んでやった方が効率的だし、シナジー効果もあるはずです。組むことで、必ず新しいものが生まれます。待っていますので、ご連絡下さい」

SNSから

Bad パパ @badpapa
いや、何これ。３６５ニュースが神尾に救いの手を差し伸べてる感じだけど、敗者連合ってこと？

黒木たかし @takashi_kuroki
両者が組んでも、何かできるとは思えないんだよね。常識知らず、金儲けだけでやってきたインフルエンサー（笑）とジリ貧のネットメディア。負け犬同士が組んだら、マイナス×マイナスでプラスになると思ってる？　マイナス＋マイナスでマイナスが大きくなるだけだから。

shimadayasuki @shimadayasuki76
こいつらが何かネタを提供してくれるとは思えないけど、結局見ちゃうんだろうな。人がダメになるところ、ダメな奴を見るのって快感だから。しかしこいつら、少しでもまともな情報提供したこと、あったっけ？

深谷かすみ @fukaya45X

いい加減、こいつらにつき合うのやめたいなって思うんだけど、つい見ちゃうという意味では、奴らの策略にハマってるということかな。まあ、ネットの世界は本当に役にたつこと1パーセント、残りはただの暇潰しだから、どうでもいいんだけど。

12月14日㈭

「週刊TOKYOニュース」ウエブ版

放火事件　追悼集会を計画

女優の上杉彩奈さんを送る会で発生した放火事件で、送る会の主催者が追悼集会を企画していることが分かった。

主催者は「せっかく彩奈を追悼するために集まってもらったのに、あんな事件が起きて、悔やんでも悔やみきれない。亡くなった濱中アナへの追悼の意味も含めて、もう一度追悼集会を開きたい」としている。

この放火事件では、東テレの濱中有菜アナウンサー（24）が死亡したほか、20人が重軽傷を負う惨事になり、会社員木俣貴志容疑者（37）が現住建造物等放火の現行犯で逮捕されている。

主催者は「彩奈の心中に対する捜査もまだ続いているが、今回の追悼集会でファンの気持ちの整理をつけたい」としている。

東テレによると、濱中アナウンサーの葬儀は遺族だけで行われた。今後、局として追悼番組の放映を計画しているが、お別れの会などは予定していないという。

「日本新報」朝刊・社会面

放火事件　ＩＴ企業幹部から聴取

女優の上杉彩奈さんを送る会の会場のライブハウスが放火された事件で、警視庁目黒中央署の捜査本部では、ＩＴ系企業アリノ・カンパニー（東京都港区）の幹部社員（42）から事情聴取を始めた。

この事件では、同社社員の木俣貴志容疑者（37）が現住建造物等放火の現行犯で逮捕されているが、幹部社員が現場で警察官の事情聴取を受けずに立ち去ったこと、さらに木俣容疑者が「指示を受けた」と話していることなどから、この幹部社員が放火事件に関与している可能性があると見て、調べている。

一方、アリノ・カンパニーの家宅捜索を始める警察官に〝突撃取材〟したとして公務執行妨害の現行犯で逮捕された同社創業者で起業家・インフルエンサーの神尾誠容疑者（48）は「警察の捜査を妨害する意図はなかった。自分が作った会社が捜査対象になると聞いて、どういうことなのか直接確かめてみたかった」と話しているという。

「東日新聞」朝刊・解説面

心中に群がる心理

女優の上杉彩奈さん（28）、馬場直斗さん（37）の心中事件が、さまざまな広がりを見せつつ、未だ収束の気配がない。この事件に「群がる」動きをまとめてみた。（社会部・田宮新次郎《たみやしんじろう》）

当初は心中事件として捜査されていたのだが、2人に鎮痛剤を投与したとして寒川新太容疑者（37）が逮捕されたことなどから、事件が〝暴走〟し始めた。

この事件について何度も配信で伝えていた「取材系」ユーチューバーが逮捕された後、上杉さんの所属事務所「エーズ・ワン」のマネージャー（31）を直撃取材してトラブルになり、自分が持っていたナイフを奪われて刺され、死亡した。また、馬場さんの愛人を名乗る女性が自殺した。さらに、上杉さんを送る会の会場が放火され、東日テレビの濱中有菜アナウンサー（24）が死亡。この事件で逮捕された容疑者が勤務する会社を創設した、起業家でインフルエンサーの神尾誠容疑者（48）が、家宅捜索の様子をネットで配信しようとして、公務執行妨害の現行犯で逮捕された。

1件の心中事件がきっかけになり、様々な事件が連鎖的に起きている状況だが、これに対して城南大社会学部の木島尚彦《きじまなおひこ》教授（ネット社会学）は警鐘を鳴らす。

「最初の事件が非常に衝撃的だったので、マスコミもネットも、過熱気味に伝えてきた。特にネットでは、この件を利用してアクセス数を稼ごうとする露骨な動きが出てきて、その結果、悲惨な事件が何件も起きてしまった」と指摘する。木島教授によると「誰もが心中事件をしゃぶり尽くそうとしている」。

また、犯罪ジャーナリストの佐貫太一郎《さぬきたいちろう》氏は「事件の衝撃が大き過ぎて、ネット民のタガが外れた感じがある。ただしそのきっかけを作ったのは、新聞・テレビ・週刊誌などのメディアだ。事件・事故については、オールドメディアの第一報をきっかけに、ネット上で様々な動きが出てくるのだが、今回は事件の性質上、最初からセンセーショナルな扱いも多かった。それがネット民の怒りの炎に油を注いでしまった感はある」とメディアの報道姿勢についても厳しく批判している。

既存メディアにも反省が求められるが、ネットでの情報の取り扱いについても、規範が必要なのではないだろうか。これまで何度となく繰り返されてきた問題だが、明確な基準・規範がないまま、今回もネットの情報で傷つけられる人が出てきたことは、検証されなければならない。

上杉彩奈応援サイト「彩奈LOVE」掲示板

2023/12/14(木) 10:24:13 ID:tw45twh

週刊TOKYOニュースで、また彩奈の追悼集会やるっていう話が出てたけど、あれ、誰が喋った? そんなことできる状況じゃないと思うけど。

2023/12/14(木) 10:26:19 ID:q6thegp

私も驚いた。この掲示板でもそんな話、全然出てなかったし、ここ以外で誰かそんな話するかな。もしかしたら、週刊ＴＯＫＹＯニュースのでっち上げじゃない？

2023/12/14（木） 10:29:28 ID:78hsgtf

放置しておいた方がいいのかな。それとも抗議する？ でも、ここの住人が何か言っても、週刊ＴＯＫＹＯニュースが相手にするとは思えない。この件ではファンクラブも動いてないし、事務所に言ってみる？ あそこもマスコミの報道にはかなりむかついているみたいだし、動いてくれるかも。

2023/12/14（木） 10:31:45 ID:6sjhr79

＞事務所に言ってみる？

賛成。マスコミって、この件で骨までしゃぶろうとしてる感じじゃない。いい加減、そういうのを止めないと。誤報だってことになれば、圧力になって黙るんじゃないかな。

芸能事務所「エーズ・ワン」コメント

本日、週刊ＴＯＫＹＯニュースのウエブ版で、弊社所属タレント、上杉彩奈を送る会を再度開催するというニュースが掲載されましたが、公式ファンクラブ、あるいはファン有志の間でも、そのような提案・動きは一切出ていません。

送る会で発生した放火事件では、亡くなった方、怪我をされた方がいて、参加者も、参加していなかったファンの方も、大変傷ついています。今はショックから立ち直るための大事な時間で、ファンの気持ちを逆撫《さかな》でするような報道に事務所として抗議し、訂正を要求します。

上杉彩奈応援サイト「彩奈LOVE」掲示板

2023/12/14(木) 19:46:13 ID:p87swyhk

事務所、すごく早く動いてくれたね。ちょっと嬉しい。

2023/12/14(木) 19:46:56 ID:0o156wt

てか、これって、事務所も相当怒ってるんじゃない？ あることないこと書かれて、大迷惑、イメージダウンも甚《はなは》だしいわけで。前に、すばる座と共同で声明を出したけど、もう1回やってもいいぐらいじゃないかな。裁判で報道をストップさせることはできないだろうけど、公式な声明で抗議を続けていけば、マスコミだって自重するよ。っていうか、「エーズ・ワン」もすばる座も、自分のところの所属タレントを引き上げさせるって脅せば、かなり効果あるんじゃね？ 少なくともテレビの連中なんて、そういう圧力をかければ、絶対に腰が引けるよ。いつまでも好き勝手させておいたらダメ。

2023/12/14(木) 19:51:52 ID:76_jyt67

芸能事務所の圧力は悪いことって言われるけど、こういう場合は取り引き材料として使っていいんじゃないかな。書かれっぱなしだったら、彩奈も馬場さんも浮かばれない。

「週刊ジャパン」ウエブ版

「エーズ・ワン」連ドラから俳優を引き上げ

俳優の上杉彩奈さん（28）、馬場直斗さん（37）の心中事件で、上杉さんの所属事務所「エーズ・ワン」が、来春の連続ドラマに出演予定だった所属俳優を「出演させない」とテレビ局側に通告していたことが分かった。

東テレで4月から放映予定のサスペンスドラマ「神の涙」。主要キャストとして、「エーズ・ワン」所属の若手俳優・松原康樹《まつばらやすき》（23）の出演が決まっていたが、出演させない旨、14日までに東テレ側に通告があったという。

「エーズ・ワン」ではこの件についてコメントを拒否。事実関係について肯定も否定もしていないが、東テレ側では「急な申し入れがあったのは事実。今、キャストの変更を急いでいる」と降板を認めている。

上杉さんの心中に関する報道に対する不安が原因と見られており、芸能事務所とマスコミの関係についても、大きな問題が提起された形になる。

芸能評論家の草間章枝《くさまあきえ》さんの話「テレビ局の中でも、ニュース、ワイドショーでは、上杉さんの心中はどうしても取り上げなければならない話題。しかしドラマ制作部門では、報道が過熱するのを警戒していた。今回はその懸念が表に出てしまった格好だが、事務所がテレビ局に不当な圧力をかけたとも言え、大きな問題になるかもしれない」

上杉彩奈応援サイト「彩奈LOVE」掲示板

2023/12/14(木) 22:29:17 ID:er45s?8

事務所、本当に引き上げやったんだ。たまげたね。だけど今回は、これぐらいやってもいいんじゃないかな。圧力かけてでも、変な報道は止めないと。

2023/12/14(木) 22:31:43 ID:re4tsjg

これで、報道の連中が納得するかどうかだよね。報道よりもバラエティの方か。ワイドショーの連中、この2ヶ月ぐらい、この問題オンリーで食ってた感じあるじゃん。それに「エーズ・ワン」のタレントって、ワイドショーにもずいぶん出てるけど、そういうのってどうなるんだろう。番組や映画の宣伝とかも、ワイドショーではカットになるのかな。

2023/12/14(木) 22:34:23 ID:62tgfsk

事務所とテレビ局、本気の喧嘩になるかどうか、見ものだよね。他の局に対しても、同じような引き上げ措置をしたら、テレビから「エーズ・ワン」のタレントが全部消えちゃうわけで、それは「エーズ・ワン」も大打撃だよね。誰も得しない展開になるけど、落としどころはあるんだろうか。

2023/12/14(木) 22:38:24 ID:gt6tgwgh

これ、相当難しい話になってきた。事務所も熟考したんだろうか。どうも、勢い任せでやっちゃった感がないでもない。もしかしたらこの掲示板を見て、急遽決めた？ 何しろこっちの要請で、すぐにＴＯＫＹＯニュースにクレーム入れてくれるような事務所だから。だとすると、こっちにも責任ある感じかなあ。

2023/12/14(木) 22:40:43 ID:098shyg

何か、ここの掲示板であれこれ言ってるのもやばい感じになってない？　おかしな影響が出て、「エーズ・ワン」や他のタレントさんに迷惑をかけるのも嫌だし。ぼちぼち閉鎖して、クローズドな場所に移る方がいいんじゃないかな。

2023/12/14(木) 22:43:21 ID:p876sgf

>クローズドな場所に移る方がいいんじゃないかな。

同感。こういう、誰でも見られるところでやってると、色々まずいことも出てくるわな。そろそろ潮時、今後は認証が必要なところで、細々とやっていく方がいいかな。彩奈が戻ってくるわけじゃないんだから、あまりむきになってやってってもね。

芸能事務所「エーズ・ワン」コメント

週刊ジャパンウエブ版で、「エーズ・ワン」がドラマから俳優を引き上げさせたという報道があったが、事実無根であり、ここに強く抗議する。

弊社所属俳優・松原康樹が出演予定だったドラマ「神の涙」から降板したのは事実だが、原因は怪我である。

松原は出演舞台「サムガイズ」の千秋楽で膝を負傷し、現在治療を受けている。全治2ヶ月の診断を受け、リハビリにはさらに時間がかかることから、「神の涙」の撮影には間に合わないということで、降板を申し出ただけで、弊社が東テレに圧力をかける意味で降板させたという報道は事実無根である。

弊社に対する悪意ある報道・誤報が相次いでいるのは誠に遺憾であり、今後法的措置も検討する。

12月15日㊎

神尾誠(起業家・インフルエンサー)の生配信　ゲストは365ニュース・島谷幸太郎編集長

神尾「はい、どうも。髭伸びちゃってますけど、ご容赦下さい。たった今、警察から釈放されて事務所に戻ってきました、神尾です。警察署の前から生配信しようと思ったけど、hossyがそれをやって逮捕されたので、やめておきました。今は、安全な事務所からお届けしています。で、ゲストには早速365ニュースの島谷幸太郎編集長に来ていただきました。島ちゃん、どうもありがとう」
島谷「色々大変だったと思うけど、体調はどうですか」
神尾「それが、留置されてたのは2日だけだけど、規則正しい生活を送って、かえって調子がいい感じです。今後は在宅捜査に切り替えるっていうことで、一応釈放になりましたけど、これで終わったわけではないので、しばらくは大人しくしてますよ。大人しくっていうのは、うちの木俣が逮捕された件についてね。あれについては言いたいこともあるけど、やめておきます」

島谷「あなたがいない間に取材を進めてたんだけど、警察はちょっと踊り場状態のようですね」

神尾「捜査が止まっている？」

島谷「この件では、アリノ・カンパニーの幹部社員に容疑が、っていう話だったけど、結局まだ逮捕されていない。ちょっとその人ね……神尾さんは分かってるんでしょう」

神尾「ネット上で流れている情報だけで、もう特定されちゃってるみたいだよね。でも俺は名前は言わないし、接触してるかどうかも言わない」

島谷「それが正解だと思う。事件に関係ありそうなことは、一切言わないで」

神尾「弁護士みたいなものじゃん」

島谷「弁護士資格も持ってるし」

神尾「弁護士資格を持ってて、新聞記者をやって、今はネットニュースの編集長。多才だねえ」

島谷「神尾さんほどじゃない。それに儲けてもいない（笑）」

神尾「というわけで、私が逮捕された件については、捜査の問題もあって、ここで話すわけにはいきません。でも、前からちょっと話をしていた件で、これから取材を進めていきたいと思います」

島谷「闇の事務所の話ね。今日初めて聞く方のために説明しておきますと、上杉彩奈さんと馬場直斗さんに医療用麻薬を投与して逮捕された、元看護師の寒川新太容疑者の件です。寒川容疑者は『頼まれてやった』と供述しているのですが、違法な医療行為を斡旋する、指南役の存在が明らかになってきたんです。実際に寒川容疑者を仲介した人物を、我々はキャッチしています」

神尾「というわけで、私、365ニュースと合同で、その闇の事務所に突っこんでいきたいと思います。近々、その様子をお届けしますので、お楽しみに。それと、365ニュースさんとはちょっとした諍《いさか》いがありましたけど、今は何の問題もありませんので、ご了承下さい。そもそもダチだからね、じゃれ合いみたいなものですよ。ご視聴の皆さんも、ちょっとは盛り上がってくれたら、幸いです」

SNSから

Bad パパ @badpapa
神尾と島谷の喧嘩って、最初から仕込みだったんじゃね？　これじゃ、俺らは踊らされてただけだよ。

kin_kim @kinkim56
ま、ネット界隈なんてこんなものでしょ。そのうち「俺らはファミリー」なんて言い出すかもね。結局全部仕込み、やらせって感じで、要するに、テレビの連中がやってたことの劣化版だよね。

宇田慎太郎 @udashintaro11

ただし、闇の事務所の話は気になるな。あれも仕込みというか、煽るだけ煽って終わりの可能性も高いけど、やっぱり引っかかる。今回のごたごたの中の肝《きも》みたいなところじゃない。

若者を見ろ @lookatyoungs

まあ、お手なみ拝見って感じかな。奴らのことだから、煽ったけど何も出てこないって結末もありそうだけど、それはそれ。エンタメは終わらないね。

ブログ「夜の光」

神尾が処分保留のまま釈放された。出てきてすぐに生配信をやってるんだから、そのエネルギーたるや恐るべしだ。人間としてどうかはともかく。

ただ、神尾は何だかジタバタしてるような感じしかない。そろそろ、追い詰められていることを意識してるんだろうな。アクセス数ジリ貧、社員が殺しに絡んでいるということで会社は家宅捜索を受ける。これじゃ、焦って何にでも手を出したがるのも分かるけど、いい歳してみっともない。

どうせ、闇の事務所とかの話でも、ろくな事実は出てこないだろうから、ここで一つ、当ブログからとっておきのネタを提供します。

前に、上杉彩奈のお腹の子の父親として「当然、今も元気で活動している方」とだけ紹介したことがあります。今でも名前や職業は明かせないけど、一つ、大きなヒントを出します。

2人の心中事件が発覚してから、多くの人が絡んで発言して、金儲けをしたり名前を売ったりしたけど、この中に問題の父親がいます。

第2のヒント——もちろん、ここの管理人ではない。

まあ、父親が誰だか分かっても、大して面白くないかな。いや、意外性ということはあるかもしれない。管理人は、その問題が心中につながっていると考えているけど、面倒臭いから調査はしない。いずれ父親の名前を明らかにするか、あるいは誰かが探り出して公表するかもしれないから、その時に検証してもらえばいいと思う。

まだまだ搾り取れるよ。

IT情報誌「月刊ネットウエーブ」城東大文学部・佐原圭介教授（メディア論）の寄稿

情報ブラックホールの周りで

俳優の上杉彩奈さんと馬場直斗さんの心中問題が、依然としてネット上で盛り上がりを見せている。異例とも言える展開だが、今回は、この問題が何故これだけ多くの人の興味を引いたのか、検証してみたいと思う。

私が独自に検討した指標WCIを紹介しよう。これはウエブ、SNSなどで特定の問題が、どれだけの人の話題になっているかを示すもので、1日単位で計測する。1日当たりの指数が1を超えていれば、ネット上では非常に多く取り上げられていることになる。これまでに最も指数が高かったのは、この方式の調査を始めた直後に起きた東日本大震災で、指数は5・01という驚異的な数値を記録した。これはネット上のトラフィックの実に9割を占める計算である。

この指数は通常、時間を追うに従って低下していく。しかしこの心中事件は、発生から2ヶ月が経つのに、依然として注目を集めている。WCIでは、やや波はあるものの、2ヶ月間の平均で1・02と高い水準で推移している。

この話題がこれだけ長続きしている原因は、いくつか考えられる。

①心中したのが、2人とも日本を代表する俳優で、かつ不倫関係という、基本的に人の興味を引く事象だったこと②この件を熱心に取材してきたユーチューバーが殺害されたこと③最初は普通の心中と見られていたのが、鎮痛剤を投与したと自供する人間が逮捕されて、事態が複雑化したこと④上杉彩奈さんを送る会の会場が放火され、取材中の人気アナウンサーが死亡する悲劇が起きたこと——ネットスラング的に言えば、事態が沈静化するかというタイミングで、必ず新たな燃料が投下される感じになっている。

まるで誰かがシナリオを書いて、裏でコントロールしているようだという話もあるが、さすがにそれはあるまい。しかし、タイミングよく話題が出てきて、それでさらにネットが沸騰するという構図が続いているのは間違いない。

個人的には、最初からこうなる予感はしていた。誰でも知っている有名人2人の心中というセンセーショナルな事件が、ネットと親和性が高かったと言える。その後噴出したさまざまな問題も、ネットで活動する人たちが話題にしやすい性質だった。いずれも、普通に生活してネットを楽しんでいる人には関係ない、いわば対岸の火事と言うべき事態である。しかしその火事の燃え方が激しいので、離れていても話題にしやすいのだ。いや、離れていて自分たちには関係ないことだからこそ、話題にするのに適していると言える。

ただしこの事件では、そもそも中心に大きな穴が空いている。

中心人物たる上杉彩奈さん、馬場直斗さんは亡くなっており、2人の生の声は聞かれないのだ。過去のインタビューなどを発掘して紹介している人もいるが、それも全て過去の話、しかもオフィシャルなもので、2人の関係がどうだったかなどを推測できるわけではない。

私たちネットユーザーは、上杉彩奈、馬場直斗という2人の俳優が空けた巨大な穴の周りを、ぐるぐる回っているだけなのだ。ブラックホールに落ちそうで落ちない状態で、ただ回っているだけで真相には近づけない——真相が分からないからこそ、いつまでもこの件をネタにし続けられるとも言える。

馬場直斗応援掲示板「直斗マニア」

2023/12/15(金) 12:26:21 ID:32rfai7

引っ越し準備完了。クローズドの会員制の掲示板にしました。懐かしの、ツリー型の掲示板です。図々しいかもしれませんが、暇なので、管理人をやらせてもらいます。これを機に、HNは馬場さんからもらってBNとします。招待が欲しい人は、以下にメールを下さい。向こうで暴れた人、彩奈掲示板から刺しにきた人は分かるので、ご相談の上で、出入り禁止にしたいと思います。
2023/12/15(金) 12:34:23 ID:vf6y-ks
ＢＮさん、お疲れ様です。ここにカキコするのも最後になりますが、彩奈掲示板からの攻撃によく耐えて、何もなく終わってよかったです。今後は向こうでよろしくお願いします。これからは、馬場さんの作品について語り合う、前向きの掲示板にしたいですね。
2023/12/15(金) 12:35:45 ID:sgz57_h
ＢＮさん、ありがとうございます。ＤＭします。ここでは嫌なこともあったけど、馬場さんの作品、人となりを皆さんと語り合えたのは最高の経験でした。若輩者ですが、新しい掲示板でもよろしくお願いします。
2023/12/15(金) 12:37:47 ID:laf65dl
彩奈掲示板も、閉鎖を検討しているみたいだね。向こうも、あれこれあって疲れちゃったんじゃない？　こんな事件が起きて、真相が分からないと、どうしても不安になって気持ちが落ち着かなくなるよね。だからこっちからは余計なことを言わないで、見守るだけにしましょうか。それと、彩奈ファンクラブも解散するみたい。
2023/12/15(金) 12:40:45 ID:quy6-jh
「エーズ・ワン」も、最近は誤報対策で大変だからね。ほんと、報道は無責任。放っておくわけにもいかないし、でも抗議しても向こうはシカトみたいな感じで、エネルギーだけ使って無駄になる。きついだろうね。ファンクラブを運営するエネルギーもないだろう。

2023/12/15(金) 12:45:32 ID:67s_kh7

ファンクラブって、肝心のタレントさんがいなければ、存在意義がなくなるよね。本人不在でイベントはできないし、新しい情報も出てこないから、想い出を語り合うぐらいしかできないでしょう。うちはファンクラブはなかったけど、あったらあったでまた、別種の喪失感を味わってたかもしれないね。

2023/12/15(金) 12:46:51 ID:7-kh5gh

BNさん、DMしました。よろしくお願いします。

>別種の喪失感

その通りだよね。わざわざ向こうに掲示板閉鎖を言う必要はないと思うけど、こうなると何だか、被害者同士っていう感覚になってくる。

2023/12/15(金) 12:49:31 ID:nbh_76h

>被害者同士っていう感覚

それ、分かるわ。本当の被害者は馬場さんと彩奈だけど、その背後にいたたくさんのファンも被害者だと思う。でも、こうなると、誰が加害者なのかが気になる。心中した2人? でも、2人には責任押しつけられないんだよな。何でだろう。

2023/12/15(金) 12:52:28 ID:j78-ja5

もやもやしてるのは、結局真相が分からないからでしょう。例の闇医者というか闇看護師、あいつも真犯人ってわけじゃなくて、「頼まれた」だけだし。一体誰が誰に何を頼んで、最終的に薬を服ませたのは誰なのか。結局、まだほとんど分かってないってことじゃない。

「東日新聞」夕刊・社会面

放火事件　会社役員を逮捕

女優の上杉彩奈さん（28）を送る会の会場が放火され、東日テレビの濱中有菜アナウンサー（24）が死亡、20人が重軽傷を負った事件で、現住建造物等放火の現行犯で逮捕された木俣貴志容疑者（37）に犯行を指示していたとして、警視庁目黒中央署は15日、ＩＴ系企業アリノ・カンパニー役員、木野《きの》将暉《まさき》容疑者（42）を同容疑で逮捕した。

木野容疑者は、犯行当日、現場で火災の様子を見守っていたことを、被害者に目撃されていた。防犯カメラのチェックなどから身元が判明し、事情聴取の結果、容疑を認めたために逮捕された。

目黒中央署では動機などについて調べているが、木野容疑者は動機については供述を拒《こば》んでいるという。

上杉彩奈応援サイト「彩奈LOVE」掲示板

2023/12/15（金） 18:19:43 ID:err7yg4

アリノって、そんなにやばい会社だった？　これだと、神尾も何かやってた感じにならない？

この前、公務執行妨害で逮捕されてたけど、実は神尾こそ放火犯ってことはないかな。
2023/12/15(金) 18:21:28 ID:klg76h5
前から思ってたんだけど、神尾って、なんでこの件に執着してたんだろう。あの人の生配信って、色々ゲストが来るけど、基本的に金儲けの話ばかりだったじゃない。それが彩奈の問題だけ、妙にこだわってたよね。アクセス数が稼げるかもしれないって思ったのに、段々刺激が薄れてきたから、自分でしかけて長続きさせようとした？ だったら絶対許せないよ。それでアリたんが死んでるんだから。そうそう、もえかの証言ってあったじゃない？ 現場近くで誰かを見たってやつ。あれ、神尾じゃないかな。神尾も放火に絡んでた可能性、あるよね。
2023/12/15(金) 18:25:53 ID:vfs56gf
これは、神尾逮捕だな。逮捕されなくても、かなり厳しく追及されるだろうね。そもそもこの件全体を神尾が仕組んだっていう可能性、ない？ 話題作りのためだけに、２人を殺して放火して……ただ、医療用麻薬を使って逮捕された奴が、まだ動機なんかを喋ってないから、確定とは言えないけど。
2023/12/15(金) 18:28:29 ID:wn76gf8
どんどんやばい方へ話が転がってる。この掲示板、閉鎖するって話が出てたけど、もうちょっと続けない？ 情報が１ヶ所に集まってないと、置いていかれそう。情報集約のためだけでも、この掲示板があるとありがたい。
2023/12/15(金) 18:31:42 ID:hj_98sj

>情報集約のためだけでも
賛成。どんどん情報が出てくるけど、結局流れちゃうんだよね。以前のログが残ってる掲示板がありがたい。

2023/12/15(金) 18:33:35 ID:err7yg4
この掲示板のまとめを作っておこうか。時系列的に並べておくだけでも、全然分かりやすくなると思う。管理人に相談しておくわ。

2023/12/15(金) 18:35:38 ID:yug76sh
>管理人に相談しておくわ。
同意。ヨロ。

2023/12/15(金) 18:35:56 ID:tr6jsy9
>管理人に相談しておくわ。
同じく同意。ヨロ。

12月16日(土)

神尾誠(起業家・インフルエンサー)の生配信
ゲストは365ニュースの島谷幸太郎編集長 他、スタッフ多数同行

神尾「はい、おはようございます。ただ今、12月16日午前9時です。私たちは、新宿・歌舞伎町にきています。上杉彩奈さん、馬場直斗さんに医療用麻薬を投与して逮捕された容疑者が『頼まれた』と供述している相手、我々が『闇の事務所』と呼んでいる人間を突き止めました。これまで調べたところでは、24時間365日営業で受けつけているそうですけど、電話もメールもありません。闇の治療が必要な人は、直接ここへ駆けこんで相談する形になります」
島谷「今日は危険を伴う取材になりそうなので、スタッフを大勢連れてきました。これで安全対策としたいと思います」
神尾「島ちゃん、こういうヤバい取材はやったことある?」
島谷「若い頃に、暴力団の事務所を取材した時以来かな」
神尾「暴力団取材とかするんだ」
島谷「警察回りは、何でもやりますよ。ただ、もう20年も前の話だけど」
神尾「それ以来……神尾は当然、こういうヤバい取材は初めてなので、異常に緊張しております。島ちゃん、よろしく頼むね」

島谷「あ、でもここは神尾さんに任せますよ。これは神尾さんの配信だからね。俺はバックアップで、何かあった時だけ口を出すことにします」

神尾「はい、さすがにビビるけど、行ってみましょう。さて、今いる場所なんだけど、ここは歌舞伎町の真ん中です。目指す闇の事務所は、このビルの3階……普通に飲食店が入ってるビルだね。ただし看板はないようです」

島谷「看板もかけられないのが、闇の事務所たる所以だろうね」

神尾「スタッフが大勢いるので、今日はエレベーターを使いません。これから階段で3階まで向かおうと思いますが、まあ……あまり綺麗な階段じゃないね」

島谷「こういう荷物……段ボール箱とかが階段に置いてあるのはまずいですね。こういうものがあると、火災などの際に逃げられなくなって、被害が拡大する恐れがあります。過去にも、こういう状況で大きな被害が出た火災があるんです。これは、今日とは別のネタで取り上げたいですね」

神尾「……はい、なかなかに埃《ほこり》っぽい階段をようやく上がり切りまして、今、問題の闇の事務所、302号室の前に辿りつきました。表札も看板もなくて、ただ部屋番号が書いてあるだけですね。それが非常に秘密めいた感じになっていますけど……ちなみに隣は和風カウンターバーになっています。こういうお店が普通にある中に、違法な医療行為を請け負う事務所があるというのが異常な感じですね」

島谷「しかし、違法な医療行為を求める人にとっては、他人の目をあまり気にせず、さりげなく入れるような場所とも言えますよ」
神尾「こういうところ、誰が利用するんだろう」
島谷「昔は暴力団組員が多かったらしいですね。トラブルで怪我した時、普通の病院へ行くと警察沙汰になってしまうこともあったので、こういうところで闇医者を紹介してもらう。ただし、正規の病院ではないので、治療も雑で、後でトラブルになることも多かったそうですね」
神尾「医者が襲われたりとか？」
島谷「そういうこともあったと思います。今は、患者は違法滞在の外国人が多いそうです。普通の病院へ行くと、違法滞在がバレてしまうので、こういうところで応急処置を受ける。そしてやはりトラブルは多い、ということです」
神尾「これから、そういう違法な医療行為を行う闇医者を紹介する、闇の事務所に突っこんでいきますね。ちょっとカメラをスタッフに渡します」
（画面切り替わって）
神尾「では、ノックしてみます」
（ノックの音。立て続けに5回）
神尾「すみません、おはようございます」
（ドア開く）
神尾「おはようございます。神尾誠といいます。今、ネットで生配信中なんですが、話を聞かせていただけますか？　こちら、医療行為を紹介している事務所ですよね」

男「あんた、どこか具合でも悪いの？　そうは見えないけど」
神尾「いえ、こちらの仕事についてお話を聞かせてもらいたいだけです」
男「治療じゃないなら帰ってくれ」
神尾「治療ではなく、自殺幇助だったらどうですか？　楽に死にたいから、医療用麻薬を投与してくれ——そういう依頼だったら、適当な医療関係者を紹介してもらえますか？」
男「は？　あんた、何言ってるの？　うちは自殺なんかと関係ないよ」
神尾「いやいや、こちらの事務所が、上杉彩奈さんと馬場直斗さんの心中に手を貸したことは分かっています。確かな証言があります。そのあたりの事情を聞かせて下さい。インタビューです」
男「何の権利があってこんなことやってるの？　あんた、記者か？」
神尾「違います。神尾誠です」
男「知らねえな」
神尾「会社を経営すると同時に、時事問題でネットの生配信をしてます」
男「これも今、流れてるのか？」
神尾「そうです。多くの人が見ています。それだけ関心の高い話題なんです。ここで話を聞かせていただければ、事件の空白部分が埋まります」
男「うちを犯罪者扱いするのかよ！」（ドアを閉めようとする）
神尾（急いでドアを押さえる）「いえいえ、真相を知りたいだけです。こちらの質問に答えていただけると、大変ありがたい。話すことがあるなら、こちらできちんと聞きます」
男「話すことなんかない！　仕事の邪魔なんだよ。帰ってくれ！」
神尾「今も誰か、相談に来ている人がいるんですか？」
男「そんなこと、あんたに関係ねえだろう！　何なんだよ、こんな大人数で押しかけて！」
神尾「警察でも呼びますか？　呼べるなら呼んでもらってもいいです。そこではっきりさせましょうか？」
別の声「はい、どいて！　どいて下さい」
神尾「今、誰か来ました……これは……警察？　逮捕の瞬間をお届けできるかもしれません」
別の声「はい、どいて。おたくら、こんなところで何してるの？　はい、こちら現場——ええ、交渉中です。ドア前に十数人……ああ、あんた、神尾さんだね。いったい何してるんだ？」
神尾「配信中です。警察の方ですか？」
別の声「それを言う必要はない」
神尾「今日はどういう捜査で来たんですか？　上杉さんと馬場さんの心中事件の関係ですか？」
別の声「はい、どいた、どいた。こちらを映さないように！　はい、カメラ、ストップ！　おい、こいつら排除だ！　外の制服組呼んで！」
（配信、中断する）

SNSから

Bad パパ @badpapa

どうした？　神尾、また逮捕されたか？

篠塚きりえ @shino5468

さすがに自分で中断したんじゃない？　いくら何でも、2回連続で捕まるほど馬鹿じゃないと思うけど。

mita_lunch @mitalunch

制服組とか言ってたけど、逮捕されなくても強制排除されてる可能性ない？　警察に問い合わせてみる？　歌舞伎町って言ってたから、新宿中央署とか？

金子マン @kaneko_man453

配信再開しないね。何なんだよ、いったい。

「日本新報」ウエブ版

起業家・神尾さんが大怪我　生配信中に転落

16日午前9時過ぎ、新宿区歌舞伎町の雑居ビルで、起業家でインフルエンサーの神尾誠さん（48）が階段から転落、両腕を骨折する重傷を負った。

神尾さんは、このビルに入る医療関係者を取材してネットで配信していたが、警察が家宅捜索に入り、神尾さんとそのスタッフに退去するように命じた。神尾さんは階段から下へ降りようとしたが、人が多かったせいか押されて、階段から転落した。

神尾さんは、俳優の上杉彩奈さん（28）、馬場直斗さん（37）の心中事件について頻繁に配信を行っており、今月13日には家宅捜索を行おうとした警察官に取材を試み、配信で警察官の姿を映したことで、公務執行妨害の現行犯で逮捕された。２日後には釈放されて在宅捜査に切り替わっていた。

現場にはネットニュース「３６５ニュース」の島谷幸太郎編集長も同行。「警察官の暴行などがあったわけではなく、純粋な事故。ビルの階段は、踊り場などが荷物で埋まっていて、歩きにくい状態になっていたので足を取られたのだと思う」と話している。


神尾誠（起業家・インフルエンサー）の生配信

神尾「はい、神尾です。ちょっと画角がおかしいのは、スマホを手で持ってないから。もうご存じかもしれませんが、両腕骨折でスマホが持てません。

実にみっともない話ですが、足を取られて転落しました。まあ、現場のビルの階段は、踊り場に足の踏み場もないぐらい荷物が置いてあって、歩いたらすぐに何かにぶつかるような感じだった。あれじゃ、何か起きない方がおかしいと思うよ。残念ながらスタッフともどもパニック状態で、現場の様子は撮影していないのですが。申し訳ない。

それで、今回何が起きたか、説明しますね。もうニュースで読んでる？　俺も確認したけど、かなり雑な内容だよね。警察の一方的な言い分で書いているからしょうがないだろうけど、記者連中もちゃんと現場に行って、関係者に話を聞けってことです。怠慢して、電話一本でネタを取ろうとするから、こういう雑な原稿になるわけで。

滑った上に、島ちゃん――365ニュースの島谷幸太郎ね、あいつに引き落とされた。それもシナリオ通りだけど、ここまで酷い怪我になるとは思わなかった。

あいつとは、喧嘩したり仲直りしたりでやってきたけど、それは全部やらせです。正直、俺もあいつのところも、ネタに詰まって、アクセス数も稼げなくなっていた。それじゃどうするか――喧嘩と仲直りっていうのは、ネットの初期からある流れで、状況を変えれば今でもウケる。

島ちゃんは確かに大学の同級生だけど、当時は交流があったわけじゃない。お互いに色々仕事をしてきて、今現在この地点まで来て、ちょっと困ってる。それで『何とか協力しようか』っていう話になって、2人でシナリオを書いたわけです。

上杉馬場事件って、それは衝撃的でしょう。日本を代表する俳優同士が心中だからね。これに乗っからない手はないと思った。それであれこれ……話題が途切れないように必死でやってきた。

ここで話したら自供になるんだろうか。どうかな……（スタッフに）あとでうちの弁護士に確認しておいて。上杉彩奈さんを送る会、あの会場に火を点けるように指示したのは私です。ただし、大袈裟《おおげさ》にしないように、万が一にも怪我人が出ないようにと、念押ししていました。それがあんなことになってしまったのは計算外だった。この件についてはお詫びします。アリノ・カンパニーの社員を、創業者、そして大株主として利用してしまったことにも謝罪します。申し訳ない。

こんな大怪我を負ったのも、その罰かもしれない。しょうがないね。しばらく不便だけど、それぐらいは我慢です。島ちゃんも、ネタにするために俺を引き落としたんだろうけど、これは洒落《しゃれ》にならなかったな。

とにかく俺は、話題をつなげたかった。そのきっかけはhossyの存在です。彼が逮捕されたり殺されたりした時、配信で喋ったらぐっとアクセス数が伸びた。逮捕とか、死ぬとかいうことが人目を引くんだって、改めて実感しました。

だからこそ、会場に放火させたり、それに関係して俺自身が警察に絡んでいって逮捕されたりしてみました。あの逮捕も計画通り。2日で出られたのには驚いたけど、そのせいでこうやって……両腕骨折という情けない結果になりました。

でも正直、これで終わりだと思う。いくら何でも、ここで喋ってしまったら、警察も気づくだろう。いや、この配信を見ている人が警察に連絡するかもしれない。まあ、どっちでもいい話だ。自首か自首でないかは、この先に問題になってくることで、今はどうこう言ってもしょうがない。

これで、神尾誠は退場です。ネットの世界で四半世紀も暴れてきたけど、それももう疲れたな。ネットは、常に新しいことに取り組んで、トップランナーでいないと生きていけない世界なんです。でも今は、ネットのことなんかよく知らない素人の方がバズって、1日だけヒーローになれる。あ、これは俺が敬愛するデヴィッド・ボウイの『ヒーローズ』の歌詞ね。あの曲は確か77年の作品だから、今から46年前……今だったら、ヒーローになっても、1日も持たないかもしれない。せいぜい5分で飽きられて、次の新しいヒーローが出てくるのがネットの時代かな。

だけど、中途半端な気持ちの人もいるでしょうね。大事な謎が解けていない。そもそも上杉彩奈と馬場直斗はどうして心中したのか。不倫関係の末の心中だったのか。

この件、俺は100パーセント知ってるわけじゃない。わけじゃないけど、背景は分かってる。どうせもう終わりだから、ここで重要な事実を1つだけ明らかにします。この後、当事者が語るかどうかは別問題。これを見てる皆さんが圧力をかければ何とかなるかもしれない。興味のある方はどうぞ。

上杉馬場問題はまだ終わらないよ。いつかは真相が全て明らかになって、騒動も下火になるかもしれないけど、それはまだ先かな。年を越すかもしれない。

まったく、こんなに長く話題を提供し続けてくれるとは思わなかった。

さて、重要な事実を明かします。

上杉彩奈さんは確かに妊娠していた。でもその父親は馬場直斗さんじゃない」

上杉彩奈応援サイト「彩奈LOVE」掲示板

2023/12/16(土) 17:25:24 ID:t56shg6p

マジか……そんな人が彩奈の子の父親なんて……ググったけど、接点がありそうな感じじゃない。

2023/12/16(土) 17:29:36 ID:nhg56_u
いやいや、これって神尾の適当な嘘じゃないの？　本人は両腕骨折で、これから逮捕されるだろうし、もう嫌になって大嘘こいて引退とか……でも、どうなのよ。馬場掲示板の方、何か情報出てない？

2023/12/16(土) 17:31:48 ID:yuj-97d
>馬場掲示板の方
あそこ、もう撤退したみたい。クローズドの掲示板に移行するって書いてあったし、もう更新はないんじゃないかな。でもまだ書きこめるみたいだから、そろっと探りを入れてみようかな。

馬場直斗応援掲示板「直斗マニア」
2023/12/16(土) 17:48:36 ID:t6_kus9
すみません、彩奈掲示板から出張です。情報が欲しくて書きこんでます。神尾誠の生配信で、彩奈のお腹の子の父親が馬場さんじゃないっていう情報が出ました。正直、爆弾情報で、信じていいかどうか困っています。彩奈ファンも混乱しています。馬場さんファンの中で、何か情報を知っている方がいたら教えてもらえませんか？　彩奈掲示板の方に書いていただいても結構です。よろしくお願いします。

2023/12/16(土) 18:23:12 ID:ty68a-k
彩奈掲示板の方から来た方、こちら、新掲示板の管理人のBNです（新掲示板はクローズドにしています）。我々も動揺しています。新掲示板、それに他のファンの人とも情報交換してるけど、まだ裏が取れません。多分この件は、本人が認めない限り、絶対に分からないと思う。申し訳ない、我々も混乱しているだけで、いい情報がありません。

2023/12/16(土) 18:35:45 ID:t6_kus9
BNさん、すみません。彩奈掲示板の方でも混乱していて、助けが欲しかったんです。そうですよね、分かるわけないですよね。でも、彩奈掲示板の方に集まる人間は、皆不安がっています。今後も情報収集に協力してもらえないでしょうか。私たちは、残された人間です。馬場さんファンも同じですよね？　残された者同士、協力してやっていくことは可能ですか？

2023/12/16(土) 19:12:58 ID:ty68a-k
BNです。新掲示板の方の人たちと話しました。彩奈ファンの皆さんがこちらの新掲示板に来ていただくことは歓迎です。会員制ですから、おかしな人は来ませんし、もしも乱暴な意見を言う人がいたら、出禁にします。安心して情報交換できると思います。本当に興味がある人は、こちらのDMに連絡いただけると幸いです。

ネットニュースサイト「365ニュース」解説生配信　島谷幸太郎編集長が出演

島谷「皆さんこんにちは。365ニュースの島谷幸太郎です。今日は皆さんにお知らせが一つあります。それと謝罪しなければならないことがあります。

亡くなった女優の上杉彩奈さんは妊娠していました。その父親は私です。

私は、365ニュースを立ち上げた直後——5年前に上杉さんにインタビューした際に、彼女と親しくなりました。当時私は離婚していたので、不倫ではなかったことを、はっきり言っておきます。

上杉さんは既に主演映画を何本も撮っていて、日本を代表する女優への道を確実に歩み始めていました。私は365ニュースを立ち上げたばかりで、経済的にも安定しない時期でした。ですから、上杉さんの活動を邪魔しないようにと、決して表に出ないように気をつけてきました。上杉さんは大変魅力的な女性でしたが、芸能界で活躍してきたせいか、私のような一般人ではついていけない言動があったのも確かです。

そして上杉さんは、多忙なせいもあってメンタルに不調をきたし、一昨年パニック障害と診断されました。1年近く、活動をセーブして治療を進め、何とか今年現場に復帰したのは、皆さんご存じの通りです。それ自体は素晴らしい情報だったんですが、問題は上杉さんが妊娠していたことです。

先ほども申しましたが、父親は私です。

それが、彼女の未来を変えてしまいました。上杉さんは年明けからのドラマの撮影を控えていましたが、妊娠が撮影に影響を及ぼすのは間違いありませんでした。そしてその事実が発覚した頃、私と上杉さんは少し距離を置いていました。

私は知らなかったことですが、上杉さんは、馬場さんに様々なことを相談していたのです。私が寄り添えなかったせいというか、そもそも芸能界の事情に疎《うと》い私では、相談しても満足のいく答えが得られず、ストレスが溜まっていたと思います。そこで、年上で芸能界での経験も長い馬場さんに、様々なことを相談するようになったという話でした。

男女の関係があるのかと訊ねると、上杉さんはそれを認めました。もしかしたらお腹の子の父親は馬場さんかと確認すると、それは違う、間違いなく私の子だと……。

私は嫉妬《しっと》と上杉さんの妊娠で混乱し、まともな判断力を失っていたと思います。当時何を考えていたか……2人が死んだら大ニュースになるだろう、それを365ニュースで取り上げれば、アクセス数も稼げる。これまで上杉さんには散々振り回されてきましたから、最後ぐらい、私に何か返してくれてもいいと思ったのです。ファンの方には勝手な考えに思えるかもしれません。しかし女優さんというのは、私たち一般人とは違う世界に生きる人たちです。どうしても分かり合えない部分があります。そして私には、その差異を受け止めるだけの度量がありませんでした。

話せるのは、これぐらいが限界です。これから私は、365ニュースの通常の記事としてこの件を全て書き残し、あとは然るべき人の判断に任せます。私は自ら命を絶つようなことはしません。でも、誰かが私を殺すなら、それは仕方がないと思います。それでも最後まで、ネットジャーナリストとして、真実を伝えていきたいと思います。皆さん、365ニュースを今まで育てていただき、ありがとうございました。そして今後もよろしくお願いします」

12月17日㊐

「東日新聞」ウエブ版

ネットニュース編集長が「自供」上杉さん・馬場さん心中

ネットニュース「365ニュース」の島谷幸太郎編集長（47）が、16日夜にネット配信を行い、俳優の上杉彩奈さん（28）と馬場直斗さん（37）の心中事件に関与していたと発言した。島谷さんは上杉さんと交際していたと明らかにしたが、その証言の内容が詳細を極めているため、警察では17日朝から島谷さんを呼んで本格的に事情を聴いている。

島谷さんは、上杉さんと5年前から交際していたという。上杉さんは亡くなった時に妊娠していたが、島谷さんは、父親は自分だと認めた。警察にはこの事実を既に明かしており、何度か事情聴取を受けていたが、事件への関与を認めたのは今回が初めて。有名俳優同士の心中事件は、ここにきてさらに予想外の展開を見せ始めた。

東テレ「オールde議論」

石田昭雄「はい、今日は緊急で、予定を変えてお送りします。この番組でも何度もお伝えした俳優の上杉彩奈さん、馬場直斗さんの心中事件ですが、昨夜から急な動きが出てきました。この事件全体の『絵』を描いていたとして、ネットニュース『365ニュース』の島谷幸太郎編集長が殺人の疑いで逮捕されました。ジャーナリストによる前代未聞の犯罪に、衝撃が広がっています。まず、ITジャーナリストの浮島健治さん、いかがですか」
浮島「これは、大変なショックです。私、島谷さんとは何度も仕事をご一緒したことがあるんですが、島谷さんは元々、日本新報経済部のエース記者だったんですよね。でも、日本新報の経営が危うくなってきた中で会社を飛び出し、ネットで経済ニュースを専門に扱う会社を立ち上げて、ここまでやってきたわけです」
石田「どんな方なんですか」
浮島「基本的には真面目な記者です。ただ、真面目であるが故に、周りが見えなくなる弱点もある……昨日の配信でも語っていましたが、『365ニュース』の経営は決して万全ではなく、ここ数年は厳しい状態が続いていました。『365ニュース』は一部会員制で、会費収入と広告収入が主な資金源だったんですが、会員数、アクセス数ともに伸び悩んでいました。そこで一気に話題になるために今回の事件を仕組んだ……というのは、ちょっと考えられないことです。個人的にもショックですね」
石田「この件に関しては、起業家でインフルエンサーの神尾誠さんも、何度も燃料を投下して話題が絶えないようにしてきたと、自らの犯行を打ち明けています。同じ事件で話題が長く続けば、それを取り上げ続けることで神尾さんの配信なども盛り上がり、アクセス数が稼げます」

浮島「ですから、2人ともアクセス数稼ぎが一番の目標になってしまい、倫理観をどこかに置き忘れてきた——というひどい事件なんです」

石田「広告会社・大正堂《たいしょうどう》クリエイティブアナリストの天城武智《あまぎたけとも》さん、ネットの収益システムが背景にある感じがしますが、どうでしょうか」

天城「はい、現代のマスメディアは広告収入で成り立っていると言っていいほどで、それはネットでも変わりません。ただし、新聞やテレビ、雑誌の広告はパッケージ売り——我々が間に入って、メディアの広告担当とクライアントが交渉し、事前にきちんと契約を交わして、紙面に掲載されたり、テレビの決まった枠で流したりして、それがメディア側の収入になるわけです。ネットの場合は、アクセス数に応じて広告費が支払われるのが基本なので、アクセス数が極めて重要になってくるわけですね。ただし、それこそ100万単位のアクセスがないと、広告費だけで十分な収入にはならないので、ビジネスとして成功している人は、実際にはほんの一握りなんです。ただし多くの人にとって、アクセス数というのは自分が提供しているコンテンツが受けているかどうかの分かりやすい指標にもなりますので、気にしない人はいないでしょうね」

浮島「神尾さんや島谷さんのサイトは、広告収入でやっていけるかどうかぎりぎりのところだったと思います。ただしどちらも『プロ』の仕事であり、スタッフも機材もプロ並みで揃えているわけです。その分経費もかかるわけで、内情が相当苦しかったのは間違いないですね」

石田「それにしても、前代未聞の犯罪ということになります。木内《きのうち》さんはどう見ていますか」

木内佳弘《よしひろ》（心理学者）「殺人事件まで起こしてアクセス数を稼ぐというのは、倫理的には言語道断の行為なんですが、実際には、既存メディアが行ってきたこととさほど変わらないとも言えます。ネットが普及する前は、テレビも視聴率を稼ぐために過剰演出を行って問題になることがしばしばありました。それで番組が打ち切りになったこともありましたよね。スポーツ新聞や夕刊紙は、見出しの取り方……駅売りなどで、折り畳んで外に見えている部分の見出しだけを過激にして目を引くという、あまり好ましくない方法が昔から普通でした。いわゆる羊頭狗《ようとうく》肉《にく》ということですよね。そしてこの問題については、ネットだけでなく新聞やテレビ、雑誌等のオールドメディアも、長く報道し続けて、言葉は悪いですがしゃぶり尽くしてきたわけです。一般のネットユーザーも同じでした。やり方が違うだけで、刺激的な情報を楽しみたいというメンタリティは、すべてのフェーズにおいて共通しているのではないでしょうか」

石田「木内さんは、テレビに対しても相変わらず厳しいですね（笑）」

木内「テレビに出ることで、内側から批判することが可能になるわけです。誰かが内側からきちんと批判しないと、何も変わらないでしょう」

浮島「この件ですけど、ちゃんと検証番組を作った方がいいですよ。殺人事件という衝撃的な結末になりましたけど、そこまでをしゃぶり尽くした既存メディア、ネットのあり方、情報への触れ方、扱い方はどうあるべきかという議論があって然るべきです」

木内「城東大文学部の佐原教授が雑誌に寄稿した文章を読んだんですが、非常に分かりやすく今回の件を分析していますので、ちょっと一部を引きますね。佐原先生からは許可を得ています。『私たちネットユーザーは、上杉彩奈、馬場直斗という2人の俳優が空けた巨大な穴の周りを、ぐるぐる回っているだけなのだ。ブラックホールに落ちそうで落ちない状態で、ただ回っているだけで真相には近づけない――真相が分からないからこそ、いつまでもこの件をネタにし続けられるとも言える』。この見方には、非常に納得させられました。何もなかったんです。亡くなった2人には申し訳ないんですが、我々は空洞を話題にしていただけではないでしょうか」

浮島「全体が、壮大な暇潰し、娯楽といった感じもあります」

石田「2人が亡くなって、さらにこの件に関連して亡くなっている方もいるので、娯楽とは言いにくいですが」

木内「既存メディアが、どれだけの意識を持ってこの件を伝えてきたか、が問題です。それこそ視聴率稼ぎ、あるいは雑誌を売るためにセンセーショナルに伝えてきただけではないでしょうか。ただし残念ながら、私がここでいくら吠えても、局の偉い人たちがどこまで真剣に検討してくれるかは分かりませんけどね。それは分かっているだけに残念なことです」

SNSから

Bad パパ @badpapa

いやもう、何だか分からない。この件、決着つくのかね。

えり高野 @eri_takano23

さすがに十分しゃぶり尽くしたから、もういいかな。あまりにも複雑になり過ぎて、もうついていけない。でも、単純な心中だったら、ここまで話題が続かなかったかもしれないね。

mita_lunch @mitalunch

そろそろ賞味期限切れかな。これでアクセス数を稼いで儲けた人もいるかもしれないけど、我々はその周辺で騒いで楽しんでただけだし、もういいよ。

篠塚きりえ @shino5468

これで撤収、って感じだね。最後に疑問を言っておくと、神尾がもったいぶって言ってた「闇の事務所」の正体が分からないよね。あの配信で迫ってたところ、本当に闇の事務所なんだろうか。警察が来たっていう話だけど、それで誰かが逮捕されたって話は聞いてないし。

Bad パパ @badpapa

闇の事務所の話を聞いてると、まだまだしゃぶれそうだな（笑）。どうするかねえ。

ブログ「夜の光」

上杉馬場事件も、そろそろ幕引きだろう。このブログでは、できるだけ冷静にこの事件を紹介・分析してきたが、個人的には決して満足できる感じではなかった。それだけ複雑だったということか。

でもここで、もう一度まとめてみる。

①5年前に上杉彩奈と島谷幸太郎が取材で知り合って、密かに交際を始めた。

②上杉彩奈が2年前にパニック障害と診断され、仕事をセーブ。
③島谷幸太郎は上杉彩奈のフォローが十分にできなかった。
④不安になった上杉彩奈は、旧知の馬場直斗に相談するようになり、その間に妊娠が発覚（2人の不倫関係について、島谷は「あった」と言っているが真相は不明）。
⑤島谷幸太郎が上杉彩奈と馬場直斗殺害を計画。2人に医療用麻薬を投与した寒川新太が自殺幇助容疑で逮捕された。しかし2人の死は心中の形になっており、この部分にはまだ謎が残る。
⑥島谷幸太郎と神尾誠は、この事件を利用してアクセス数を増やすことを計画した。そのため神尾誠は、部下を使って「上杉彩奈を送る会」の会場に放火させ、死者が出た。
⑦2人はそれぞれの罪を自供。島谷幸太郎は殺人容疑で逮捕された。神尾誠は怪我で入院中だが、然るべきタイミングで逮捕されるだろう。
島谷と神尾は、事件をしゃぶり尽くしてアクセス数を稼ごうとした。そして我々も、この事件でたっぷりと遊ばせてもらった。おそらく我々には、こういう娯楽が必要だったんだと思う。何しろ、いろいろ厳しい時代だ。飯が食えて、安く、あるいは無料で楽しめる娯楽があれば言うことはない。不満を抑えるために政府が仕組んだとは言わないが、我々全員が、分かっていて乗っかって、こういう大騒ぎになったんじゃないだろうか。

さて、夜の光は今日で更新を終わりにします。そこで、最後のサービスとして、たった一つ残った謎をここで解明します。

解明っていうか、説明ね。

先ほど時系列で問題点をまとめたけど、⑤のところが謎のままだった。2人は心中したのか、殺されたのか――殺されたんです。島谷幸太郎が殺人容疑で逮捕されたのがその証拠で、警察ではネット民がチェックできないところでしっかり捜査を進めていた。

島谷幸太郎は、2人を殺すことを決めた。おそらく、精神状態が悪く、疑心暗鬼になっていた上杉彩奈とは、まともな話し合いもできなかったんだと思う。その結果、島谷幸太郎も追いこまれたのは間違いない。

島谷は、心中事件を偽装することにした。そのために利用したのが、アメリカで問題になっている鎮痛剤のヒプノフェン。上杉と馬場がこの薬の中毒になっていることを知った島谷は、「解毒用のいい治療法がある」と2人に持ちかけた。そこで寒川新太が送りこまれ、「薬だ」と騙して医療用麻薬を投与。2人の意識が朦朧《もうろう》としたところで、島谷はヒプノフェンを大量投与させた。

ヒプノフェンに解毒効果があるなど、いかにも怪しい話だが、あの薬の中毒性は、巷間言われているよりもずっと強い。しかも中毒症状が進むに連れて判断力低下、無気力化、せん妄状態などの深刻な副作用に襲われる。そういう状態にある2人を騙して説き伏せ、点滴を受けさせるのは、難しくはなかっただろう。

そこでやはり問題になってくるのが、神尾が言うところの闇の事務所だ。

要するに、違法な医療行為をする医療関係者と、それを必要とする患者を結ぶ存在で、普通の病院で言えばまさに事務局のようなものだろう。

そういう事務所は実際に、全国各地の繁華街にある。通常の医療行為を受けられない人にも、病気や怪我を乗り越えて生きる権利があると思う……そういうそもそも論はいいだろう。今回問題になっている闇の事務所は、島谷の依頼を受けて寒川新太を紹介した。島谷の考えた方法は、心中に見せかけて2人を殺し、その周辺で騒ぎ続けることでアクセス数を稼ぐのが狙いだった。

寒川が逮捕される前後に、ネットでも自分の経験などを基に説明している人がたくさんいたが、医療用麻薬は、種類と量を適切に使えば、相手を簡単にコントロールできる。時間をかけて大量の薬を呑ませることも不可能ではない。

2人の死因は心不全とされている。医療用麻薬とヒプノフェンを併用した結果かどうかは不明だが、海外ではヒプノフェンの大量服用による心臓発作などの症例が報告されていることから、島谷はそのような死を企み、そして見事に成功したわけだ。

もちろんこの話には、まだ塞《ふさ》がっていない穴がある。

上杉彩奈と馬場直斗は本当に関係があったのか。心中事件が起きる前に、用心深かった上杉彩奈が自宅前の防犯カメラを外したのは何故か。この辺については、島谷幸太郎の供述を待つしかないが、それでも分からないかもしれない。

書き忘れていたが、島谷幸太郎は結婚を決めていた。相手は一般人なので名前は伏せるが、島谷は上杉と並行してこの女性ともつき合い、結婚する予定になっていた。結婚相手として、芸能人の上杉は適していないと判断したせいもある。また、上杉の奔放な言動に悩まされてもいた。

そのため、ごく普通の家庭を作るために一般人と結婚しようとしたのだが、その間も上杉彩奈と関係を持ち、彼女を妊娠させていた。世間はまた騒ぎそうな事実だが、当ブログでは論評を避ける。

当ブログ管理人が何故、島谷幸太郎や上杉彩奈のことをこんなに知っているか、疑問に思う人もいるだろう。種明かしすると、管理人は2人のことを詳しく知る立場にあった。「エーズ・ワン」で長くマネージャーをしていて、上杉彩奈が女優に転向した時から2年間、彼女を担当していた。個人的な事情で事務所を辞めたが、その後、彩奈が島谷と交際しているという噂を聞いた。管理人は彩奈に「やめておくように」と忠告したが、彩奈は一度はまると簡単には抜け出せない性格で、結局島谷とは切れなかったようだ。

管理人はその後、さまざまな仕事をしてきたが、結局闇の事務所に落ち着いた。薬学部を出ているので、医療に関する知識はあった。以前から、日本で働く外国人たちの酷い待遇に憤《いきどお》って、裏で医療行為に関わるようになった――と書くと正義の人間のようだが、実際は金になるからというのが正しい。

頻繁に事務所を引っ越しながら、治療のコーディネーターをしていたが、そこへ突然訪ねてきたのが島谷だった。ちなみに管理人は島谷と直接面識はなかった。まだ彩奈と続いていることと、それ以上に彩奈に強い恨みを抱いていることに驚いた。そしてその恨みが、管理人の忘れかけていた恨みに火を点けた。

この件を書き始めるときりがないが、私はマネージャー当時、上杉彩奈には散々痛い目に遭わされていた。上杉彩奈は、外部の人から見るといかにも無邪気で明るい帰国子女という感じだろうが、実際は日本的な、湿った感覚を持った女性である。気に食わないことがあれば、絶対に動かなくなる。言葉の暴力は恐ろしいほどだ。しかし外部の人に対してはいい顔を見せ、内輪の人間だけが悩まされる。私が「エーズ・ワン」を辞めて芸能界から身を引いたのは、彩奈のせいである。

それから何年か経って、ようやく当時の傷も薄れ始めていたところに、島谷が現れた。断っておくが、管理人は島谷が好きでもないし、同情もしていない。しかし上杉彩奈を殺すという計画は、この上もなく魅力的に思えた。

ただし、馬場直斗さんには申し訳ないことをした。管理人は島谷に対して、上杉彩奈だけを殺す方法を検討した方がいいのではと忠告したのだが、島谷にとっては、上杉彩奈と馬場直斗はワンセットだったのだ。

神尾は、管理人の存在を知らない。ただ取材を続けて、闇の事務所の存在に気づいただけである。あの時、警察が来ていなければ、どうなっていたか分からない。神尾のインタビューに答えて自分の存在や狙いを明かしたくはなかったから、あの時点での警察の介入はありがたい限りだった。

ただし、これから再度、警察に話をしなくてはいけないだろう。あの家宅捜索の時に「遠くへ行かないように」と警告された。逮捕するから逃げるな、ということだろう。

もちろん、逃げる気はない。このブログを最後まで書いて、おしまいにする気だ。もしも書き終える前に警察が来たら、その時点まで書いた部分をアップする。

これまでブログのコメント欄は閉鎖したままだったが、これから開放しようと思う。この事件に関する皆さんの感想を書いて欲しい。俗な**噂話**にどっぷり浸って面白かったですか？　人の死をしゃぶり尽くして満足でしたか？　管理人は満足でした。復讐した気分も味わえました。

ではこの辺っっっっっっっっっっっっっっっっっっっっ

本書はフィクションです

堂場瞬一
どうば・しゅんいち
1963年茨城県生まれ。
2000年、「8年」で小説すばる新人賞を受賞。
警察小説、スポーツ小説など多彩なジャンルを執筆。
著書に「警視庁犯罪被害者支援課」「警視庁追跡捜査係」「ラストライン」シリーズの他、
近著に『沈黙の終わり(上・下)』『聖刻』『0 ZERO』『小さき王たち(全三巻)』
『鷹の系譜』『オリンピックを殺す日』『風の値段』
『デモクラシー』『ロング・ロード 探偵・須賀大河』他多数。

ルーマーズ 俗《ぞく》

2024年5月20日 初版印刷
2024年5月30日 初版発行

著者
堂場瞬一

ブックデザイン
鈴木成一デザイン室

発行者
小野寺優

発行所
株式会社河出書房新社
〒162-8544 東京都新宿区東五軒町2-13
電話 03-3404-1201[営業] 03-3404-8611[編集]
https://www.kawade.co.jp/

組版
KAWADE DTP WORKS

印刷
三松堂株式会社

製本
加藤製本株式会社

Printed in Japan ISBN978-4-309-03182-8

河出書房新社

堂場瞬一の本

メビウス

（河出文庫）

1974年10月14日、
長嶋茂雄引退試合と三井物産爆破事件が
同時に起きたその日に、男は逃げた。
警察から、仲間から、そして最愛の人から――
「清算」の時は来た！ 極上のエンターテインメント。